Thomas Himmelbauer

Tod im Zickenwald
Kriminalroman

Thomas Himmelbauer, geboren 1960 in Wien, verheiratet, 2 Kinder. Studium für das Lehramt an Höheren Schulen in den Fächern Mathematik und Physik. Seit 1984 als Lehrer an Allgemeinbildenden Höheren Schulen tätig. 1987 promovierte Thomas Himmelbauer zum Doktor der Naturwissenschaften. Seit 1989 lebt er in Güttenbach im Südburgenland.

Thomas Himmelbauer

Tod im Zickenwald
Kriminalroman

www.federfrei.at

© Verlag Federfrei
Marchtrenk, 2018
www.federfrei.at
1. Auflage

Umschlagabbildung:
© milosz_g, fotolia.com
Satz und Layout: Verlag federfrei
Printed in EU

ISBN 978-3-99074-020-0

Herzlichen Dank allen, die das Manuskript durchgesehen und mir mit wertvollen Tipps weitergeholfen haben..

Plan Südburgenland

21. Juni

Langsam verblasste der blutrote Himmel über dem Zickenwald. Die Sonne war untergegangen. Die Dunkelheit der Nacht floss über den Hackenberg und verbarg den kleinen Weiler Zicken, der zwischen den Ortschaften Rehgraben und Brunnergraben lag. Der Tag der Sommersonnenwende war wolkenlos und heiß zu Ende gegangen.

»Es ist fast zehn Uhr«, stellte Peter Drabits fest. Er stand auf, streckte sich und trat aus dem Wohnzimmer hinaus auf den schmalen Balkon. Mitte fünfzig, von kleiner, aber sportlicher Gestalt hatte er früh die Haare verloren. Der kahle Kopf und das faltige Gesicht ließen ihn älter erscheinen. Die blauen Augen bewegten sich in ständiger Unruhe, als würden sie alle Gegenstände der Umgebung abtasten. Eine große, schwarze Warze befand sich oberhalb des rechten Auges auf der Stirn. Die dicke, knollenförmige Nase hatte er von seiner Mutter geerbt. Angestrengt schaute er zur gegenüberliegenden Seite des Tales. Oben an den Gipfeln der Hügelkette hob sich der dunkle Umriss der Villa des Architekten Steiner gegen den noch hellen Himmel im Westen ab. Unten in der Finsternis leuchteten zwei Fenster eines Hauses herüber.

»Thea ist wieder gestürzt«, meinte er wenig erfreut und kam ins Wohnzimmer zurück. Seine Lebensgefährtin Irmgard Zeiler saß bei Tisch, addierte konzentriert eine Zahlenkolonne und gab keine Antwort. Das Brett einer beendeten Partie Scrabble lag vor ihr.

»Wer hat gewonnen?«, fragte er, obwohl es ihn nicht interessierte.

»Du«, antwortete sie, nachdem sie die Rechnung abgeschlossen hatte. Sie nahm die quadratischen Steine mit den aufgedruckten Buchstaben vom Spielbrett und steckte sie in einen Beutel. Irmgard war schlank. Sie gönnte sich nicht viel, nicht beim Essen und anderen Menschen noch weniger. Zwei dunkelbraune, kleine Augen beherrschten ihr ovales Gesicht. Das schwarze Haar fiel dicht und glatt über ihre Schultern. Obwohl sie im gleichen Alter wie Peter war, wirkte sie wesentlich jünger.

»Es brennt noch Licht bei Thea«, meinte er in fragendem Ton.

Die Blicke der beiden begegneten einander und nach kurzem Zögern forderte Irmgard ihn auf: »Geh hinüber und schau nach!«

»Los!«, befahl er mehr ihr als sich selbst, seufzte tief und gab ihr einen Kuss, der länger ausgefallen wäre, wenn sie ihn nicht sanft, aber bestimmt von sich weggedrückt hätte.

»Geh nur! Es ist deine Tante«, sagte sie streng, lächelte ihn aber dabei an. »Bis bald.«

»Hoffentlich«, antwortete er.

Mit großen, schnellen Schritten eilte Peter die Zufahrt zu seinem Haus hinunter zur Straße, welche die Ortschaften Brunnergraben und Rehgraben miteinander verband. Den kleinen Lichtkegel der Taschenlampe richtete er direkt vor sich auf den Boden. Der Asphalt strahlte die untertags gespeicherte Wärme ab. Noch war die nächtliche Luft heiß. Nur ein Windhauch, der talabwärts wehte, schaffte Abkühlung.

22. Juni

Irmgard schaute auf ihre Uhr. Halb eins. Wo war Peter geblieben? Sie schritt zum Balkongeländer. Kein hell erleuchtetes Fenster war mehr auf der gegenüberliegenden Talseite zu sehen.

Sie kehrte ins Haus zurück, nahm ihr Handy vom Tisch und rief ihn an. Er meldete sich nicht. Das Angebot, auf Peters Box zu sprechen, lehnte sie ab. Tante Thea anzurufen hatte keinen Sinn. Im Schlaf und ohne Hörgeräte vermochte sie kein Klingeln zu wecken.

Eine braune Stola über die Schultern geworfen, machte sich Irmgard auf den Weg. Bergab zur Straße, die den Talboden durchzog, war es angenehm kühl, aber sobald sie auf der anderen Talseite den Hang bergauf schritt, kam sie sofort ins Schwitzen. Sternenklar, doch ohne Mondlicht, war die Nacht dunkel. Die Taschenlampe ihres Handys leuchtete unzureichend, doch sie kannte die Gegend. Laut quakten die Kröten am nahen Teich. Rechts hoben sich die schwarzen Umrisse des unbewohnten Bauernhofes, auf dem Peter Kindheit und Jugend verbracht hatte, bedrohlich gegen den Nachthimmel ab.

Das Gehöft bestand aus Wohnhaus, Stall und Schuppen, die einen dreieckigen Hof umschlossen, wobei an allen Ecken ein Tor die Bauwerke miteinander verband. Wenn die Bewohner der Umgebung über dieses Gebäude redeten, sprachen sie immer vom Dreikanter. Irmgard schritt am Brunnen vorbei, der davor unter einer riesigen Linde stand, und hörte das Glucksen, das der dünne Wasserstrahl, der aus einem Metallrohr in das schmale Becken stürzte, beim Auftreffen auf der Wasseroberfläche erzeugte. Links auf der anderen Seite der Straße lag das kleine Haus, das Peters Tante Thea bewohnte, liebevoll »Häuschen« genannt.

Die Fenster waren dunkel. Irmgard sperrte auf und trat ein. Schnell hatte sie in den drei Räume des Hauses nachgesehen. Thea schlief schnarchend in ihrem Bett. Von Peter fehlte jede Spur. Wieder versuchte Irmgard, ihn am Handy zu erreichen, aber er hob nicht ab. Rasch eilte sie weiter hinauf zu ihrem Elternhaus. Direkt am Rand des Zickenwaldes stehend, nannten es alle »Waldhaus«. Hier lebte ihr Vater zusammen mit seiner bulgarischen Pflegerin Dara. Alles war unbeleuchtet. Sie konnte nicht aufsperren, weil ein Schlüssel im Schloss steckte. Es dauerte, bis das Läuten erfolgreich war. Im Zimmer, in dem Dara wohnte, wurde es hell und kurze Zeit später öffnete sie die Tür. Sogar verschlafen, unfrisiert und im Babydoll wirkte diese blond gelockte Frau anziehend, stellte Irmgard verärgert fest.

»Habe ich nicht ein fesches Häschen um mich«, betonte Irmgards neunzigjähriger Vater Fritz Zeiler bei jeder Gelegenheit. Die ältere, rundliche Loana, die Dara immer nach zwei Monaten als Pflegerin ablöste, war ein völlig anderes Kaliber.

»Was ist los?«, fragte Dara gähnend.

»Peter ist vor zwei Stunden zu Tante Thea gegangen. Es brannte Licht. Er vermutete, dass sie wieder gestürzt sei. Ich suche ihn, denn er ist nicht mehr zurückgekommen.«

»Ja, Peter war hier. Thea ist gefallen. Sie lag im Wohnzimmer auf dem Boden. Er hat mich geholt und gemeinsam haben wir sie ins Bett gebracht. Dann bin ich wieder rasch nach Hause zurückgekehrt. Ich hatte vor, mich früh niederzulegen. Um fünf Uhr in der Früh kommt Loana mit dem Bus und ich fahre mit demselben zurück in die Heimat.«

Die Vorfreude auf die Heimkehr zauberte ein Lächeln auf ihr Gesicht. Dara hatte in Bulgarien an einem Gymnasium Deutsch gelehrt und sprach es fast akzentfrei. Als Pflegerin in Österreich verdiente sie in wenigen Monaten mehr als eine Professorin in Bulgarien in einem ganzen Jahr.

»Ich bin besorgt, wo Peter ist. Hoffentlich ist ihm nichts zugestoßen«, sagte Irmgard, von einem Fuß auf den anderen steigend.

»Vielleicht hat er ein Glas zu viel getrunken und ist bei Thea in der Küche eingeschlafen«, erwiderte Dara gelassen und spielte auf einen Vorfall an, der sich vor einem halben Jahr zugetragen hatte.

»Nein, dort ist er nicht. Ich war schon bei Tante Thea«, entgegnete Irmgard verärgert.

»Oder er ist im Wirtshaus«, überlegte Dara und lehnte sich müde gegen den Türstock.

»Er fährt nicht fort, ohne es mir zu sagen. Außerdem ist das Auto in der Garage.«

»Ein braver Mann, dein Peter.«

Irmgard entnahm dem Ton dieser Worte nicht, ob sie lobend oder höhnisch gemeint waren.

»Möglicherweise ist ihm etwas zugestoßen und er liegt neben dem Weg. Ich werde dir helfen«, bot Dara ihre Unterstützung an und schlüpfte in ihren Morgenmantel.

»Nehmt die große, grüne Taschenlampe mit!«, war die hohe Greisenstimme von Fritz aus den Tiefen des Hauses zu vernehmen. Offensichtlich war er aufgewacht. Trotz seines hohen Alters war er geistig voll fit.

Die beiden Frauen suchten den gesamten Weg gemeinsam ab. Weder im Straßengraben noch in den angrenzenden Wiesen und Feldern fanden sie Peter.

»Es ist ihm etwas zugestoßen. Wenn ich nur wüsste, wo er ist. Ich werde die Polizei verständigen«, verlor Irmgard zunehmend die Beherrschung.

»Ruf ihn noch einmal an!«, versuchte Dara zu beruhigen.

»Wie oft noch?«, rief Irmgard verzweifelt und probierte es erneut, aber auch diesmal vergebens.

»Er hebt nicht ab. Ich halte diese Ungewissheit nicht mehr aus.«

Nervös schritt sie auf und ab.

»Vielleicht hat ihn jemand mitgenommen. Er hat sein Handy aus Versehen abgeschaltet und alles ist völlig harmlos.«

»Wohin soll er denn mitgefahren sein? Es ist halb zwei Uhr in der Nacht.«

»Zu Architekt Steiner? Peter erzählte mir, dass die Gespräche wegen des Verkaufes des Dreikanters heute Nachmittag in einem wilden Streit geendet haben.«

»Diese blöde Bruchbude bringt nur Verdruss.«

Irmgard wählte die Nummer von Steiner. Geduldig wartete sie darauf, dass sich jemand meldete, doch das Läuten schien ungehört zu bleiben. Sie war gerade dabei, die Verbindung zu unterbrechen, da wurde abgehoben.

»Steiner«, klang es unwillig.

»Irmgard Zeiler. Verzeihung, aber ich vermisse Peter. Ich habe ihn schon überall gesucht. Ist er bei Ihnen?«

»Wirklich nicht«, war die kurze Antwort, die das Gespräch beendete.

*

Anton Geigensauer fuhr flott durch das nächtliche Gamischdorf, einen kleinen Ort, der auf den Hügeln liegt, die das Stremtal nach Westen begrenzen. Er war ein schlanker, junger Mann mit glattem, schwarzem Haar und trug einen Vollbart. Sein Kopf war lang und schmal. Seine dunklen, leicht glänzenden Augen schauten angestrengt in die Dunkelheit. Es war wenige Minuten nach drei Uhr. Gleich hinter der Ortstafel lief ein ausgewachsener Fuchs über die Straße. Der Gedanke »Wo sich die Füchse Gute Nacht sagen« blieb nicht aus.

Anfang Mai war er auf eigenen Wunsch aus dem Innenministerium in Wien zur SOKO-Südost nach Güssing versetzt worden.

Seine Frau Jane hatte im Februar einen Sohn geboren und sie hatten entschieden, dass es für den kleinen Josef gesünder wäre, in Güttenbach aufzuwachsen als in Wien.

Für burgenländische Verhältnisse steil führte die Straße von Gamischdorf in die Ortschaft Brunnergraben hinab. Dort angekommen bog Geigensauer links nach Rehgraben ab und kurze Zeit später sah er die Blaulichter der Einsatzfahrzeuge in der Nacht blinken.

*

Zwei Polizeiautos und mehrere Wägen der Freiwilligen Feuerwehren der Umgebung parkten beim kleinen Weiler mit dem Namen Zicken. Ein Beamter führte Geigensauer in das Haus des Vermissten, von dem bis zur Stunde keine Spur gefunden worden war. Eine Ortung seines Handys war ergebnislos verlaufen. Der Ermittler betrat das billig möblierte Wohnzimmer. Eine Polizistin saß neben einer Frau, die auf den Boden starrte, und sprach beruhigend auf sie ein.

»Anton Geigensauer von der SOKO-Südost«, stellte die Beamtin vor. »Irmgard Zeiler, die Lebensgefährtin des vermissten Peter Drabits.«

Irmgard schaute auf. Es war deutlich zu sehen, dass sie vor kurzem geweint hatte.

»Darf ich mich setzen?«

Sie nickte und er nahm Platz.

»Wann haben Sie Ihren Lebensgefährten zuletzt gesehen?«, begann er zu fragen.

»Um zehn Uhr.«

Irmgard wischte sich mit der Hand die Augen trocken und einigermaßen gefasst erzählte sie.

»Wir spielten Scrabble, wie so oft am Abend. Gegen zehn Uhr fiel Peter auf, dass auf der anderen Talseite im Haus seiner Tante Thea noch Licht brannte. Sie legt sich immer bereits um acht

Uhr nieder. Er vermutete daher, dass sie gestürzt sei. Das ist leider schon des Öfteren passiert. Er eilte hinüber, um nachzusehen. Wie ich unterdessen erfahren habe, ist Thea tatsächlich gefallen. Er brachte sie mit Hilfe von Dara ins Bett. Sie ist die Pflegerin meines Vaters und wohnt bei ihm am Waldrand oberhalb von Thea. Ich hatte mich auf den Balkon gesetzt, um die nächtliche Kühle zu genießen, bis Peter wiederkäme. Dabei schlief ich ein. Um etwa halb eins wachte ich auf und bemerkte, dass er nicht zurückgekommen war. Ich konnte ihn nirgends finden. Es ist ihm auf dem Rückweg sicher etwas zugestoßen.«

»Wie war er angezogen?«

»Blaue Jeans, schwarzes T-Shirt und Turnschuhe.«

»Ist Ihnen irgendetwas Besonderes an Ihrem Lebensgefährten aufgefallen?«

»Nein, gar nichts.«

Irmgard brach wieder in Tränen aus.

»Hatte er schwerere Erkrankungen oder Ähnliches«, wollte Geigensauer wissen.

Sie schüttelte den Kopf und wischte sich die Augen trocken.

»Er war völlig gesund«, fügte sie hinzu.

»Besitzen Sie ein Auto?«

»Ja, es steht in der Garage.«

»Gab es im letzten Jahr Veränderungen in seinem Leben?«

»Doch. Er verlor im Herbst den Job. Er ist Elektriker. Die Firma hatte geschlossen. In diesem Alter findest du im Südburgenland keine neue Anstellung mehr.«

»Was hat er seitdem getan?«

»Bewerbungen, Vorstellungen, AMS-Kurse, alles für die Katz.«

»Wie ist er mit der Situation umgegangen?«

»Überraschend gut. Es hat ihn mehr getroffen, dass auch ich im April meinen Arbeitsplatz verloren habe. Die Fabrik in Fürstenfeld, in der ich zwanzig Jahre arbeitete, hat ihren Betrieb eingestellt.«

»Finanzielle Ängste?«

»Nein, nicht wirklich. Wir benötigen nicht viel«, versicherte sie.

»Hat er dazuverdient?«, fragte Geigensauer vorsichtig.

Irmgard sah ihn an, ohne zu antworten.

»Ich bin nicht von der Finanz«, beruhigte er.

»Ein wenig, ich auch. Da und dort in der Nachbarschaft. Kleinigkeiten. Ich habe bei Architekt Steiner geputzt und Peter hat ihnen Wald und Garten in Ordnung gehalten.«

»Sonst irgendetwas Auffälliges?«

»Vor einem Monat sind sein jüngerer Bruder Egon und dessen Freundin mit einem Wohnmobil aus Russland kommend hier aufgetaucht. Er galt seit etwa zwölf Jahren als vermisst. Zuletzt war er in Buenos Aires gesehen worden.«

»Wo ist er jetzt?«

»Er campt am Badesee Rauchwart.«

»Das ist doch eher erfreulich«, bemerkte Geigensauer zögernd.

»Nein, gar nicht«, verneinte Irmgard vehement. »Peter hat zwei Brüder, einen jüngeren, Egon, und einen älteren, Erich. Nach dem Tod ihres Vaters erbte jeder ein Drittel des elterlichen Hofes, des Dreikanters. Sie einigten sich nicht, wer wen auszahlt, und zerstritten sich. Peter lehnte es ab, das Erbe zu verkaufen. Egon zog es nach Chile und Erich in die USA. Nur Peter blieb hier in Zicken.«

»Wie lange ist das her?«

»Über dreißig Jahre.«

»Wo ist Erich jetzt?«

»Seit fast zehn Jahren kam keine Nachricht mehr von ihm. Es gibt das Gerücht, dass er bei einem Flug in den Rocky Mountains abgestürzt sei.«

»Zwei Brüder verschollen«, wunderte sich Geigensauer. »Peter hat sich bestimmt über die Rückkehr von Egon gefreut.«

»Wirklich nicht. Er plante, beide bei Gericht für tot erklären zu lassen. Nach zehn Jahren ist das möglich. Dann wäre Peter der alleinige Erbe und wir hätten den Dreikanter verkauft.«

»Was in ihrer finanziellen Lage durchaus nützlich gewesen wäre?«, fügte Geigensauer hinzu.

»Ja, natürlich. Die Gebäude sind zwar alt, aber der Grund ist riesig.«

*

Ein Feuerwehrmann erschien zögernd in der Wohnzimmertür, sagte nichts und forderte Geigensauer eindringlich mit der Hand auf, zu ihm zu kommen.

»Einen Augenblick«, entschuldigte sich dieser bei Irmgard, erhob sich und schritt zur Tür.

»Ich denke, wir haben den Vermissten gefunden«, flüsterte der aufgeregte, junge Mann leise.

»Und?«

»Er ist tot«, hauchte er kreidebleich.

Geigensauer nahm ihn beim Arm und zog ihn hinaus vor das Haus.

»Wo habt ihr ihn gefunden?«

»Nicht weit entfernt talaufwärts liegt ein Moor, dort inmitten eines kleinen Birkenwaldes ist eine Lichtung. Er sitzt in sich zusammengesunken auf einer alten Holzbank.«

»Herzinfarkt? Schlaganfall?«

»Nein, der Hals zeigt Würgemale, als hätte ihn jemand erdrosselt.«

Dabei schüttelte der junge Mann seinen Körper, als könnte er den fürchterlichen Anblick des Ermordeten von sich beuteln.

»Was ist Peter zugestoßen? Sagen Sie es mir sofort! Haben Sie ihn gefunden?«, rief die aus dem Haus stürzende Irmgard laut, fasste Geigensauer an den Schultern und drehte ihn zu sich. Er zögerte mit der Antwort.

»Es ist ihm etwas zugestoßen«, schloss sie aus Geigensauers Schweigen und kraftlos ließ sie ihre Arme sinken.

»Im Birkenwald im nahen Moor ist ein toter Mann entdeckt worden«, entschloss er sich, nur die Hälfte seines Wissens preiszugeben.

Irmgard brach wieder in Tränen aus. Es dauerte einige Minuten, bis sie sich beruhigt hatte. Dann folgte sie wie versteinert Geigensauer und einer Polizistin in die Nacht hinein.

*

Es gab keinen fahrbaren Weg ins Moor und so eilten sie auf einem kleinen Feldweg vom Weiler Zicken talaufwärts.

Im Osten setzte die Dämmerung ein. Der schmale Pfad wurde nur selten begangen. Von den Einsatzkräften, die den Vermissten gesucht hatten, waren die Halme der hochstehenden Gräser links und rechts des Steiges niedergedrückt worden. Am Ende der Wiesen erreichten sie einen morschen Zaun, durch den ein Holztor in das Moor führte. An einer verrosteten Stange hing schief eine vergilbte Tafel, auf der man im ersten Schein des Tages die Aufschrift »Naturschutzgebiet« entziffern konnte.

Zwei Beamte schritten voran. Es folgten Irmgard, Geigensauer und die Polizistin. Gebüsch, Gestrüpp und hochgewachsene Pflanzen schlugen ständig gegen die Beine, so selten wurde der Weg begangen. Aus einiger Entfernung sah man bereits die hellen Stämme des Birkenwaldes. Im Schatten seiner Blätter wurde es wieder dunkel, bevor das Licht zweier Scheinwerfer vor ihnen auftauchte. Deutlich war der Motor des Notstromaggregats zu hören.

Geigensauer befahl, am Rande der Lichtung zu warten. Die Spurensicherung sperrte eben die Umgebung des Tatortes ab. Auf einer alten Holzbank, die vor Jahrzehnten einmal grün gestrichen war, saß ein Mann, den Kopf auf die Brust gesunken. Er trug blaue Jeans, ein schwarzes T-Shirt und Turnschuhe. Dr. Humer beugte sich über den Nacken des Opfers. Dabei war ihm sein eigener stattlicher Bauch im Weg.

»Morgen«, sagte Geigensauer, bewusst das »Guten« auslassend.

»Hallo, Anton«, sagte Dr. Humer sich aufrichtend. »Das wird dein erster Mordfall bei der SOKO-Südost. Zeitpunkt des Todes zwischen elf und zwölf Uhr. Wahrscheinlich erdrosselt mit ...«

Er deutete auf ein Seil, das hinter der Bank im Gras lag.

»Spuren eines Kampfes sind nicht zu sehen. Details folgen.«

»Danke, stören wir dich? Ich bringe die Lebensgefährtin des Ermordeten mit. Sie könnte ihn identifizieren.«

»Nein, kein Problem.«

Dr. Humer trat ein paar Schritte zur Seite. Geigensauer eilte zum Rand der Lichtung, um Irmgard zu holen. Sein Smartphone brummte. Er warf einen Blick auf das Display. Es war eine dringende Nachricht von Timischl. Sicher keine Einladung zum Schachspiel, dachte er beunruhigt. Noch hatte er aber Wichtigeres vor als zu antworten. Er trat zu Irmgard und forderte sie auf: »Kommen Sie mit!«

Wie versteinert blieb sie stehen und schaute unentwegt zur Bank.

»Begleiten Sie mich, bitte!«

»Ich fürchte, er ist es«, zögerte sie, aber auf die auffordernde Handbewegung von Geigensauer folgte sie ihm doch zur Bank. Zitternd hockte sie sich vor dem Toten nieder, um ihm von unten ins Gesicht zu sehen.

»Das ist nicht Peter!«, rief sie aufspringend. »Das ist nicht Peter«, wiederholte sie.

Geigensauer war zu überrascht, um sofort zu antworten. Zu viele Gedanken rasten ihm gleichzeitig durch den Kopf.

»Das ist nicht Peter!«, rief Irmgard aufgeregt. »Nein, sicher nicht. Das ist sein jüngerer Bruder Egon.«

»Dann wurde Egon ermordet«, meinte Geigensauer. »Wahrscheinlich mit diesem Seil erdrosselt.«

Irmgard schaute auf den roten Streifen, der um Egons Hals verlief.

»Wo ist Peter?«, fragte sie.

»Wir werden ihn finden«, antwortete Geigensauer zuversichtlich.

Er sah sie eindringlich an. Sie wich dem Blick nicht aus, doch schien ihrer durch ihn hindurch in die Ferne gerichtet zu sein.

»Wer ist der Mörder?«, wandte sie sich wieder Egon zu.

Geigensauer wollte seinen Verdacht aussprechen, da begegneten einander ihre Augen für eine Weile. Sie senkte den Kopf zu Boden und sagte flehentlich: »Sie glauben doch nicht ...?«

Sie beendete den Satz nicht, und ohne auf eine Antwort zu warten, rief sie laut: »Niemals würde Peter Egon ermorden, niemals.«

Vor Aufregung zuckten ihre Mundwinkel.

»Vermutlich hat er Egon im Streit um das Erbteil getötet und ist dann geflohen«, blieb Geigensauer hartnäckig.

»Nein, Peter ist kein Mörder. Sie liegen völlig ...«

»Bitte, sagen Sie mir seine Handynummer!«, befahl er, und nachdem sie ihm diese mitgeteilt hatte, beauftragte er einen Beamten Peter anzurufen.

»Haben Sie gewusst, dass Peter und Egon einander heute Nacht hier treffen?«, fragte er Irmgard.

»Peter war sicher nicht hier, bestimmt nicht. Er war nicht hier!«, schrie sie so laut, dass sich ihre Stimme überschlug.

Sie fasste Geigensauer mit beiden Händen an den Schultern. Sanft befreite er sich und mit den Worten ›Bringen Sie Frau Zeiler nach Hause und bleiben Sie bei ihr‹ übergab er die am ganzen Körper Zitternde der herbeigeeilten Beamtin. Schweigend und ohne Widerstand zu leisten, verließ sie zusammen mit der Polizistin die Lichtung, ohne sich umzublicken. Er schaute ihr nach, bis sie zwischen den hellen Stämmen des Birkenwaldes verschwand. Er trat wieder zum Ermordeten. Ein Polizist kam aus dem Wald auf ihn zu.

»Das haben wir nicht weit entfernt von hier gefunden. Eine Geldbörse und ein altes Nokia-Handy«, teilte er mit. »Das Gerät war nicht einmal mit einem PIN gesichert. Hier das letzte SMS.«

Er reichte Geigensauer das Mobiltelefon.

›Komm heute um 23 Uhr ins Birkenwäldchen! Es ist wichtig. Bitte allein! Ich komme ohne Irmgard. LG Peter‹, las Geigensauer.

»Die Nachricht stammt von einem Wertkartenhandy, empfangen um 20 Uhr 13 «, ergänzte der Polizist. »Um 20 Uhr 30 hat Egon zugesagt, dass er kommt.«

Die Telefonnummern von Peters Handy und dem Wertkartenhandy stimmten nicht überein und unter keiner der beiden war er erreichbar.

*

Die Aufgabe der Spurensicherung war schwierig. Nicht nur Täter und Opfer, sondern ein Dutzend Helfer der Suchmannschaften waren am Tatort unterwegs gewesen. Es war Tag geworden und ein zartblauer, wolkenloser Himmel spannte sich über die Landschaft. Am anderen Ende des Waldes entdeckte man eine Motocross-Maschine mit russischem Kennzeichen. Geigensauer eilte zum Fundort. Egon Drabits, denn vermutlich war es seine, hatte sie an einen Baum gelehnt. Deutlich war die Spur zu sehen, die sie auf der Fahrt von der Straße hierher in den hohen Wiesen hinterlassen hatte.

Plötzlich fiel Geigensauer die dringende Nachricht von Timischl wieder ein und er öffnete sie.

»Lieber Anton! Ein Abgängiger pro Nacht ist zu wenig. Eine russische Urlauberin, Nadja Likova – sie campt derzeit am Stausee Rauchwart – vermisst ihren Freund. Er ist gegen zehn Uhr mit seiner Motocross-Maschine auf ein Bier weggefahren und nicht mehr zurückgekommen. Melde dich bitte!«

Rasch teilte Geigensauer Inspektor Timischl die Erkenntnisse der letzten Stunden mit und sie beschlossen, gemeinsam die

Russin von Egons Tod zu benachrichtigen. Weitere Einsatzkräfte trafen ein, um die Umgebung systematisch abzusuchen, denn vermutlich war Peter Drabits zu Fuß geflohen. Auch ein Hubschrauber, der mit einer Infrarotkamera ausgerüstet war, landete vom Flughafen Punitz kommend.

*

Ein Bus mit bulgarischem Kennzeichen kam Geigensauer entgegen, während er durch die Ortschaft Brunnergraben fuhr. Er hatte sich mit Timischl für sechs Uhr Früh beim Badesee Rauchwart verabredet. Nach kurzer Fahrt erreichte er einen kleinen Sattel. Rechts führte ein Güterweg nach Schallendorf und zur Riegelbergschenke, links eine Straße nach Heugraben. Geradeaus öffnete sich der Blick auf das Stremtal und Stegersbach. Am Horizont sah man die Konturen des Günser Gebirges. Steil verlief der Weg hinunter zum Stausee von Rauchwart. Timischl, ein großer Mann von hagerer Gestalt, wartete schon. Er stand neben seinem Auto und genoss die ersten Strahlen der Morgensonne. In all den Jahren, die wir einander kennen, hat er sich kaum verändert, dachte Geigensauer. Nur die Lippen, die waren schmäler geworden.

»Guten Morgen«, begrüßte ihn Timischl, und ohne auf Antwort zu warten, fuhr er fort: »Ich habe mir Folgendes überlegt. Peter stranguliert Egon um halb zwölf Uhr in der Nacht. Um vier Uhr hast du die Fahndung eingeleitet. Mit einem PKW ist er zu diesem Zeitpunkt schon an der ungarisch-serbischen Grenze oder noch weiter entfernt.«

»Vor allem weit weg«, seufzte Geigensauer. »Übrigens steht sein Auto in der Garage seines Hauses.«

»Da der Mord vermutlich genau geplant war«, dachte Timischl weiter, »hat er sich wahrscheinlich ein Fluchtfahrzeug organisiert. Er lockt Egon in die Falle, tötet ihn und flieht ins Ausland.«

»Was hat er davon? Warum erzählt er Irmgard nichts?«, entgegnete Geigensauer wenig überzeugt. »Ich denke eher, Peter hatte gar nicht vor, Egon zu töten. Der Grund für das geheime Treffen war das väterliche Anwesen, dieser Dreikanter, den jeder von ihnen zu einem Drittel besitzt. Es kam zu einem Streit, der eskalierte, und Peter erdrosselte Egon.«

»Mit einem Seil, das er zufällig bei sich hat?«, unterbrach Timischl skeptisch.

»Völlig in Panik«, setzte Geigensauer fort, »schnappt Peter Egons Geldbörse und dessen Handy, wirft beides jedoch sofort auf der Flucht wieder weg. Das Seil jedoch sieht nach Absicht aus. Da gebe ich dir recht.«

»Er hat sich unterdessen vielleicht selbst gerichtet. Das kommt öfter vor«, schloss Timischl vorerst seine Überlegungen ab.

Die Ermittler marschierten dem See entlang, am Restaurant und den Dauercampern vorbei. Dieser Teil des Campingplatzes ähnelte Schrebergärten in Wien. Hier standen Wohnwägen das ganze Jahr über und waren zum Teil mit Holzkonstruktionen überdacht oder auch mit schmalen Vorgärten versehen. Am anderen Ende des Sees erreichten sie die Zelte und Wohnmobile der übrigen Urlauber. Trotz der frühen Stunde joggten zwei Morgensportler um den See. Ein Schwimmer kraulte durch die Fluten.

»Das ist gesund?«, zweifelte Timischl den Sinn dieser morgendlichen Anstrengungen an.

»Wenn du in deinem Leben insgesamt vier Jahre gerannt bist, wirst du im Durchschnitt zwei Jahre älter als diejenigen, die nicht gejoggt haben.« Geigensauers Argument trug allerdings nicht dazu bei, Timischls Meinung über Sport zu verbessern.

Das russische Wohnmobil zu finden, war nicht schwierig. Es war im Design auffälliger als ein schwarzes Schaf in der Herde. Auf einem Lastwagen, der sicher einmal in militärischen Diensten stand, mit riesigen, einem Traktor ähnlichen Rädern, hatte jemand einen betagten Wohnwagen auf der Ladefläche befestigt.

»Was ist denn das für eine Marke?«, wollte Timischl lachend wissen, streckte seine Hand nach oben und klopfte vorsichtig an.

Sofort öffnete eine kleine, schlanke Frau mittleren Alters mit hüftlangen, glatten, schwarzen Haaren die Tür. Nur mit einem Bademantel bekleidet, die Fuß- und Fingernägel knallrot lackiert, waren es vor allem die großen, pechschwarzen Augen, die den Betrachter in ihren Bann zogen.

»Timischl und Geigensauer, Polizei«, übernahm Timischl die Vorstellung, seinen Ausweis hinhaltend. »Sie sind Nadja Likova?«

Sie nickte, warf ihre Haarpracht über die rechte Schulter nach vorn und stieg eine kleine Leiter zu ihnen hinunter.

»Haben Sie eine Spur von Egon gefunden? Ich habe die ganze Nacht vor lauter Sorgen nicht geschlafen. Oft fährt er mit dem Motorrad quer durch den Wald. Das ist sehr gefährlich.«

Ihr Deutsch war nahezu perfekt, doch der russische Akzent war nicht zu überhören. Aus dem Wohnwagen nebenan trat eine Frau heraus, deren körperliche Fülle ihr Bikini weder im Umfang noch in der Form im Griff hatte. Eine Kaffeetasse in der Hand rief sie: »Na bitte, die Polizei ist bei den Russen. Habe ich es nicht vorhergesehen?«

Da diese Person nicht beabsichtigte, sich zu entfernen, bat Nadja Likova die beiden Ermittler in ihr Wohnmobil. An dem kleinen Tisch hatten sie zu dritt kaum Platz. Sie zündete sich eine Zigarette an und fragte: »Was ist los mit Egon? Was hat er angestellt?«

»Wir müssen Ihnen leider mitteilen, dass Egon tot ist. Unser aufrichtiges Beileid,« brachte Geigensauer die Worte nur schwer über die Lippen.

»Tot, Egon ist tot. Er ist tot«, sagte sie und dabei war unklar, ob sie realisiert hatte, was sie aussprach.

»Tot«, wiederholte sie. Sie stand auf und drehte ihnen den Rücken zu. Sie hob die Arme zu ihrem Gesicht empor und bedeckte es mit beiden Händen. Sie atmete tief ein und aus, seufzte und nahm wieder Platz. Die großen Augen waren feucht. Eine Träne rann über ihre Wange und fiel auf den Tisch. Nadja löschte ihre Zigarette aus.

»Ich ahnte, Egon würde einmal gegen einen Baum rasen, doch das Motocross-Fahren war seine größte Freude.«

Bei diesen Worten hätte sie fast laut zu weinen begonnen, aber sie ließ es nicht zu.

»Nein, er hatte keinen Unfall«, klärte Geigensauer auf. »Er ist ermordet worden.«

»Ermordet. Das ist ja fürchterlich.«

Nadja hielt die Tränen nicht mehr zurück.

»Das verstehe ich nicht. Ermordet? Wer hat ihn getötet?«, wollte sie heulend wissen.

»Sein Bruder Peter vermutlich. Er erdrosselte ihn«, sagte Geigensauer, nachdem sie sich wieder gefasst hatte.

»Warum sollte er ihn töten?«

Sie holte ein weißes Stofftaschentuch aus der Tischlade und wischte sich die Augen trocken.

»Peter hat Egon gestern kurz nach acht Uhr abends ein SMS gesandt, mit dem er ihn zu einem Treffen in den Birkenwald nahe dem Elternhaus einlud«, erzählte Geigensauer. »Egon nahm die Einladung an. Wahrscheinlich gerieten sie dort wegen des Verkaufs des Dreikanters in Streit. Kennen Sie diese Telefonnummer? Von ihr wurde die Nachricht verschickt.«

Geigensauer zeigte Nadja die Nummer des Wertkartenhandys.

Sie schüttelte den Kopf. »Ich glaube, die habe ich nie gesehen. Moment, ich denke, ich habe die von Peter eingespeichert.«

Sie ergriff ihr Handy und schaute nach.

»Nein, das ist nicht die Nummer, die ich von Peter besitze. Vielleicht war er es gar nicht.«

»Möglich, oder er täuscht vor, es nicht gewesen zu sein.«

Timischl brachte sich auf der engen Bank neben Geigensauer in eine bequemere Position.

»Ermordet von Peter in einem Streit um das Elternhaus? Das glaube ich nicht«, zweifelte Nadja. »Ich sah gestern, dass Egon eine Nachricht erhielt. Ich dachte sofort, dass er deswegen wegfährt, aber er leugnete es. Vor ein paar Tagen hat mir Egon den Birkenwald gezeigt. In der Kindheit spielten die Brüder dort gerne.«

Sie schien, den Schock über die Ermordung ihres Freundes überraschend schnell überwunden zu haben. Geigensauer rätselte, was hinter diesen großen, schwarzen Augen vorging.

»Wie wurde Egon getötet?«

»Mit einem Seil erdrosselt, die genauen Untersuchungen sind im Gange.«

»Widerlich, abscheulich«, stieß Nadja aus, schüttelte ihren ganzen Körper vor Ekel und hauchte: »Ich werde ihn rächen.«

Bei diesen Worten glänzten ihre großen, schwarzen Augen.

»In Österreich erledigen das Polizei und Gericht. Der Täter wird nicht ungeschoren davonkommen«, bemühte sich Timischl, die Russin zu beruhigen. Immer wieder formte sie ihre Haare von oben nach unten zu einer langen, dicken Strähne.

»Verzeihung, doch in Russland halten wir nicht viel, eigentlich gar nichts von der Polizei.«

Geigensauer war sich nicht sicher, ob ihr mitleidiges Lächeln allein den russischen Ermittlern galt oder ob es auch Timischl und ihn mit einschloss.

»Egon wurde im Birkenwald getötet und Peter wird vermisst, vermutlich ist er geflohen. Daher konzentrieren wir uns darauf, ihn zu finden«, wechselte er das Thema und fasste die Lage zusammen.

»Es gibt noch andere Personen, denen Egons Erscheinen im Südburgenland einen Strich durch die Rechnung gemacht hat«, meinte Nadja und hob dabei theatralisch die rechte Handfläche empor, als ob sie ein Fahrzeug anhielte.

»Und die wären?«, forderte Timischl sie auf, die Karten auf den Tisch zu legen.

»Architekt Steiner und seine Frau. Sie wohnen in der modernen Villa am Berg oberhalb von Zicken. Sie arbeitet als Fotografin unter dem Künstlernamen Nice.«

Nadja warf einen abwertenden Blick nach links, als wäre dort Nice zu sehen, und fuhr fort: »Diese hässliche Hexe und ihr Mann beabsichtigen seit langem, den Dreikanter zu kaufen. Heuer im Herbst wären zehn Jahre vergangen, seit Erich und Egon vermisst werden. Danach hätte Peter die Brüder für tot erklärt, sie beerbt und den Dreikanter an die Steiners verkauft. Dann tauchten wir hier auf und es war klar, dass daraus nichts wird.«

Sie zündete sich ihre Zigarette wieder an, ließ sie im Mund stecken, hob ihre ganze Haarpracht auf den Kopf hinauf und hielt sie dort mit den Händen fest. Den Rauch blies sie aus, indem sie den linken Mundwinkel nach unten zog. Offensichtlich verzichtete sie auch in dieser Ausnahmesituation nicht darauf, sich ihrer Wirkung auf Männer zu erfreuen. Timischl jedoch war gerade das unangenehm. Immer öfter rückte er auf seinem Platz hin und her.

»Und die anderen«, sie ließ ihre Haare fallen und warf sie mit einer Handbewegung nach hinten auf den Rücken, »sind Wiener, Albert Goday und seine Frau Dagmar. Peter hat ihnen das Elternhaus, obwohl es ihm nur zu einem Drittel gehört, seit einem Jahr vermietet, illegal und ohne Mietvertrag. Auch sie streben danach, den Dreikanter zu kaufen. Ich denke, Peters Ziel war, an den zu verkaufen, der am meisten bietet. Egon hat sofort darauf bestanden, dass das Ehepaar Goday auszieht. Die beiden waren enttäuscht und verärgert. Trotzdem kamen sie vor drei Wochen aus Wien wieder hierher zurück. Ihr Wohnmobil steht nur ein Stück entfernt von hier. Jeden Tag fahren sie nach Zicken und Goday lässt dort seine Drohnen fliegen. Stundenlang kreisen die über dem Weiler. Er behauptet, dort gäbe es eine einmalige Thermik. Ich halte ihn für eigenartig.«

»Ich werde bei diesen Personen Nachforschungen anstellen«,

versicherte Geigensauer freundlich.

»Könnten wir einen Ausweis von Egon sehen?«, bat Timischl.

»Gerne«, sie stand auf und suchte in der Lade eines kleinen Schrankes. »Ein Reisepass wird ausreichen?«

»Völlig.« Timischl nickte zustimmend.

»Hier bitte.«

Nadja reichte Geigensauer einen russischen Pass. Der Name des Inhabers war Egon Tscherkov. Das Foto stimmte mit dem Ermordeten überein.

»Hat Egon seinen Namen ändern lassen? Sein Familienname ist doch Drabits?«, fragte er verblüfft und gab den Pass an Timischl weiter.

»Ja, er hat die Identität gewechselt«, erklärte Nadja, als wäre das ganz alltäglich.

»Wie meinen Sie das?«, verwundert schüttelte Geigensauer den Kopf.

»Das alles geschah, bevor ich Egon kennenlernte. Er sprach nicht gerne darüber. Zu dieser Zeit steckte er in großen Schwierigkeiten. Er deutete einmal etwas von einer Ehescheidung an und einer in Konkurs gegangenen Firma. Ich weiß nicht, wann und wo das gewesen ist. Er war von Alaska aus mithilfe eines Fischerbootes auf die Halbinsel Kamtschatka geflüchtet. Zur damaligen Zeit war die Korruption so verbreitet, dass eine neue Identität gar nicht einmal viel kostete.«

»Der Pass läuft Ende des Jahres ab«, stellte Timischl fest. »Wie lange haben Sie mit Egon zusammengelebt?«

»Im Herbst sind es fünf Jahre.«

Sie versuchte, sich die nächste Zigarette anzuzünden, aber das Feuerzeug versagte. Sie stand auf und suchte in der winzigen Küchenzeile nach Zündhölzern.

»Jetzt habe ich vergessen, Ihnen einen Kaffee oder einen echten russischen Tee anzubieten.«

»Gegen einen Kaffee hätte ich nichts«, meinte Geigensauer und Timischl nickte.

»Was hatte Egon für einen Beruf?«

»Er führte ein kleines Gasthaus in Magadan im Osten Sibiriens. Dort haben wir einander kennengelernt. Ich arbeitete als Kellnerin bei ihm. In den letzten Jahren haben wir mit dem Lokal ausreichend verdient und einiges erspart. Er sehnte sich danach, einmal seine Heimat wiederzusehen. Wir kauften günstig einen alten Wohnwagen und Egon setzte diesen auf die Ladefläche unseres geländegängigen LKWs. Die Straßen in Sibirien verdienen ihren Namen oft nicht. Mit einem normalen PKW kommt man da nicht weit. Heuer beschlossen wir, das Gasthaus für eine Zeit zu schließen. Der Frühling kam und wir brachen in den Westen auf. Es war eine abenteuerliche Reise. Nach etwa vier Wochen kamen wir hier an.«

Nadja brachte zwei kleine Schalen Kaffee und eine riesige Tasse mit schwarzem Tee. Geigensauer war sich beim Zählen nicht sicher, doch sie warf bestimmt zehn Stück Würfelzucker in ihren Tee.

»Egon hatte sich darauf gefreut, die Heimat zu besuchen und Peter wieder zu treffen. Er erinnerte sich natürlich, dass sie vor über dreißig Jahren im Streit auseinandergegangen waren. Für ihn war das alles jedoch lang vorbei, Schnee von gestern. Vielleicht steht das Elternhaus gar nicht mehr, sagte er zu mir. Ich denke, er hielt es für unmöglich, dass er noch ein Recht auf sein Erbteil hat. Umso größer war die Enttäuschung festzustellen, dass sein Bruder gar nicht begeistert war, ihn zu sehen. Peter verheimlichte gar nicht, dass er am liebsten nichts mehr von ihm gehört hätte. Zuerst war Egon traurig und niedergeschlagen und beabsichtigte, gleich wieder abzureisen. Mir brach fast das Herz, ihn so zu sehen.«

Tränen traten Nadja in die Augen.

»Doch kurze Zeit später änderte er seinen Plan. ›Man darf Peter nicht nachgeben‹, meinte er zornig zu mir. ›Ich werde auf Auszahlung meines Erbteiles bestehen, das Ehepaar Goday muss ausziehen, selbst wenn mein Bruder vor Ärger erstickt.‹ Gestern am frühen Nachmittag gab es beim Dreikanter ein Treffen, neben Egon und Peter waren auch die beiden Ehepaare Goday und Steiner dabei. ›Lauter Idioten, die nur streiten‹, kam Egon verärgert zurück. ›Wenn sich das in den nächsten Tagen nicht ändert, setzen wir unsere Reise fort und kehren nach Sibirien heim. Dann muss Peter weitere zehn Jahre warten, bis er mich für tot erklären kann.‹ Fast hatte ich das Gefühl, dass Egon am liebsten schon morgen abgereist wäre. Dann kam die Nachricht von Peter und jetzt ...«

Erneut hatte Nadja zu weinen angefangen.

»Danke für die ausführlichen Informationen«, sagte Timischl freundlich. »Der Kaffee ist ausgezeichnet.«

Sie nickte und trocknete sich mit dem weißen Stofftaschentuch die Tränen ab.

»Kann ich Egon noch einmal sehen?«, bat sie.

»Kein Problem. Wir sagen Ihnen, wann die gerichtsmedizinische Untersuchung beendet ist«, versicherte Geigensauer. »Wenn Sie Hilfe benötigen, stehen wir jederzeit zur Verfügung.«

Er reichte ihr seine Visitenkarte.

»Soll eine Dame vom Kriseninterventionsteam zu Ihnen kommen, damit Sie in dieser Situation professionelle Unterstützung erhalten?«

»Nein, danke. Ich bin lieber allein. Ich schaffe das. Meine Eltern und mein Bruder sind leider früh verstorben. Ich habe Erfahrung mit Trauer.«

*

Schweigend und nachdenklich kehrten Timischl und Geigensauer über den Campingplatz zu ihren Autos zurück. Die frühmorgendliche Ruhe um den See war vorbei. Wie aus einem Ameisenhaufen die kleinen Tierchen in Massen ausschwärmen, wenn man die Hand auf ihn legt, so waren die Urlauber aus ihren Zelten gekommen. Stimmengewirr, Geschirrklappern,

Radiomusik und der Duft von gebratenem Speck und Kaffee erfüllte die Luft.

»Angenommen, dieser Egon Tscherkov war gar nicht Egon Drabits«, meinte Timischl.

Die beiden Ermittler erreichten den Parkplatz.

Erste Tagesgäste trafen ein. Noch war es kühl, doch wie für das Südburgenland charakteristisch, stieg die Temperatur in den Vormittagsstunden rasch an. Bald lastete wieder große Hitze über der Landschaft.

»Egon Drabits ist womöglich schon lange tot«, setzte Timischl seine Gedanken fort. »Irgendwie und irgendwo haben Tscherkov und Nadja, möglicherweise sogar von Egon selbst, von dem Erbteil erfahren und beabsichtigten, es nun für sich zu beanspruchen.«

»Peter erkennt den eigenen Bruder nicht?«, warf Geigensauer ein.

»Nach über dreißig Jahren? Vielleicht sieht Tscherkov ihm ähnlich. Womöglich kam es deshalb gestern zum Streit zwischen den beiden.«

»Wenn wir Peter gefunden haben, wird sich alles aufklären«, war Geigensauer zuversichtlich. »Notfalls haben die Genetiker Arbeit. Ich fahre nach Zicken und befrage die dort wohnenden Personen.«

»Dann gehe ich, dem Wohnwagen der Godays einen Besuch abzustatten«, entschied sich Timischl. »Die Wiener interessieren mich.«

Er kehrte auf den Campingplatz zurück und Geigensauer fuhr die gleiche Strecke, die er gekommen war, nach Zicken.

*

Geigensauer war die Straße von Brunnergraben nach Rehgraben schon öfter gefahren, hatte den Weiler Zicken jedoch nie beachtet. Dafür machte er dies heute umso gewissenhafter.

Talabwärts auf der linken Seite stand ein kleiner Bungalow mit brauner Fassade und einem Dach aus Welleternit. Nach der Bauweise zu schließen, war er in den Siebzigerjahren errichtet worden. Hier wohnten Peter und Irmgard.

Rund hundert Meter führte der geschotterte Zufahrtsweg den Hang zu ihrem Haus hinauf. Zwei Fenster und ein Balkon schauten ins Tal hinunter. Unterhalb gab es ein großes, zweiflügeliges Garagentor. Rechts vor dem Bungalow lag ein kleiner Gemüsegarten, umgeben von einem Maschenzaun. Das Haus lag mitten in Wiesen mit alten Obstbäumen. Holzmasten leiteten Strom und Telefon vom Brunnergraben kommend hierher. Auf der anderen Seite des Tales standen in einiger Entfernung von der Straße mehrere Gebäude und oben auf der Hügelkette ragte ein moderner Bau aus Beton mit einem grün gestrichenen Blechdach aus dem Wald.

Überall parkten Einsatzfahrzeuge. Zwei Polizisten versuchten, schaulustige Autofahrer davon abzuhalten, im Schritttempo an dem Weiler vorbeizufahren. Geigensauer bog rechts ab. Die Zufahrt war asphaltiert. Die angrenzenden Wiesen blühten in der Sommersonne. Am Rande eines kleinen Platzes stand ein Brunnen. Ein Stahlrohr führte senkrecht aus dem Boden nach oben. Zweimal im rechten Winkel geknickt, ließ es einen dünnen Wasserstrahl in einen großen, tiefen, quaderförmigen Trog aus Beton schießen. Daneben stand eine Bank im Schatten einer gewaltigen, alten Linde.

Zwischen mehreren Einsatzfahrzeugen fand Geigensauer einen Parkplatz. Rasch erkundigte er sich über die Lage. Von Peter fehlte weiter jede Spur. Irmgard war nach einer Visite durch ihre Ärztin zur Ruhe gekommen und schlief. Zunächst hatte er vor, Tante Thea zu besuchen und mit ihr über den gestrigen Sturz zu sprechen.

Ihr kleines Häuschen war ebenerdig und besaß nur zwei Fenster an der Front. Die alte Dame saß davor im Schatten in einem bequemen, roten Gartensessel. Sie war äußerst übergewichtig.

Eine Dauerwelle zwang die kurzen grauen Haare in Form. Obwohl das Gesicht fast faltenfrei war, schätzte er, dass sie an die neunzig Jahre alt war. Sie beobachtete die vielen Polizisten, die vorbeieilten. Einen solchen Wirbel hatte es in Zicken zuvor niemals gegeben.

»Grüß Gott«, sagte Geigensauer auf sie zukommend.

»Grüß Gott«, erwiderte sie freundlich. »Endlich einmal jemand, der nicht von der Polizei ist.«

»Sie irren sich, ich trage nur keine Uniform.«

»Macht nichts. Was suchen die vielen Menschen hier?«, fragte sie und lächelte.

»Ihren Neffen Peter.«

»Stimmt, hat mir ja die nette, junge Dame erzählt. Ich vergesse so schnell. Das gehört sich nicht, was Peter da angestellt hat. Wie kann er sich nur im Wald verirren? Ständig verursacht er Unannehmlichkeiten.«

Geigensauer wusste nicht, was der alten, dementen Frau berichtet worden war, und so ließ er sie in ihrem Glauben, um sie nicht unnötig aufzuregen.

»Sie sind gestern am Abend wieder gestürzt?«, prüfte er ihr Gedächtnis.

»Bin ich das?«, erhielt er eine Frage statt einer Antwort.

»Sie sind gefallen. Haben Sie lange gewartet, bis Peter und Dara kamen, um Sie aufzuheben?«

»Dara gefällt mir nicht«, sagte sie und ihr Gesicht verfinsterte sich. »Sie betet nicht vor dem Essen. Loana schon.«

»Peter und Dara haben Ihnen geholfen?«, fragte Geigensauer geduldig.

»Nein, nein. Ich koche mir selbst«, widersprach sie.

»Hat Peter Sie gestern ins Bett gebracht?«, schrie er laut. Sie sah ihn überrascht an.

»Natürlich, ja, ich bin gefallen. Dara hat ihm geholfen mich aufzuheben. Leider bin ich nicht mehr gut zu Fuß«, schien sie sich plötzlich zu erinnern.

Geigensauer zweifelte jedoch, ob ihr der Sturz wieder eingefallen war oder ob sie es nur aus Höflichkeit vortäuschte.

»Danke für die Auskunft, bis später«, verabschiedete er sich.

*

Gleich hinter der Linde und dem Brunnen lag der Dreikanter, in dem Peter und seine Brüder aufgewachsen waren. Eine Mauer verband Wohnhaus und Schuppen miteinander. In ihr war ein großes Tor, das offenstand und durch das er den Hof betrat. Dieser hatte die Form eines Dreiecks, das von Wohnhaus, Schuppen und Stall begrenzt wurde. Das Haus war ein langgestreckter, ebenerdiger Bau, dessen Südseite ein Arkadengang schmückte. Blumenkisten mit Surfinien in verschiedenen Farben hingen unter den Fenstern. Das Ehepaar Goday hatte hier sichtlich gerne gewohnt.

Geigensauer kehrte zur Straße zurück und wanderte weiter hinauf zum Haus am Waldrand, in dem Irmgards Vater Fritz Zeiler lebte. Auf halbem Weg dorthin stand neben dem Weg ein Bildstock mit einer Mariendarstellung. Unterhalb des Bildes war folgende Inschrift zu lesen: »Hier starb Johann Zeiler durch Blitzschlag am 3.8.1933 im Alter von 23 Jahren.«

Davor lud eine steinerne Bank zum Rasten ein.

Das ebenerdige Haus der Zeilers war das älteste Gebäude in Zicken. Je zwei Fenster mit grün gestrichenen, hölzernen Läden schauten links und rechts des Einganges ins Tal. Ihre Umrandungen waren reliefartig verziert. Das Ziegeldach war mit Moos bewachsen. Dunkle, feuchte Flecken auf den Mauern stammten von aufsteigender Feuchtigkeit. Stellenweise bröckelte der Verputz ab.

Fritz Zeiler saß im Rollstuhl im Schatten vor dem Haus neben einer Bank und beobachtete die Arbeit der Einsatzkräfte. Eben war eine Suchhundestaffel eingetroffen. »Dürr« war eine Untertreibung für seine Gestalt. Außer Haut und Knochen war da nichts. Blaue Schlosserhose und Flanellhemd standen im krassen Gegensatz zu den weißen Nike-Sportschuhen und der grünen Schirmkappe mit der Aufschrift »SK Rapid«. Eine vernarbte, rötliche Nase beherrschte das faltige Gesicht. In tiefen Höhlen lagen die kleinen, braunen Augen, die er Irmgard vererbt hatte.

»Das war mein Onkel«, erklärte er. »Er ist vom Blitz getroffen worden.«

Geigensauer nickte und fragte: »Sie sind Fritz Zeiler, der Vater von Irmgard?«

»Der bin ich und wer sind Sie?«

»Anton Geigensauer von der SOKO-Südost. Wir suchen nach Peter Drabits und sind dabei, den Mord an seinem Bruder Egon aufzuklären.«

»Setzen Sie sich!«, bot er auf der Bank einen Platz an. »SOKO-Donau, SOKO-Kitzbühel, SOKO-Südost. Das kommt in Mode. Peter taucht wieder auf. Ich kenne ihn. Um ihn brauchen Sie sich nicht zu sorgen«, gab er überzeugt von sich. Da die Sonne weitergewandert war und er zur Hälfte in ihrem gleißenden Schein saß, fuhr er geschickt mit dem Rollstuhl hin und her, um erneut in den Schatten zu kommen.

Seine Füße haben Pflegebedarf, sein Verstand nicht, war sich Geigensauer sicher.

»Peter hat Egon nicht umgebracht. Vergessen Sie das! Sie werden sehen, er wird wieder auftauchen. Verschwenden Sie nicht Ihre Zeit mit ihm! Er war schon als Kind der harmloseste der drei Brüder. Ein introvertierter Träumer. Die anderen beiden, Egon und Erich, die waren unangenehme Zeitgenossen. Jeder hier war froh, als sie ausgewandert sind. So ähnlich die beiden im Aussehen waren, so sehr glichen sie einander auch in ihrem miesen Charakter. Jahrelang ist Erich mit Irmgard befreundet gewesen, ohne sie zu heiraten, und dann nach dem Tod seines Vaters ist er abgehauen und hat sie sitzen gelassen. Sie wäre daran beinahe zugrunde gegangen. Ich weine Egon nicht nach und Erichs Tod würde ich noch weniger bedauern.«

Wenn Zeiler nicht im Rollstuhl säße, hätte ihn Geigensauer sofort in die Liste der Hauptverdächtigen aufgenommen.

»Ist Ihnen in der letzten Nacht irgendetwas Besonderes aufgefallen?«, kam er mit seiner Befragung zu einem Ende.

»Nein, lediglich, dass Thea wieder einmal gestürzt war. Peter kam und bat Dara, ihm zu helfen. Später wachte ich auf, weil Irmgard nach ihm suchte. Sie wird immer so schnell panisch. Nein, sonst hat gar nichts meine Aufmerksamkeit auf sich gezogen.«

Geigensauer wollte aufstehen und ins Haus treten, um mit der Pflegerin zu sprechen, da hinderte ihn der alte Mann daran, indem er ihn durchaus kräftig am Arm packte und nach unten zog.

»Einen Zwetschken-Schnaps müssen Sie mit mir trinken. Loana, bring den Hochprozentigen!«, rief er ins Haus hinein.

Tatsächlich kam diese sofort mit einer Flasche und zwei Gläsern heraus. Sie war eine rundliche Person mit kurzen, schwarzen Haaren, wirkte freundlich, doch resolut.

»Der Arzt hat Alkohol verboten«, erinnerte sie ihn streng.

»Ärzte verbieten und Patienten trinken trotzdem. So ist die Welt«, meinte er unbeeindruckt und verscheuchte ihren Einwand, indem er mit der rechten Hand eine wegwerfende Bewegung machte.

»Zum Wohl!« Er hielt Geigensauer sein Glas zum Anstoßen hin. Dieser nippte kurz und gab das Glas an Loana zurück.

»Ich dachte schon, Sie werden sagen, im Dienst trinke ich nicht«, lächelte der alte Mann. »Sie sind höflicher. Sie tun so als ob. Loana brauchen Sie nicht befragen. Sie kam erst heute um fünf Uhr in der Früh mit dem Bus aus Bulgarien und eben mit diesem Bus ist meine andere Pflegerin, Dara, mein fesches Häschen, abgereist. Nicht jeder Neunzigjährige wird von so hübschen Damen versorgt.«

Darauf war er sichtlich eingebildet und Geigensauer fragte sich, ob in dem Rollstuhl noch männliche Gefühle schlummerten.

»Ich bin kein Model«, lachte Loana, »doch ich bin fleißig!« Womit alles über Schönheit und Arbeitswillen der beiden Pflegerinnen gesagt war.

*

Ein bisschen Bewegung schadet nicht und so wanderte Geigensauer weiter hinauf, um dem Ehepaar Steiner einen Besuch abzustatten. Die Straße verlief durch dichten Mischwald, in drei Kehren steil bergauf zu den Gipfeln der Hügelkette des Zickenwaldes.

Oben angelangt stand Geigensauer vor einem eigenartigen Gebäude. Hier hatte zweifellos ein Architekt seiner künstlerischen Ader freien Lauf gelassen, dachte er und hatte nicht vor, in Anbetracht des Objekts seine Vorurteile gegen diese Berufsgruppe zu überdenken. Eckige und runde Bauteile, Fenster jeder Größe und Form waren so zusammengesetzt worden, als hätte sie jemand wahllos auf einen Haufen geschmissen. Geigensauer sah zweimal hin, bis er erkannte, dass im Spalt zwischen zwei massiven, schiefstehenden Betonblöcken der Eingang verborgen war.

Vor dem Haus parkten ein gewaltiger SUV und ein roter Sportwagen. Jedes Fahrzeug war für sich ein Symbol für Reichtum und Erfolg und durchaus in der Lage, bei anderen den Neid zu vergrößern. Zunächst erwiderte nur das Gebell von Hunden das Läuten an der Klingel, die im Maul eines Löwenkopfes versteckt war. Dann hörte Geigensauer Schritte von Stöckelschuhen, die Tür öffnete sich und eine große, schlanke Frau mittleren Alters stand vor ihm. Zuerst fiel Geigensauer nur die gewaltige Hakennase auf, erst dann das perfekte Styling. Die Schuhe, die Hose, die Armreifen, die riesigen Ohrringe, die Lippen und die Hälfte der Haare waren im gleichen Violett gehalten. Die Bluse war weiß und der Rest der Haare schwarz. Matt schauten ihn die beiden braunen Augen an.

»Geigensauer von der SOKO-Südost«, stellte er sich vor und hielt ihr den Ausweis hin.

»Steiner. Mein Künstlername ist Nice. Sie kommen sicher wegen des Mordes. Eigentlich wissen wir nichts«, meinte sie gelangweilt, ohne Geigensauer den Weg ins Haus freizugeben.

»Trotzdem würde ich gerne mit Ihnen und Ihrem Mann ein paar Worte wechseln.«

»Wenn es sein muss?«

»Es muss«, ließ Geigensauer keine andere Wahl. Nice führte ihn über eine Wendeltreppe, an deren Wänden Schwarz-Weiß-Fotografien von nackten Männern in verschiedensten Posen hingen, auf eine weitläufige Terrasse. Von hier hatte man einen großartigen Blick über das südburgenländische und oststeirische Hügelland. Deutlich ragte die Riegersburg hervor und in der Ferne waren sogar die Konturen der Koralpe zu erkennen.

»Warten Sie hier einen Augenblick!«

Nice verschwand im Haus. Er trat an die Brüstung. Dieser Teil des Hauses ähnelte einem Turm. Geigensauer schaute auf die Wipfel des benachbarten Waldes hinunter.

»Ein herrlicher Blick«, sagte jemand hinter ihm und Geigensauer wandte sich um. Neben Nice stand ein stämmiger Mann im besten Alter. Die langen, grauen Haare waren zu einem Pferdeschwanz gebunden. Er ging bloßfüßig und war mit einer weißen Leinenhose und einem schwarzen T-Shirt bekleidet. Architekt Steiner wirkte durch den Besuch belästigt.

»In jedem durchschnittlichen Krimi würde ich sagen«, meinte er, »wir wissen nichts. Belästigen Sie uns nicht! Kommen Sie erst mit einem Hausdurchsuchungsbefehl wieder! Oder ich gebe Ihnen nur die Nummer meines Anwalts. Wir sind nicht so, doch wäre uns gedient, wenn es schnell ginge. Nice eröffnet in einer Stunde ihre jüngste Fotoausstellung im ›Pannonischen Kulturstadel‹.«

»Ich werde mich bemühen. Ist Ihnen in der letzten Nacht irgendetwas Besonderes aufgefallen?«

»Das Telefon hat mich um zwei Uhr geweckt. Irmgard fragte, ob Peter bei uns sei. Das war natürlich nicht so.«

Der Ärger über den Anruf war ihm jetzt noch anzusehen.

»Sonst war, wie gesagt, nichts«, ergänzte Nice, die sich unterdessen eine Zigarette angezündet hatte und ungeduldig auf und ab schritt.

»Sie beabsichtigten, Peter das Elternhaus abzukaufen?«, fragte Geigensauer.

»Durchaus. Der Wald hier vor unserem Haus«, er deutete mit der Hand Richtung Westen, »gehört uns und ich strebe an, den gesamten Weiler Zicken über kurz oder lang zu besitzen. Ich wünsche auf Dauer keine Nachbarn in der näheren Umgebung.«

»Das Erscheinen von Egon hat den Kauf des Dreikanters nicht gerade erleichtert«, warf Geigensauer ein.

»Natürlich nicht, wir hatten nun mit zwei Verkäufern zu verhandeln«, erwiderte Nice und sah nervös auf ihre Uhr. »Ich werde jetzt fahren, um rechtzeitig zur Eröffnung meiner Ausstellung den Kulturstadel zu erreichen.«

Unverzüglich drehte sie sich um und verließ die Terrasse.

»Seit heute Nacht haben Sie sich aber wieder nur mit einem Verhandlungspartner zu einigen«, setzte Geigensauer fort.

Augenblicklich trat Steiner dicht an ihn heran und drohte: »Den Gedanken, dass wir Egon getötet haben, den vergessen Sie auf der Stelle, sonst fordere ich Sie auf, sofort mein Haus zu verlassen.«

Geigensauer spürte seinen Atem. Aggressiv schaute ihn der Architekt aus nächster Nähe an.

»War das eine Einschüchterung?«, blieb Geigensauer gelassen. »Ich setze das Gespräch gerne in der SOKO-Südost in Güssing fort. Auch Sie und Ihre Frau zählen zu den Verdächtigen.«

Steiner trat zwei Schritte zurück.

»Da gibt es durchaus andere mögliche Täter. Haben Sie schon etwas vom Ehepaar Goday gehört?«, meinte er in verächtlichem Ton. »Diese Wiener beabsichtigen nämlich auch, den Dreikanter zu kaufen.«

»Wir vergessen unsere Hausaufgaben nicht. Keine Sorge. Ein Kollege von mir, Inspektor Timischl, befragt gerade eben das Ehepaar Goday. Sie und Ihre Frau waren die ganze letzte Nacht zu Hause?«

»So ist es. Wenn Sie keine dringenden Fragen mehr haben, fahre ich meiner Frau nach. Ich werde sonst die Eröffnung ihrer Fotoausstellung versäumen.«

»Danke, vorerst genügt es.«

»Sie finden selber hinaus?«, sagte Steiner rasch und eilte weg, ohne eine Antwort abzuwarten.

Geigensauer verließ die Villa und spazierte in Gedanken versunken zurück.

Bald erreichte er wieder das Waldhaus. Herr Zeiler saß nicht mehr davor. Schon von Weitem erkannte er, dass beim Brunnen vor dem Dreikanter ein Kamerateam verschiedene Einsatzkräfte befragte. Er hatte momentan keine Lust, mit Reportern zu kommunizieren, und setzte sich auf die Steinbank vor dem Bildstock, um die Ermittlungsergebnisse zu ordnen.

Bald wurde ihm klar, dass er unbedingt erfahren musste, was im Weiler Zicken vor dreißig Jahren passiert war. Doch wen sollte er befragen? Tante Thea schien ihm zu dement, Fritz Zeiler vertraute er nicht. Peter war abgängig, Egon tot und Irmgard vielleicht in den Fall verwickelt. Er müsste eine Person finden, die weder mit Familie Zeiler noch mit Familie Drabits verwandt war. Eventuell gab es in Brunnergraben oder Rehgraben einen solchen Menschen.

Er beschloss, jemanden von den Freiwilligen Feuerwehren zu befragen. Die Reporter verließen den Weiler wieder und er eilte zum Dreikanter.

Neben einem Spritzenwagen sah er einen älteren Feuerwehrmann im Schatten des Fahrzeuges auf dem Trittbrett sitzen.

»Sind Sie aus Brunnergraben oder Rehgraben?«, fragte ihn Geigensauer.

»Aus Rehgraben. Sie sind einer der Ermittler der Polizei. Ich habe Sie in der Nacht schon gesehen.« Er stand auf.

»Bleiben Sie sitzen!«

»Das gehört sich nicht. Meine Generation weiß noch, was Anstand ist.«

»Ich suche eine Person«, fuhr Geigensauer fort, »die erlebt hat, was hier vor dreißig Jahren geschehen ist, als der Vater von Peter und Egon Drabits starb. Ich werde das Gefühl nicht los, dass diese Vorfälle mit dem Mord der letzten Nacht in Verbindung stehen.«

»Mir ist darüber nicht viel bekannt. Ich war damals jung und habe in Wien gearbeitet.«

»Kennen Sie jemanden, der sich vielleicht daran erinnert?«

»Doch«, erwiderte der Mann nach kurzem Nachdenken, »die alte Goronatz hat das alles miterlebt. Sie hat ursprünglich dort gewohnt.« Er zeigte auf das Haus von Peter und Irmgard.

»Nach dem Tod ihres Mannes hat sie das Haus an Peter verkauft und ist zu ihrer Schwester nach Rehgraben gezogen. Vor ein paar Jahren kam sie dann ins Altenheim nach Strem.«

»Wie dement ist sie?«, wollte Geigensauer wissen, um nicht umsonst zum Heim zu fahren.

»Überhaupt nicht. Auch meine Mutter ist in diesem Heim und ich habe erst beim letzten Besuch mit Frau Goronatz gesprochen.«

»Danke, ich werde sie aufsuchen.«

*

Schließlich fand Timischl den VW-Bus mit Wiener Kennzeichen. Er war abseits der anderen Zelte abgestellt. Liebhaber von Oldtimern hätten einen stattlichen Preis für ihn geboten. Direkt an den Bus war ein Zelt angebaut. Davor hantierte ein älterer, nur mit einer Badehose bekleideter Mann an einer Drohne, die vor ihm auf einem Campingtisch lag. Ein Strohhut schützte seinen Kopf vor der prallen Sonne. Er war es gewohnt, dass redselige Männer vorbeikamen, um die Modellflugzeuge zu bewundern, und schenkte daher dem nähertretenden Timischl keine Beachtung.

»Fliegt sie hoch?«, fragte dieser.

»Ja, ja«, antwortete der Mann kurz angebunden, ohne von der Arbeit aufzublicken. Es war klar, dass er momentan kein Gespräch wünschte. Der Mann richtete sich auf. Er besaß einen drahtigen, muskulösen Körper, der von der Sonne dunkel gebräunt war. »Körperfettanteil null« hätte eine Ernährungsberaterin festgestellt. Die Stärke der Körperbehaarung bestätigte die Erkenntnis, dass Menschen und Menschenaffen die gleichen Vorfahren besitzen.

Er nahm seine Brille ab und fragte: »Bitte, womit kann ich dienen?«

Er kniff die Augen zusammen, weil er Richtung Sonne schaute.

»Inspektor Timischl von der SOKO-Südost«, stellte sich dieser vor. »Sie sind Herr Goday, der sich im Weiler Zicken eingemietet hatte?«

»Der bin ich.«

»Sie wissen, was dort heute Nacht geschehen ist.«

»Radio Burgenland kennt kein anderes Thema. Egon Drabits ist ermordet worden.«

»Sie kannten ihn persönlich?«

»Warum stellen Sie Fragen, deren Antwort Sie kennen?«, meinte er mürrisch. »Gestern Nachmittag habe ich noch mit ihm über den Erwerb des Dreikanters verhandelt.«

»War er bereit, seinen Anteil zu verkaufen?«

»Nein, ich denke, er verweigerte es, um Peter zu ärgern.«

»Jetzt ist er tot«, stellte Timischl fest.

»Und ich bin verdächtig? Nein, ich habe ihn nicht getötet. Vielleicht war es sein Bruder Peter oder Architekt Steiner, der den Weiler unbedingt erwerben will. Möglicherweise irgendein Fremder.«

»Sie planen nicht, das Haus zu kaufen?«

Goday schwieg einen Augenblick und antwortete dann: »Wir hatten den Dreikanter schon über ein Jahr lang gemietet und uns hier prächtig eingelebt. Ich würde das Objekt gerne mein Eigen nennen, doch nicht um jeden Preis, nicht um den eines Menschenlebens.«

»Wo waren Sie letzte Nacht?«

»Ich habe hier im Wohnwagen lange und fest geschlafen. Bezeugen kann das leider nur meine Frau.«

»Das ist ihr Hobby?«, fragte Timischl und zeigte auf die Drohne.
»Natürlich.«

»Hat man zum Fliegen in Zicken ausreichend Thermik?«, erkundigte sich Timischl, der selbst zwei Modelle besaß und oft am Modellflugplatz bei St. Michael seine Freizeit verbrachte.

»Einmalig, solche Verhältnisse findet man in Wien nicht«, lachte Goday. »Also muss ich ins Südburgenland kommen.«

Entweder Goday log wie gedruckt oder er hatte keine Ahnung vom Fliegen, denn beim Weiler Zicken gab es sicher nur mäßig Thermik, soweit kannte sich Timischl aus.

»Komm, Albert, gehen wir frühstücken!«, forderte eine fesche Frau mit kurzen, blonden Haaren Goday sofort auf, nachdem sie aus dem Bus getreten war. Sie war etwa zwanzig Jahre jünger als er und besaß ein ansprechendes Gesicht mit blauen Augen.

»Inspektor Timischl von der Polizei«, sagte Goday. »Er denkt, wir hätten Egon ermordet.«

Überrascht, sogar etwas erschrocken sah sie den Ermittler an.

»Wir waren die ganze Nacht hier und haben geschlafen«, versicherte sie, obwohl sie gar nicht nach einem Alibi gefragt worden war.

»Das hat mir Ihr Mann bereits berichtet. Wann haben Sie erfahren, dass Peter kein Recht hatte, Ihnen das Haus zu vermieten?«, versuchte Timischl, weitere Informationen zu ergattern.

»Wir planten, das Haus zu kaufen, da hat uns Peter erklärt, dass er noch ein Jahr zu warten habe, bis es möglich sei, seine

Brüder für tot erklären zu lassen. Der Zeitraum, der vom letzten Lebenszeichen an zu verstreichen hat, beträgt zehn Jahre. Marschieren wir, ich habe Hunger oder müssen wir bleiben?«

Fragend schaute sie auf Timischl.

»Nein, ich bin fertig. Danke.«

Das Ehepaar beeilte sich zum Restaurant und ließ Timischl zurück. Dieser schlenderte um den VW-Bus herum. An der Rückseite lehnte ein Mountainbike. Daneben stand ein schmaler, kleiner Rucksack. Seitlich am Reifen des Hinterrades, nicht auf der Lauffläche, klebten Erdbrocken. Er betrachtete den Lehm näher und brach ein Stück herunter. Es war nur außen getrocknet und innen noch feucht. Timischl zog überrascht die Augenbrauen hoch. Es hatte seit mindestens einer Woche nicht geregnet. Goday war also vor kurzer Zeit durch ein Bachbett, über nassen Waldboden, durch eine ehemalige Wasserlache oder durch ein Moor geradelt, dachte Timischl, schoss ein Foto vom Profil des Reifens und nahm die Erde in einem Plastiksack mit.

*

Ein Mann stand vor einem großen Spiegel, der neben einem Doppelbett an der Wand hing, und betrachtete sich. Im beigen Anzug mit hellblauem Hemd und Krawatte und mit grau melierten, kurzen Haaren gefiel ihm sein eigenes Äußeres vortrefflich. George Clooney war er nicht, doch ihm genügte es. Er war nicht nur ein erfolgreicher Geschäftsmann, er sah auch so aus. Schließlich hatte er vor, seinen Bruder zu beeindrucken.

»Darling, brauchst du länger?«, rief er ins Badezimmer. »Ich würde gerne frühstücken.«

»Ein bisschen dauert es«, kam es hoch und kreischend zurück. »Schau dir was im Fernsehen an, Sweety!«

Er schlenderte auf den Balkon des Zimmers hinaus und sah vom Hotel auf die Therme Stegersbach. Viel hatte sich hier verändert. Dreißig Jahre waren eine lange Zeit. Er spürte eine innere Anspannung und Unruhe vor dem Treffen mit seinem Bruder Peter. Vielleicht wusste dieser über den Verbleib von Erich Bescheid. Der Streit um das Elternhaus lag weit zurück und dennoch hatte er Sorge, wie der Empfang in Zicken ausfallen würde.

Die Sommersonne am Balkon war ihm zu intensiv und er kehrte ins klimatisierte Zimmer zurück. Er schaltete den Fernseher ein und setzte sich in den bequemen Fauteuil. Hans Moser war als Diener eines Schriftstellers zu sehen. Er erinnerte sich, dass er zusammen mit seinen Brüdern öfter bei der Familie Zeiler ferngesehen hatte. Sie selbst besaßen Ende der Sechzigerjahre kein TV-Gerät.

Er wechselte auf den nächsten Kanal, ORF 2. Die ZIB um neun Uhr lief. Nach den Weltnachrichten folgten die Berichte aus Österreich. Schon hatte er vor, zu CNN zu wechseln, da sagte die blonde Sprecherin: »Heute Nacht kam es im Südburgenland in der Nähe von Güssing in Rehgraben im Ortsteil Zicken zu einer Familientragödie. Ein dort lebender Mann hat seinen aus Russland auf Besuch weilenden Bruder vermutlich im Streit getötet und ist seit der Tat auf der Flucht. Die Polizei hat ein Foto des Täters veröffentlicht.«

Ein Bild wurde eingeblendet.

»Ob der Flüchtige bewaffnet ist«, setzte die Sprecherin fort, »ist nicht bekannt. Die Polizei hat eine Großfahndung eingeleitet, die bisher ohne Erfolg blieb. Die Bevölkerung wird um Wachsamkeit gebeten. In ›Mittag in Österreich‹ werden wir vom Tatort berichten.«

Hatte er den Mann auf dem Bild erkannt? Hatte er sich verhört? War er im falschen Film? Das konnte doch nicht wahr sein. Er nahm sein Smartphone und wählte die ORF-Website.

Er las die kurze Meldung, einmal und wieder und ein weiteres Mal. Wenn er das Fahndungsfoto auch noch so lange betrachtete, er hatte keinen Zweifel, der Mann war sein Bruder Peter. In dreißig Jahren verändert man sich, doch die Warze über dem

Auge war zu charakteristisch. Er googelte, um weitere Informationen über den Fall zu finden.

Auf der Homepage mit dem Titel: »Southnews-Neuestes aus dem Südburgenland« wurde er fündig. Hier las er unter Breaking News: Heute in der Nacht hat in Zicken bei Rehgraben Peter D. seinen aus Russland zu Besuch weilenden Bruder Egon D. erwürgt. Der Täter ist auf der Flucht. Die Polizei hat eine Großfahndung eingeleitet.

*

»Sweety, ich bin fertig«, rief die aus dem Badezimmer kommende, in eine Parfumwolke gehüllte, langbeinige Blondine.

Ihr riesiger, synthetischer Busen war in ein zu enges T-Shirt gepresst. Sie wirkte wie die Roboterausführung einer Barbiepuppe. Über sein Handy gebeugt reagierte er nicht. Sie trat von hinten an ihn heran und gab ihm einen Kuss auf die Wange, doch er blieb unbeeindruckt. Kurzentschlossen nahm sie ihm das Smartphone aus der Hand.

»Vergiss einmal die Geschäfte! Wir sind auf Urlaub und heute wirst du deinen Bruder wiedersehen.«

Stumm sah er auf.

»Was ist denn los?«, fragte sie erschrocken. »Du bist ja bleich. Ist dir unwohl? Soll ich einen Arzt rufen?«

»Nein, nein. Es ist nur wegen meines Bruders.«

»Hast du Angst vor ihm? Der Streit ist doch dreißig Jahre her. Er wird sich freuen, wenn er dich sieht, was sonst. Sweety, du bist komisch. Du warst letzte Nacht ohnehin bei deinem Elternhaus, beim Dreikanter, weil du befürchtet hast, die Gefühle könnten dich heute überwältigen und du würdest dich vor Peter blamieren. Sag bloß, du wirst jetzt nicht hingehen. Dann besuche ich deinen Bruder ohne dich.«

»Ach Darling, muss ich nicht grässlich aussehen, wenn ich letzte Nacht ermordet worden bin?«, sagte er gezwungen lachend.

»Was redest du da für einen Unsinn«, erwiderte sie verständnislos. »Bist du völlig verrückt geworden?«

Er stand auf, trat vor den Spiegel, betastete seinen Hals mit beiden Händen und sprach: »Dafür, dass ich erdrosselt wurde, sieht er perfekt aus. Nimm dich in Acht vor mir! Vielleicht bin ich ein Zombie.«

»Hör sofort auf! Du ängstigst mich. Was ist denn los?«

»Lies selbst!«

Er nahm ihr das Smartphone aus der Hand, hielt es ihr vors Gesicht und sie studierte den Bericht. Er wartete, bis sie zu Ende gelesen hatte.

»Die Polizei glaubt, dass Peter mich ermordet hat. Ich soll getötet worden sein, aber ich lebe. Er muss jemand anderen erdrosselt haben. Verstehst du? Er ist auf der Flucht. Ich kann ihn nicht treffen.«

»Hast du heute Nacht in Zicken etwas angestellt?«, fragte sie besorgt.

»Blödsinn, ich habe mir mein Elternhaus angesehen und vorher war ich auf der Lichtung im Birkenwald, wo ich einst mit meinen Brüdern gespielt habe. Ich habe keinen Menschen getroffen und niemand hat mich gesehen.«

»Bist du dir sicher?«

Sie trat zu ihm und glitt vorsichtig mit ihrer Hand über seine Wange.

»Stimmt nicht. Beim Verlassen des Moores habe ich einen Radfahrer von der Straße Richtung Birkenwald abbiegen gesehen«, erwiderte er nachdenklich.

»Du hast nichts verbrochen?«

»Verdammt. Nein! Für wen hältst du mich?« Er stieß sie unsanft von sich.

»Verzeih, aber die Angelegenheit hat mich aus der Fassung gebracht. Gib mir einen Kuss und alles ist wieder im Lot«, bat sie flehentlich.

»Wenn es dich glücklich macht, bitte.«

»Doch, das wird es.«

Er küsste sie.

»Was werden wir jetzt unternehmen, Sweety?«

»Keine Ahnung. Alles ist über den Haufen geworfen. Es ist wie verhext.«

»Die Polizei wird Peter bald finden. Dann wirst du ihn doch treffen.«

»Als Mörder im Gefängnis. Das habe ich mir anders vorgestellt. Außerdem, was wird aus dem Geschäft?« Er schritt im Zimmer auf und ab.

»Was für ein Geschäft?«

»Ach Darling, vergiss es! Es ist nicht wichtig.«

Sie trat vor den Spiegel, ordnete mit den Händen ihre Haare und brachte den Busen in optimale Form.

»Sagen wir der Polizei nicht, dass du lebst, Sweety?«, fragte sie plötzlich.

»Für eine Blondine bist du schnell im Denken«, lachte er sie aus.

»Mein Vorteil, dass es nicht nur darauf ankommt«, erwiderte sie nicht beleidigt, dabei drehte sie sich zu ihm, schüttelte ihren Oberkörper aufreizend hin und her und formte die Lippen zu einem Kussmund.

»Das mit der Polizei hat keine Eile. Womöglich melde ich mich später oder gar nicht. Ich bin nicht deren Freund und Helfer. Außerdem macht es mir Spaß, ermordet durch die Welt zu schreiten.«

»Wie du meinst, Sweety. Auf zum Frühstück?«

»Okay, Darling!«

Er erhob sich und sie verließen ihr Hotelzimmer.

*

Vorbei an der Burg Güssing fuhr Geigensauer nach Strem. Von der morgendlichen Kühle war nichts geblieben. Ungehindert brannte die Sonne vom wolkenlosen Himmel herab. Den kalten, trockenen Luftzug der Klimaanlage hassend, hatte er alle Fenster geöffnet und genoss den Fahrtwind.

Von Peter Drabits fehlte weiterhin jede Spur. Die Meldung über den Mord in Zicken war längst in den Ö3-Nachrichten. Im Wetterbericht lag Güssing mit 27°C um zehn Uhr an der Spitze aller österreichischen Wetterstationen.

Schnurgerade führte die Straße vorbei an Urbersdorf nach Osten, um nach einem Knick nach Südosten Strem zu erreichen. In der Ferne spiegelte sich die heiße Luft über der Fahrbahn. Goldgelb stand das Getreide auf den Feldern, bald reif für die Ernte. Er bog links in die Ortschaft ab und erreichte kurze Zeit später den großen Parkplatz vor dem Pflegekompetenzzentrum Strem.

Ein Angestellter zeigte ihm, wo Frau Goronatz im Aufenthaltsraum saß.

»Herr Geigensauer von der SOKO-Südost würde Ihnen gerne ein paar Fragen stellen«, machte er ihn mit der alten Dame bekannt. Die Frau saß in einem Rollstuhl bei Tisch und las Zeitung.

»Freilich«, lächelte sie und legte das Journal zur Seite. »Ich habe ein Alibi, ich habe das Heim in den letzten Tagen nicht verlassen. Dafür gibt es Zeugen. Bitte, nehmen Sie nur Platz! Ein Gespräch mit einem Inspektor habe ich mir immer gewünscht. Ich habe eine Schwäche für Krimis, vor allem für die von Agatha Christie.«

Ihre Augen strahlten vor Freude.

»Geigensauer, Ihr Name kommt mir bekannt vor. Moment bitte, nichts verraten!«

Sie dachte einen Augenblick angestrengt nach und sagte dann selbstbewusst: »Ich denke, Sie haben vor Jahren das Rätsel um den Mord an einer Altenpflegerin gelöst. Ihre Leiche lag in einem Maisfeld in der Nähe des Flughafens Punitz.«

»Sie haben ein ausgezeichnetes Gedächtnis«, lobte er.

»Wenig später waren Sie an der Aufklärung des Mordes an

Thorsten Albrich beteiligt. Er war direkt am Güttenbach erschossen worden.«

»Sie sind eine lebendige Chronik der Kriminalfälle des Südburgenlandes«, staunte Geigensauer.

»Nicht zu vergessen, der Fall mit dem Ägypter Nermin Said«, ergänzte sie rasch.

»Ich benötige Ihre Hilfe«, bat er. »In Zicken ist heute in der Nacht Egon Drabits ermordet worden.«

»Egon Drabits«, wiederholte sie äußerst bestürzt. »Er ist doch seit vielen Jahren verschollen.«

»Vor ein paar Wochen ist er mit seiner Freundin aus Russland kommend zu einem Besuch hier eingetroffen.«

»Aus Russland?«, meinte sie nachdenklich. »Ich kannte ihn schon von Kind an. Wer hat ihn umgebracht?«

»Vermutlich sein Bruder Peter. Er wird seit dem Verbrechen vermisst.«

»Peter hat Egon ermordet«, schüttelte sie ungläubig ihren Kopf. Die Kenntnis von diesem Verbrechen rührte die alte Dame zutiefst. Sie seufzte schwer und schaute in ihren Schoß.

»Offenbar hängt der Mord mit dem Streit der Brüder um ihr Elternhaus zusammen. Könnten Sie mir darüber berichten?«, fragte Geigensauer, nachdem Frau Goronatz eine Zeit geschwiegen hatte.

»Ich werde Ihnen erzählen, was ich weiß«, nickte die alte Dame. »Ursprünglich wohnten in Zicken nur die beiden Familien Zeiler und Drabits. Bald nachdem ich meinen Mann geheiratet hatte, kauften wir 1972 das Grundstück auf der gegenüberliegenden Talseite und errichteten unseren kleinen Bungalow. Damals waren die drei Drabits Buben rund zehn Jahre alt. Irmgard, die Tochter der Familie Zeiler, war ein bisschen jünger. Ich erinnere mich genau daran, wie die vier Kinder auf unserer Baustelle gespielt haben. Von den drei Buben war Erich der älteste, Egon der jüngste. Erich und Egon sahen einander und ihrem Vater ähnlich, Peter glich mehr seiner Mutter. Egon war der klügste von ihnen und hatte in der Schule immer ausgezeichnete Erfolge. Erich und Egon waren so richtige Lausbuben und stellten ständig etwas an. Einmal errichteten sie in einem kleinen Birkenwald ein Baumhaus, das eines Tages herabstürzte. Sie hatten riesiges Glück, dass ihnen außer ein paar Schrammen und blauen Flecken nichts passierte. Mein Mann nannte sie wegen ihrer Streiche Max und Moritz. Peter hingegen war still und verschlossen. Sandwichkinder haben es eben schwer. In der Pubertät hatten Erich und Egon nichts anderes im Sinn als Rauchen, Saufen, Motorräder und Freundinnen. Dann starb ihre Mutter überraschend an einem Herzinfarkt und Thea, die unverheiratete Schwester ihres Vaters, zog zu ihnen, um sich um die Kinder zu kümmern. Erich und Egon kamen rasch über den Tod der Mutter hinweg, aber Peter wäre daran fast zugrunde gegangen. Erich und Irmgard gingen lange miteinander, obwohl ihr Vater, Fritz Zeiler, absolut gegen diese Beziehung war. Einmal, ich habe im Birkenwald Schwammerl gesucht, habe ich die beiden auf einer Lichtung gesehen. Sie saßen dort auf einer Bank und schmusten miteinander.«

Frau Goronatz unterbrach ihren Bericht, um Luft zu schöpfen. Andauerndes Reden war für sie anstrengend.

»Ich war nicht der einzige Beobachter dieser Liebesszene.«

Lächelnd erinnerte sie sich zurück.

»Hinter einem Baum versteckt, sah ich Peter, wie er die beiden belauschte. Zunächst dachte ich, er wolle ihnen einen Streich spielen. Erst später wurde mir klar, dass auch er in Irmgard verliebt war. Ich weiß nicht, ob er ihr damals seine Zuneigung je gestanden hat.«

»Was geschah nach dem Tod des Vaters?«

»Zu diesem Zeitpunkt studierte Erich in Wien Wirtschaft und Egon hatte in Graz an der TU mit dem Technikstudium angefangen. Unter Bundeskanzler Kreisky war endlich auch auf dem Land für die Jugend die Möglichkeit gegeben, höhere Bildung zu erwerben. Peter führte zusammen mit seinem Vater und

Thea die kleine Landwirtschaft und arbeitete als Elektriker in Hartberg. Herr Drabits starb 1982 an einem Schlaganfall. Da kein Testament vorhanden war, fiel das Erbe zu je einem Drittel an die Brüder. Peter beabsichtigte den Bauernhof fortzuführen, war aber nicht in der Lage, die anderen beiden auszuzahlen. Egon und Erich waren fest entschlossen zu verkaufen, um ihre Studien zu finanzieren. Der Streit eskalierte mehr und mehr. Sie einigten sich lediglich darauf, Wiesen und Felder an einen Bauern der Umgebung zu verpachten und den Gewinn Thea zu überlassen, um ihre Mindestrente aufzubessern. Im ersten Jahr nach dem Tod des Vaters erhielt Erich ein Stipendium in den USA und Egon beschloss wenig später, nach Chile auszuwandern, um dort sein Glück zu versuchen. Der Streit um das Erbe blieb ungelöst. Erich und Egon hatten bald kein Interesse mehr am Elternhaus und Nachrichten, die Peter ihnen schrieb, um sie zum Verzicht auf ihr Erbe aufzufordern, wurden nicht beantwortet. Von Erich hörte man noch, dass er die Tochter eines wohlhabenden Anwaltes geheiratet hatte. Nach etwa zehn Jahren kamen die Briefe an ihn mit der Aufschrift »Adressat unbekannt« zurück. Ähnlich verlief es bei Egon. Man erfuhr über andere Auswanderer, dass er eine Baufirma in Chile aufgebaut hatte, dann verlor sich auch seine Spur.«

Frau Goronatz war wieder ermüdet und schwieg, um sich zu erholen.

»Warum hat Irmgard Erich nicht in die USA begleitet?«, interessierte sich Geigensauer für ihr Schicksal.

»Ihr Vater erlaubte dies nur, wenn Erich sie heiratete. Dieser lehnte das ab und ließ sie zurück. Das arme Mädchen verkraftete das kaum. Ich denke, sie liebte ihn und erfuhr leidvoll, dass sie ihm nicht viel bedeutet hatte. Es dauerte Jahre, bis sie sich von dieser Kränkung erholte. Verschmähte Liebe zerstört ein Menschenleben schnell. Darf ich Sie etwas Privates fragen?«, unterbrach sie den Bericht über Irmgard.

»Bitte, natürlich«, willigte Geigensauer ungern ein.

»Sind Sie verheiratet?«

»Ja, schon länger.«

»Haben Sie Kinder?«

»Einen Sohn, erst jüngst geboren.«

»Ich wünsche Ihnen, Ihrer Frau und Ihrem Sohn viel Glück«, meinte sie herzlich.

»Was geschah mit Peter und Thea?«, kehrte Geigensauer wieder zum Thema zurück.

»Thea hat sich aus ihren Ersparnissen das kleine Ausgedinge gebaut, in dem sie jetzt noch lebt, um den Verkauf des Dreikanters nicht im Wege zu stehen. 1994 starb mein Mann, ich zog zu meiner Schwester nach Rehgraben und verkaufte das Haus an Peter. Er lehnte es ab, weiter Geld in den Erhalt des Elternhauses zu stecken, wenn unsicher war, wer es schließlich besitzen würde. Ein paar Jahre später zog Irmgard zu ihm. Die beiden haben zwar nicht geheiratet, doch sie lebten, glaube ich, glücklich miteinander. Ich denke, es war im Jahr 2007, dass Peter den letzten Versuch unternahm, Kontakt mit seinen Brüdern aufzunehmen. Weder ihr Aufenthaltsort noch die Frage, ob sie überhaupt noch am Leben waren, wurde geklärt. Von Erich erfuhr man, dass er angeblich seit einem Inlandsflug in Alaska verschollen war. Egon sei von einer Bergtour in den Anden nicht zurückgekommen. Kurze Zeit später habe ich Peter getroffen und er hat mir erzählt, dass er vorhabe, die vorgeschriebenen zehn Jahre abzuwarten und dann Egon und Erich für tot erklären zu lassen.«

Erschöpft und tief einatmend schloss Frau Goronatz ihren Bericht.

»Danke für die Zeit, die Sie sich genommen haben«, sagte Geigensauer.

»Wenn man in meinem Alter im Heim keine Zeit hat, dann stimmt etwas nicht«, lachte sie und traurig setzte sie fort: »Wir alle hier haben Zeit, auch wenn wir nur noch wenig davon haben, bis wir sterben.«

»So schnell wird der Tod nicht kommen. Sie sind noch rüstig und geistig voll da«, beruhigte er.

»Der Mord an Egon trifft mich hart«, sagte sie nachdenklich, »Ich sehe ihn deutlich vor mir, einen jungen, fröhlichen Burschen.«

Geigensauer reichte ihr zum Abschied die Hand. Sie hielt seine mit ihren beiden Händen fest und meinte: »Viel Glück beim Lösen Ihres vierten Falles. Peter war es nicht, ich wette darauf. Kommen Sie wieder einmal vorbei, ein bisschen plaudern. Die Zeit ist so schnell vergangen. Bald wird das Mittagessen serviert.«

Geigensauer verließ das Heim. Die Temperatur im Freien war in rekordverdächtige Höhen geklettert. Er öffnete bei seinem Wagen alle Türen und wartete, bis die größte Hitze aus dem Inneren entwichen war. Das Lenkrad war zu heiß, um es anzufassen. Er beschloss, nach Hause zu fahren, um Jane und Josef zu sehen.

*

Wolkenlos spannte sich der blaue Himmel über das Günser Gebirge.

Bei der neuen Tankstelle an der B 63 zwischen Dürnbach und Schachendorf war um die Mittagszeit kaum Betrieb. Von hier hatte man einen herrlichen Blick über die weiten, goldgelben Felder, die gegen Rechnitz sanft anstiegen. Im Osten beherrschte die von hohen Bäumen umgebene Kirche von Dürnbach den Horizont. Nach Süden zu waren Eisenberg und Hannersberg nicht zu übersehen.

Eine ältere Frau, Mara Barka, betrat den Verkaufsraum, um ihre junge Kollegin Verena Muster im Dienst abzulösen.

»Hallo, wie gehts?«, rief sie freundlich. »Draußen ist eine Affenhitze. Angenehm, dass wir hier eine Klimaanlage haben. Ich ...«

»Pscht!«, wurde sie von Verena unterbrochen. »Sie berichten über den Mord bei Rehgraben.«

Die beiden Frauen lauschten, bis die Nachrichten auf Radio Burgenland vorüber waren.

»Wieder einer ausgerastet«, meinte Mara wenig beeindruckt und hatte vor, im kleinen Zimmer hinter dem Verkaufsraum ihre Handtasche abzulegen.

»So schaut der flüchtige Täter aus.«

Verena zeigte Mara ein Bild auf ihrem Smartphone. »Nur falls er hier vorbeikommt. Vorsicht ist die Mutter der Porzellankiste.«

Mara nahm ihr das Handy unwillig aus der Hand, warf einen kurzen Blick darauf, schwenkte dann aber den Bildschirm etwas, um das Foto besser zu sehen.

»Den kenne ich«, sagte sie erschrocken. »Der war gestern am Abend hier. Die Warze war nicht zu übersehen.«

»Bist du sicher?«, fragte Verena aufgeregt.

»Ohne jeden Zweifel«, Mara gab ihr das Mobiltelefon wieder zurück, »er war gestern in der Nacht hier.«

»Oh, Gott. Du hast einen Mörder bedient.«

»Ich war mit ihm allein.« Mara setzte sich betroffen nieder.

»Was wollte er denn?«, platzte Verena fast vor Neugierde, doch Mara gab keine Antwort.

»Erzähl schon!«, drängte die junge Kollegin vehement.

»Er kam mit dem Motorrad«, sagte Mara.

»Hat er getankt oder im Shop eingekauft? Ist dir an ihm etwas aufgefallen?«, bestürmte Verena Mara mit Fragen.

»Er hatte ein Problem mit seiner Maschine und bat um Werkzeug. Ich habe ihm die Garage geöffnet und er hat sich ein paar Schraubenschlüssel geliehen. Ich war allein mit ihm, verstehst du das?«

»Hattest du Angst?«

»Nicht mehr als sonst. Unheimlich ist mir immer, wenn ich in der Nacht allein bin.«

»Wie lange ist er geblieben?«

»Sicher über eine halbe Stunde. Herr Burkhard aus Parapatitschberg kam dann, Gott sei Dank, vorbei und trank sein Bier. Ich bin froh, wenn mehrere Kunden hier sind. Er hat dann sogar geholfen, das Motorrad zu halten, um dem Mörder die Arbeit zu erleichtern.«

»Ist dir nichts an ihm aufgefallen? Blutige Hände oder so?«

»Nein, wirklich nicht.«

»War er nervös? Er war doch auf der Flucht.«

»Vielleicht war er es. Ich habe nichts bemerkt. Nein, er wirkte normal.«

»Melde dich bei der Polizei!«

»Jetzt werde ich einmal arbeiten, bis mein Dienst endet. Ich bin nur froh, dass ich heute am Abend nicht eingeteilt bin. Ich würde vor Angst sterben.«

Mara erhob sich langsam.

»Ruf die Polizei an!«, forderte Verena sie auf. »Ich bleibe solange hier.«

Mara zögerte einen Augenblick, doch dann nahm sie das Handy und verschwand im kleinen Personalraum, um ungestört zu telefonieren. Nach kurzer Zeit kehrte sie zurück.

»Erledigt?«, fragte Verena.

»Ja«, erwiderte Mara nachdenklich. »Sie schicken einen Beamten vorbei.«

»Tschau, bis morgen«, verabschiedete sich Verena, schnappte ihre Handtasche und fuhr mit ihrer Vespa Richtung Ungarn. Bereits vor der Abzweigung nach Rechnitz kam ihr ein Polizeiauto entgegen.

*

An der Nordseite des Hauses saß man um die Mittagszeit im Schatten angenehm temperiert, denn der mäßige Südostwind, der untertags im Südburgenland bei Schönwetter bläst, verschaffte Kühlung. Um einen Gartentisch saßen Jane, Geigensauer und Inspektor Timischl und tranken Kaffee. Ein paar Meter entfernt schlief der kleine Josef im Kinderwagen. Zwischen den Obstbäumen des Gartens öffnete sich der Blick hinunter auf den runden Kirchturm von Güttenbach.

»Vom Badesee Rauchwart bin ich gleich wieder zurück nach Zicken gefahren«, kam Timischl langsam zum Ende seines Berichtes. »Ich kam rechtzeitig. Die Spurensicherung war dabei, ihre Arbeiten abzuschließen, und ich übergab ihnen die Erdbrocken, die ich mitgenommen hatte.«

»Haben sie am Tatort Reifenabdrücke von einem Fahrrad gefunden?«, wollte Jane wissen.

Timischl trank einen Schluck Kaffee und antwortete.

»Es gibt Spuren von Fahrradreifen in zwei fast ausgetrockneten Wasserlacken im Birkenwald und das Profil scheint mit dem von Goday übereinzustimmen. Die Spurensicherung wird Abdrücke von den Fahrradreifen nehmen, um einen genauen Vergleich zu erlangen. Wann die Lacken durchfahren wurden, ist schwer festzustellen, aber man bemüht sich, einen Zeitrahmen festzulegen.«

Aus der Richtung, wo der Kinderwagen stand, war ein leises Raunzen zu hören. Jane erhob sich, trat hin, hob Josef heraus und brachte ihn am Arm zu Tisch. Geigensauer sprach ihn an: »Hallo, alter Knabe.«

Er streichelte dessen Bäuchlein. Das Kind lächelte und der Schnuller, an dem es gierig saugte, rutschte ihm aus dem Mund und fiel zu Boden.

»Er schaut Jane extrem ähnlich«, sagte Timischl, und als er Geigensauers Gesichtsausdruck sah, fügte er hinzu: »Dir natürlich auch.«

Schnell war der freundliche Ausdruck aus Josefs Gesicht verschwunden, die Mundwinkel wanderten bedrohlich nach unten und es war nicht zu übersehen, dass er gleich weinen würde.

»Willst du wieder liegen?«, sagte Jane sanft zu ihm, stand auf und legte ihn in den Kinderwagen zurück. Diesen stellte sie neben sich und bewegte ihn mit ihrer rechten Hand hin und her, um Josef in den Schlaf zu schaukeln. Geigensauer breitete ein Papier im Format A3 vor sich aus, beschwerte es an den Ecken mit vier Gläsern und meinte: »Jetzt werden wir einmal eine Skizze der Örtlichkeiten von Zicken anlegen, um einen umfassenden Überblick über den Fall zu erlangen.«

»Klingt professionell«, erwiderte Timischl. »Hast du das bei der letzten Fortbildung in Wien gelernt?«

»Natürlich nicht«, widersprach Geigensauer. »Das ist die Straße von Brunnergraben nach Rehgraben.«

Er zog zwei parallele Linien quer über das Blatt. Timischl stand auf und setzte sich neben ihn.

»Hier rechts liegt der Bungalow, in dem früher das Ehepaar Goronatz wohnte und bis jetzt Peter und Irmgard lebten.«

Er zeichnete ein Rechteck für den Bungalow und schrieb die Namen der Bewohner dazu.

»Du bist ja ein Kartograf«, spottete Timischl.

»Auf der anderen Seite der Dreikanter, wo die Brüder Drabits aufgewachsen sind«, fuhr Geigensauer fort, malte ein Dreieck und kritzelte Peter, Egon und Erich hinein.

»Vergiss nicht auf die Godays«, erinnerte Timischl. »Immerhin waren sie fast ein Jahr lang dort eingemietet.«

Geigensauer nickte und fügte in Klammern Goday dazu.

»Gleich daneben steht das Häuschen von Tante Thea.«

Er skizzierte mit wenigen Strichen ein Haus mit Dach, zwei Fenstern und einer Tür.

»Brunnen und Linde?«, fragte Timischl.

»Bitte.«

Geigensauer reichte Timischl den Stift und dieser fertigte im Stil von Cartoons das Gewünschte.

»Weiter oben steht das Waldhaus der Familie Zeiler.«

Geigensauer entwarf ein kleines Haus und ein paar Tannen. Auf die Tür schrieb er »Fritz, Pflegerinnen Dara oder Loana.« Von dort ließ er die Straße in Serpentinen weiterlaufen.

»Hier ist die Villa von Architekt Steiner und Nice.«

Geigensauer versuchte, etwas zu malen, das dem modernen Bau entsprach.

»Was wird denn das?«, fragte Timischl entsetzt.

»Frag den Architekten!«

Geigensauer setzte unbeirrt fort, einen Scheiterhaufen von Quadern auf das Papier zu bringen. Im größten vermerkte er die Namen »Steiner« und »Nice.«

»Fehlt noch der Birkenwald mit dem Tatort«, forderte Timischl, ergriff den Stift wieder und ging flott an die Arbeit.

»Nun haben wir auch den Fußweg vom Dreikanter zum Moor und das Birkenwäldchen«, kommentierte er zufrieden sein fertiges Werk.

Geigensauer ergänzte den Badesee Rauchwart mit dem Wohnmobil der Godays und dem russischen Lastwagen von Nadja Likova und Egon Tscherkov.

»Jetzt haben wir einen ausgezeichneten Überblick«, lobte Timischl ihre Zeichnung.

»Architekt Steiner und die Godays sind nicht unverdächtig«, meinte Geigensauer. »Die Rückkehr von Egon kam allen ungelegen, die Interesse am Dreikanter hatten. Zuerst jedoch müssen wir Peter finden.«

Timischl nickte und aß genüsslich von einer Kardinalschnitte. Die Musik zum Vorspann des Filmes »Der rosarote Panther« ertönte gedämpft aus seiner Hosentasche. Er zückte sein Handy und nahm das Gespräch an.

»Inspektor Timischl«, meldete er sich mit vollem Mund. »Sicher störst du. Spaß bei Seite, was ist los?«

»Aha«, kommentierte er das Gehörte mehrmals.

»Klärt bitte ab, ob ein Motorrad gestohlen wurde! Nein, um den Rest kümmere ich mich«, schloss er das Gespräch ab.

»Peter Drabits ist gestern in der Nacht bei einer Tankstelle gesehen worden.«

»Also ist er doch nicht zu Fuß geflohen«, folgerte Geigensauer.

»Es ist die neu erbaute an der B 63 zwischen Dürnbach und Schachendorf. Eine Angestellte hat ihn eindeutig erkannt. Er kam mit einem Motorrad, um an der Lenkung etwas zu reparieren.«

»Eine Maschine. Eine Panne mit dem Fluchtfahrzeug. Das ist der Albtraum aller Kriminellen«, meinte Geigensauer nachdenklich. »Wann war er dort?«

»Etwa um elf Uhr.«

»Flott gefahren.« Geigensauer schüttelte verwundert den Kopf, denn Dr. Humer war von einer Tatzeit zwischen elf Uhr und zwölf Uhr ausgegangen.

»Die Beamten sind vor Ort, aber ich plane, unbedingt mit dieser Angestellten zu sprechen.« Timischl stand auf.

»Wir brechen die Suche nach Peter Drabits in Zicken ab?«, sagte Geigensauer mit einem fragenden Unterton. Timischl nickte zustimmend und Geigensauer fuhr fort: »Dann werde ich Irmgard Zeiler aufsuchen und sie über das Motorrad befragen.«

Die beiden Ermittler brachen auf. Ungern ließ Geigensauer Jane und Josef in Güttenbach zurück.

*

Mara Barka, die Angestellte an der Tankstelle, machte auf Timischl einen verlässlichen Eindruck. Mit hoher Wahrscheinlichkeit hatte Peter Drabits mit dem Motorrad hier angehalten. Leider hatte sie sich die Nummerntafel nicht gemerkt und erinnerte sich nicht mehr genau an die Dauer seines Aufenthaltes.

»Sicher eine halbe Stunde lang, etwa um elf Uhr herum.« Mehr war ihr nicht zu entlocken. Unter Umständen hatte Herr Burkhard, der andere nächtliche Gast, der aus Parapatitschberg stammte, ein besseres Gedächtnis. Timischl fuhr von Dürnbach nach Markt Neuhodis. Er wählte aber nicht den Weg über

Althodis, sondern fuhr steil durch die Weinberge bergauf, dem St. Martins Radweg folgend. Kurz bevor die Straße, die Weingärten verlassend, in den Wald verlief, gab es unter mehreren hohen Bäumen eine schattige Bank.

Timischl parkte den Wagen und genoss in Ruhe seine Nachmittagszigarette, doch ein Hornissennest in der Höhle eines Baumstammes veranlasste ihn, nicht auf der Bank Platz zu nehmen. Er blieb in sicherem Abstand im Schatten stehen.

Von hier oben hatte er einen großartigen Ausblick von Rechnitz bis Großpetersdorf und nach Süden zu auf den Eisenberg. Auch die ausgedehnten Waldflächen Richtung Güssing waren in der flimmernden Sommerhitze zu sehen.

Sorgfältig entsorgte er den Rest seiner Zigarette. Die Waldbrandgefahr nahm mit jedem Tag der Hitzewelle zu. Über den Weinberg kommend erreichte er Althodis. Die lang gezogene, scharfe Kurve, die folgte, erinnerte Timischl an eine Fahrt durch das Osttiroler Lesachtal.

In Parapatitschberg angekommen fand er nur bestätigt, was er bei früheren Besuchen dieser Ortschaft festgestellt hatte. Hier hatte das Südburgenland alpinen Charakter.

Gleich am Ortsbeginn rechts stand das Haus von Herrn Burkhard, in den steilen Hang gebaut. Er saß auf einer Bank vor seinem Haus und las in den »Hrvatske Novine«, der burgenländischkroatischen Wochenzeitung.

Timischl stieg aus und sofort legte Herr Burkhard das Blatt beiseite und schaute verwundert auf den Ankömmling. Vertreter oder Spende ging es ihm durch den Kopf. Er war klein und von rundlicher Gestalt. Obwohl er schon gegen die siebzig Jahre alt war, fehlte kaum eines seiner grauen Haare.

»Inspektor Timischl von der Kriminalpolizei«, rief dieser aus ein paar Metern Entfernung, um den Besuch zu erklären.

Besorgt blickend erhob sich Burkhard.

»Keine Sorge. Sie haben nichts angestellt«, beruhigte Timischl. »Ich benötige nur ein paar Informationen.«

»Ich dachte schon«, erwiderte Burkhard, sichtbar erleichtert.

»Sie haben gestern in der Nacht bei der neuen Tankstelle ein Bier getrunken?«

»Ja, mittwochs besuche ich regelmäßig meine Schwester in Stegersbach und auf der Heimfahrt trinke ich dort gern etwas. Allein zu Hause schmeckt es nicht.«

»Sie haben dort einem Motorradfahrer bei der Reparatur seiner Lenkung geholfen? War das dieser Mann?«, zeigte Timischl ihm ein Foto von Peter Drabits.

»Ja, ein komischer Typ. Er zog an der Lenkung seiner Kawasaki einige Schrauben nach. Ich habe ihm das schwere Motorrad gehalten.«

»Haben Sie sich die Nummerntafel gemerkt?«

»Es war ein Güssinger Kennzeichen. Da bin ich sicher. Die Nummer ist leider nicht hängen geblieben.«

»Wissen Sie, wann Sie dort angekommen sind?«

»Den Wetterbericht der Elf-Uhr-Nachrichten habe ich angehört, bevor ich ausgestiegen bin.«

»Perfekt«, war Timischl zufrieden. »Wann ist der Motorradfahrer weitergefahren?«

»Er ist knapp vor mir aufgebrochen. So gegen dreiviertel zwölf.«

»Ich bin fertig mit meinen Fragen. Danke!«

»Wozu benötigen Sie die Informationen?«, fragte Burkhard vorsichtig.

»Haben Sie vom Mord in Zicken gehört?«

»Kommt jede Stunde in den Nachrichten.«

»Der Mann ist der flüchtige Täter gewesen.«

»Der Mörder«, war Burkhard erschrocken. »Mein Gott, er hat völlig harmlos gewirkt.«

»Auf Wiedersehen und danke«, sagte Timischl im Weggehen. Er ließ einen betroffenen Herrn Burkhard zurück. Jetzt galt es, die Herkunft des Motorrades rasch zu klären.

*

Die Hitze des Tages hatte ihren Höhepunkt erreicht. Geigensauer traf wieder in Zicken ein. Die Schaulustigen waren verschwunden und die letzten Beamten verließen den Ort. Ruhe war in den Weiler eingekehrt, als ob nie etwas Außerordentliches geschehen wäre.

Er parkte den Wagen beim Brunnen. Die Häuser von Tante Thea und Herrn Zeiler lagen verlassen in der Nachmittagssonne. Offenkundig hielten die alten Herrschaften ihren Mittagsschlaf. Er erfrischte sein Gesicht und den Nacken mit dem kalten Brunnenwasser und marschierte zum Haus von Irmgard.

Plötzlich hörte er Motorenlärm über seinem Kopf. Eine Drohne flog in geringer Höhe über das Tal südwärts, um dort in einem großen Bogen nach Norden zu fliegen, zu wenden und wieder zurückzukehren.

Dies wiederholte sich mehrere Male, während Geigensauer weiterging. Der Flug an sich war nichts Besonderes und trotzdem fand er es jedes Mal bedrohlich, wenn die Drohne genau über ihm flog. Die Person, die das Fluggerät steuerte, war nirgends zu bemerken, doch vermutlich war es der Wiener Goday, der die Thermik von Zicken ausnützte, die es laut Timischl hier gar nicht gab. Warum die Sucht, hier zu fliegen?

Er näherte sich Irmgards Haus. Von seiner Bewohnerin war nichts zu sehen. Kurz entschlossen versuchte er es und hatte Erfolg. Die Garagentür war nicht abgesperrt. Er umrundete das darin abgestellte Fahrzeug. Neben dem Ford Fiesta gab es keinen Platz, der für das Abstellen eines Motorrades geeignet gewesen wäre. Verräterische Ölflecken waren auf dem Boden nicht zu erkennen.

»Darf ich fragen, was Sie hier suchen?«, hörte er die anklagende Stimme von Irmgard, die die Garage von außen betrat.

»Einen Platz, um ein Motorrad abzustellen«, entgegnete Geigensauer. Sie wirkte auf ihn gesundheitlich angegriffen, noch schlanker als sonst. Egons Tod und Peters Verschwinden hatten sie schwer getroffen.

»Wir besitzen kein Zweirad«, stellte sie achselzuckend fest und fragte sofort: »Haben Sie eine Spur von Peter gefunden?«

»Er ist gestern in der Nacht mit einem Motorrad gefahren.« Geigensauer beobachtete ihre Reaktion genau. Außer ungläubigem Staunen erkannte er aber nichts.

»Mit einer Maschine? Er besitzt keine. Wohin soll er denn gefahren sein?«, fragte sie beunruhigt.

»Das wissen wir nicht. Er hat bei der neuen Tankstelle zwischen Dürnbach und Schachendorf an der B 63 einen Stopp eingelegt, um an seiner Lenkung etwas zu reparieren. Es ist denkbar, dass er nach Ungarn geflohen ist.«

»Ins Ausland? Sie glauben noch immer, er hat Egon getötet. Er besitzt kein Motorrad und ich wüsste auch nicht, von wem er sich eines hätte leihen können. Sicher hat man ihn mit einer anderen Person verwechselt.«

»Womöglich hat er es für seine Flucht gestohlen«, schlug Geigensauer vor. In der prallen Sonne vor der Hausmauer war es unerträglich heiß. Irmgard wischte sich die Schweißperlen von der Stirn.

»Ich ertrage die Hitze nicht mehr. Kommen Sie mit in den Schatten!«

Sie schritt voraus und er folgte ihr. Hinter dem Haus stand ein hölzerner Tisch mit zwei Bänken. Dort nahmen sie Platz. Die Drohne hatte ihre Route verändert und kreiste nun auf dieser Talseite, den Bungalow von Irmgard ständig überfliegend.

»Schon oft ist mir Goday mit seiner stundenlangen Fliegerei auf die Nerven gegangen«, verärgert sah sie in den Himmel hinauf. »Er hat in dem Modell eine Kamera eingebaut. Damit kann er die ganze Gegend fotografieren. Er hat mir einmal die Bilder gezeigt. Ich weiß nicht, was er daran so amüsant findet.«

Geigensauers Handy meldete sich mit dem Schlager »It´s now or never«. Er schritt ein Stück in den Garten hinein, wo Irmgard ihn nicht mehr hören konnte, stellte sich in den Schatten eines alten, hohen Apfelbaumes und nahm das Gespräch an.

»Hallo, was gibt es Neues?«

»Einiges«, erwiderte Timischl. »Es gibt neben der Angestellten einen weiteren Zeugen, der Peter gesehen hat. Herr Burkhard aus Parapatitschberg. Er ist sich sicher, dass Peter um 23 Uhr an der Tankstelle war.«

»Laut Dr. Humer ist der Mord nach 23 Uhr geschehen«, war Geigensauer verwundert.

»Warten wir den Endbericht der Gerichtsmedizin ab. Das wird sich klären«, schien Timischl davon wenig irritiert. »Die andere Neuigkeit hat es in sich. Er besitzt dieses Motorrad, eine Kawasaki, seit genau drei Wochen. Sie ist legal auf ihn angemeldet, wie meine Nachforschungen ergaben.«

»Irmgard gibt an, nichts von einer Maschine zu wissen. Ich bin bei ihr. Bin gespannt, was sie dazu sagen wird.«

»Es sieht so aus, als ob er den Mord geplant hätte, doch was hat er davon, wenn er Egon umbringt und flüchtet?«, sagte Timischl.

»Keine Ahnung, was das bringen soll«, war auch Geigensauer ratlos. »Wenn er die Kawasaki wenigstens gestohlen hätte?«

»Ich bemühe mich um einen internationalen Haftbefehl für Peter und fahre dann zum Vorbesitzer der Maschine. Eventuell erfahre ich dort mehr«, mit diesen Worten beendete Timischl das Gespräch und Geigensauer kehrte zurück.

»In ein paar Minuten gehe ich weg«, sagte Irmgard, auf ihre Uhr blickend. »Ich putze ab 15 Uhr bei den Steiners.«

»Ihr Lebensgefährte besitzt das Motorrad seit drei Wochen und hat es legal angemeldet«, konfrontierte er sie mit der neuesten Erkenntnis. Sie antwortete nicht und spielte nervös mit ihren Fingern.

»Sie …«, setzte er an, in der Hoffnung zurückgehaltene Informationen zu erlangen, doch sie fiel ihm ins Wort.

»Ich hatte nicht die geringste Ahnung davon. Er muss es hinter meinem Rücken gekauft haben.«

»Und wo war es die ganze Zeit über?«

»Woher soll ich das wissen? Ich verstehe das nicht«, fuhr sie verstört fort. »Wir hatten keine Geheimnisse voreinander.« Sie schüttelte verständnislos ihren Kopf. »Ich begreife gar nicht, was er mit dem Motorrad vorhatte. Warum ist er verschwunden? Ich bin verzweifelt.«

»Sie wussten nichts vom Motorradkauf«, bohrte Geigensauer ungläubig weiter.

»Nein, nein. Nichts.«

Sie brach in Tränen aus, hatte sich jedoch in kurzer Zeit wieder unter Kontrolle.

»Es geht«, sagte sie mit zittriger Stimme.

»Sagen Sie das Putzen bei Steiners ab«, schlug er vor.

»Nein. Ich benötige Abwechslung. Allein zu Haus mit diesen quälenden Gedanken, das halte ich nicht aus. Es ist besser, ich arbeite.«

Sie erhob sich.

»Wenn Sie Unterstützung brauchen, wenden Sie sich an mich!«, bot Geigensauer Hilfe an.

»Danke, es wird nicht nötig sein«, versuchte sie, ein Lächeln auf ihr Gesicht zu zaubern.

Bald nachdem er die Straße überquert hatte, überholte ihn Irmgard mit ihrem Ford Fiesta und fuhr hinauf zur Architektenvilla.

So simpel die Aufklärung dieses Mordes anfangs erschien, so eigenartig entwickelte sich der Fall. Geigensauer beschloss, nicht heimzukehren, sondern noch einmal den Tatort zu besuchen und unterwegs alle Fakten zu ordnen.

Durch den Hof der Familie Drabits gelangte er über die Wiesen und das Moor zum Birkenwald. Brütend lag die Hitze bei völliger Windstille über dem Tal. Mit einem Mal wurde die Ruhe unterbrochen. Hinter dem Wald stieg eine Drohne auf und kreiste wieder über der Gegend.

Er überlegte. Am wahrscheinlichsten war nach wie vor, dass Peter Egon im Streit getötet hatte und mit seinem Motorrad

Richtung Ungarn geflohen war. Warum beharrte Irmgard darauf, von der Kawasaki nichts gewusst zu haben? War die zeitliche Nähe des Motorradkaufes zum Mord zufällig? Wozu wurde die Maschine gekauft? Weshalb war Peter nach dem Mord nicht mehr bei Irmgard vorbeigekommen? Angenommen, sie war doch in den Kauf eingeweiht. Aus welchem Grund leugnete sie es?

Solche und ähnliche Überlegungen wälzend hatte er den Birkenwald erreicht und trat erleichtert in seinen kühlen Schatten. In Gedanken versunken kam er auf die Lichtung und erschrak. Ein Mann mit einem großen Strohhut rastete auf der Bank, wo gestern die Leiche gefunden worden war. Geigensauer näherte sich.

»Ich bin Hubert«, sagte der Unbekannte, stand auf, zog den Hut und mit dem Kopf zustimmend nickend fuhr er fort. »Ich bin Hubert von Zicken.«

Er war etwa vierzig Jahre alt, von kleiner Gestalt und hager. Er trug ein weißes T-Shirt, Jeans und Turnschuhe.

»Grüß Gott«, erwiderte Geigensauer freundlich.

»Kann ich nicht, denn den kenn ich nicht«, lachte er. Die Reihen seiner Zähne waren durch zahlreiche Lücken gelichtet. »Ist nur ein Witz. Ich schätze Witze. Ich bin nicht adelig. Ich bin kein ›von Zicken‹.«

Er redete weiter, ohne Geigensauer anzusehen.

»Ich gehe oft durch den Zickenwald. Darum nennen mich die Leute so. Momentan gibt es nur wenige Schwammerl. Wenn ich dir das sage, stimmt es. Ich kenne alle geheimen Plätze. Oft finden die Menschen keinen Pilz und ich find sie zahlreich.«

Er deutete auf den Korb neben sich und meinte, Geigensauer anstarrend: »Du bist nicht von hier.«

»Richtig«, bestätigte dieser.

»Ich habe ihn nicht umgebracht«, sagte Hubert, und bevor Geigensauer erwiderte, ergänzte er: »Es ist doch hier geschehen, oder?«

Geigensauer zögerte mit der Antwort. Es war schwer einzuschätzen, ob der Kerl wirklich beschränkt war oder sich nur so gab. Daher fragte er: »Warum sollte es hier passiert sein?«

»Nirgendwo ist man der Hölle so nahe wie hier. Man spürt ihre Hitze förmlich. Da unten leiden die Sünder im ewigen Feuer.«

Er bückte sich und berührte den Boden vorsichtig mit der flachen Hand, als ob er Angst hätte sich zu verbrennen.

Der Typ ist mehr als eigenartig, dachte Geigensauer.

»Wo waren Sie gestern in der Nacht?«, entschied er sich zu fragen.

»Ich war hier. Ich habe genau beobachtet, was passiert ist«, meinte Hubert mit bedeutungsvoller Miene.

»Was haben Sie gesehen?«, fragte Geigensauer. Das Gefühl, dass sein Gegenüber den Dummen spielte, verstärkte sich beständig.

»Ich habe alles miterlebt.«

Hubert lachte überlegen, stand auf und fasste mit seinen weichen, feuchten Händen nach Geigensauers Unterarmen und sie glitten an ihnen nach unten.

Er spinnt doch, überlegte Geigensauer, entzog sich angewidert dem Zugriff und mit »Einen schönen Tag« wandte er sich ab und hatte vor, den Birkenwald zu durchqueren, um an die andere Seite zu gelangen, wo Egons Motocross-Maschine gefunden worden war. Er konnte sich nicht um jeden Spinner kümmern, der sich wichtig vorkam.

»Peter hat ihn erdrosselt, Herr Inspektor«, rief Hubert ihm nach. Geigensauer drehte sich um und Hubert schaute ihn überlegen lächelnd an.

Der spielt mit mir, ärgerte sich Geigensauer und überlegte, ob der eigenartige Mensch mehr über Egons Ermordung wusste oder nur durch Probieren die Wahrheit aushorchen wollte. Er kehrte zu ihm zurück.

»Wenn Sie etwas zum Kriminalfall zu sagen haben, bitte! Ich bin von der Polizei.«

Er zeigte Hubert seinen Ausweis.

»Nein, leider nicht. Ich bin oft hier. Es ist ein unheimlicher Ort. Mich reizt die Gefahr, die von dieser Lichtung ausgeht. Ich fühle das Schreckliche, doch gestern in der Nacht war ich zu Hause.«

»Kann das jemand bestätigen?«

»Mein Bruder, wir leben gemeinsam.«

»Wo?«

»In Eisenhüttl.«

»Ihr Familienname, bitte!«

»Angerer. Hubert Angerer. Sie sind sehr streng, Herr Inspektor. Ich werde mich auf den Heimweg begeben. Es dauert ein Weilchen, bis ich über die Hügel und durch die Wälder marschiert bin.«

Er setze den Hut auf und schritt durch den Birkenwald davon.

Vermutlich war er aus reiner Neugierde gekommen und hatte den Spurendienst vom Wald aus beobachtet. Wahrscheinlich hatte er keine Ahnung und hatte mit dem Mord nichts zu schaffen, doch mit seinem Bruder sollte man über das Alibi sprechen.

Geigensauer blieb kurz auf der Lichtung stehen. Es war ein lieblicher und friedlicher Ort. Er stellt sich vor, wie hier Erich und Irmgard einst auf der Bank saßen und einander küssten. Auf ihn wirkte der Ort weder unheimlich noch gefährlich.

Er durchquerte das Wäldchen und trat aus dem Schatten der Bäume heraus. Da hörte er knapp über sich erneut den Lärm einer Drohne, die rasch an Höhe verlor und bei der Straße landete, wo ein VW-Bus parkte.

Der Mann neben dem Wagen war wohl der Wiener. Er beschloss, mit Goday zu sprechen.

Das Modell lag in der Wiese und einige Kabel führten von ihm zu einem Notebook, das auf einem Campingtisch lag. Davor saß Goday und sah konzentriert auf den Bildschirm. Daneben lag eine blonde Frau auf einer Campingliege und sonnte sich. Das Autoradio dröhnte laut in die Landschaft hinein und so näherte sich Geigensauer unbemerkt. Er schlug einen großen Bogen, sodass er von hinten an Goday herantrat, denn er wollte sehen, was dieser so intensiv betrachtete. Zunächst erkannte er nur viele verschiedenfarbige Kurven. Bevor er so weit herangetreten war, dass er den Namen des verwendeten Programmes sehen konnte, stand Goday auf und bückte sich zu seiner Drohne hinunter. Beim Aufstehen erblickte er Geigensauer und schloss rasch sein Notebook.

»Passendes Wetter zum Fliegen?«, fragte Geigensauer statt einer Begrüßung.

»Einigermaßen«, war die mürrische Antwort.

»Ich beobachte ihre Flüge schon längere Zeit. Was erkennt so ein Modell alles aus der Höhe?«

»Vieles«, war die kurze Erwiderung, die keinen Zweifel offenließ, dass Kommunikation nicht erwünscht war.

»Von Foto und Film habe ich gelesen«, fuhr Geigensauer unbeirrt fort. »Ihre Drohne leistet aber sicher mehr.«

»Dagmar, Dagmar könntest du das Modell in den Wagen bringen. Wir werden schließen. Thermik gibt es heute keine mehr.«

Die blonde, durchaus anziehende Person erhob sich, zog ein T-Shirt über ihren Bikini, trat zum Flugmodell und meinte offensichtlich verärgert und die Nase rümpfend: »Wer ist denn das?«

»Geigensauer, SOKO-Südost.«

Er trat nahe an die Drohne heran. Sie war sicher fast einen Quadratmeter groß und trug neben einer Kamera noch diverse andere runde Zylinder, die nach Sensoren aussahen. Mehr war nicht wahrzunehmen, denn Dagmar hatte alle Kabel gelöst, schnappte das Fluggerät und verschwand damit im Bus.

»Ich habe eine Genehmigung für das Fliegen.« Goday verstaute das Notebook in einer Kiste.

»Ihr Kollege Timischl war schon bei uns«, sagte sie schnippisch, wieder aus dem Bus zurück. »Wir haben ihm alles gesagt. Sparen Sie Zeit, der Mörder läuft noch frei umher.«

»Wie gut kannten Sie Egon Drabits?«, ließ sich Geigensauer nicht beirren.

Die beiden sahen einander an.

»Über Tote sagt man nichts Schlechtes«, erwiderte Dagmar.

»Ich konnte ihn nicht leiden, aber nicht, weil er uns den Kauf des Dreikanters vermasselte. Egon war mir zuwider. Lässt sich zwei Jahrzehnte hier nicht anschauen und macht dann Peter nur Ärger. Genügt das?«

»Vorerst«. Geigensauer reichte Goday seine Visitenkarte. »Wenn Sie Rauchwart Richtung Wien verlassen, melden Sie sich bitte bei mir!«

»Okay«, kam diesem kaum über die Lippen, bevor er sich hinter das Steuer des Wagens schwang.

»Sind wir so verdächtig?«, lachte Dagmar gezwungen. Während sie einstieg, fuhr der VW-Bus schon an, erst auf der Straße schloss sich die Beifahrertür.

Geigensauer wanderte zum Birkenwald zurück. Obwohl die Sonne sich langsam dem Horizont näherte, war es immer noch außergewöhnlich heiß. In Gedanken versunken gelangte er wieder zur Lichtung.

Bereits an der Bank vorbei knackste es hinter ihm im Unterholz des Waldes. Vermutlich ein Reh, belächelte er seine eigene Ängstlichkeit und sah sich nicht um. Das Geräusch wiederholte sich wesentlich lauter und er drehte sich um.

»Moment. Warten Sie!«, rief Hubert Angerer und stolperte aus dem Wald kommend auf ihn zu.

»Ich muss Ihnen doch etwas sagen«, brachte er atemlos stockend hervor. »Ich habe mich an Agatha Christies Krimis erinnert.«

Sein T-Shirt war völlig verschwitzt. Er war auf jeden Fall ein großes Stück gerannt. Man kann seinem Schicksal nicht entrinnen, dachte Geigensauer wenig darüber begeistert, wieder auf ihn zu treffen.

»Die Menschen, die rund um einen Mord etwas Wichtiges beobachten, sind die nächsten Opfer«, setzte Hubert fort, nachdem er längere Zeit nach Atem gerungen hatte.

»Und Sie wollen nicht sterben«, ergänzte Geigensauer.

»Nein, verständlicherweise nicht. Was glauben Sie, wie viele Pilze es geben wird, wenn es nach der Trockenheit regnet. Das lass ich mir nicht entgehen.«

Seine Augen leuchteten bei diesem Gedanken auf.

»Bitte, was haben Sie beobachtet?«, forderte Geigensauer und versuchte dabei, möglichst gelassen zu bleiben.

»In der Nacht war ich nicht hier, das sagte ich ja schon, doch am Abend vor dem Mord. Auf meinen Wanderungen raste ich oft auf dieser Bank. Es war heiß, ich war müde und legte mich hier ein wenig nieder. Ich bin eingenickt und beim Aufwachen war es so gut wie finster. Schnell machte ich mich auf den Weg, denn im Dunkeln von hier durch den Wald nach Eisenhüttl zu marschieren, ist selbst mit einer Taschenlampe, die ich ständig bei mir trage«, er klopfte auf eine Wölbung in seiner linken Hosentasche, »kein Kindergeburtstag. Ich war ein paar Schritte von der Lichtung in den Wald gelangt, da hörte ich jemand kommen. Voll Neugier versteckte ich mich hinter einem dicken Baumstamm. Es war ein Mann, den ich niemals zuvor gesehen hatte. Er kam auf dem Weg, den Sie eben gewählt hatten. Gekleidet war er wie ein Geschäftsmann oder Vertreter, heller Sommeranzug mit blauem Hemd. Er saß eine Weile auf der Bank, dann verließ er den Platz Richtung Zicken.«

Geigensauer stellte schon fast mit Verwunderung fest, wie vernünftig Hubert redete, da fuhr dieser fort.

»Ich wusste sofort, jetzt war das Böse nach Zicken gekommen. Sicher hatte sich in der Nähe der Boden geöffnet, um diesen Fremden emporsteigen zu lassen. Ich spürte es in allen Knochen, wie sich die Gefahr über dem Ort zusammenballte. Nichts wie weg, war mein einziges Verlangen.«

Das Erzählen allein bewirkte, dass sich die Augen angstvoll weiteten und Schweißperlen auf seine Stirn traten.

»Bevor ich jedoch einen Schritt setzte, kam der Mann, der hier ständig Drohnen fliegen lässt, auf einem Fahrrad gefahren, und ohne auf der Lichtung anzuhalten, fuhr er nach Zicken. Kaum war er weg, habe ich das Weite gesucht. Ich wusste, das Böse war nahe. Es würde etwas Fürchterliches passieren und ich habe recht behalten.«

Er packte Geigensauer am Arm.

»Und ich spüre, es ist nicht vorbei. Es fängt schon wieder an sich über diesen Platz zu konzentrieren. Der Schrecken dauert an.«

»Nur mit der Ruhe«, meinte Geigensauer gelassen. »Kehren Sie heim nach Eisenhüttl, meiden Sie das Birkenwäldchen! Es wird Ihnen nichts geschehen.«

»Das Böse zieht mich an. Es gibt mir keine Ruhe.«

»Rufen Sie mich an, wenn Sie wohlbehalten zu Hause angekommen sind!«

Geigensauer gab ihm seine Visitenkarte.

»Danke, ich fliehe, ich eile.«

Wenig geschickt stolperte Hubert durch den Wald davon und ließ Geigensauer zurück. Hätte Timischl nicht die Erde an Godays Fahrrad gefunden und die Spurensicherung nicht Reifenspuren hier auf der Lichtung gesichtet, gäbe er keinen Pfifferling auf die Schilderung von Hubert. Womöglich war er ein bisschen verrückt, aber den Fahrradfahrer dürfte er beobachtet haben. Eventuell hatte er auch den Mann im hellen Sommeranzug gesehen. Wer war dieser Fremde?

Langsam schlenderte Geigensauer zurück nach Zicken. Die Sonne hatte an Kraft verloren. Die heiße Luft aber stand unbewegt und drückend über dem Tal. Im Nordwesten war ein einziger weißer Wolkenberg erschienen, der rasch in die Höhe emporschoss. Geigensauer erreichte Zicken, ohne Klarheit in seine Gedanken und Überlegungen gebracht zu haben. Tante Thea saß vor ihrem Haus in einem roten Campingsessel und winkte ihn zu sich.

»Herr Inspektor, ich muss Ihnen etwas Wichtiges sagen«, rief sie ihm ungeduldig entgegen.

»Bitte, gerne«, erwiderte er.

»Ich habe Egon gesehen«, sagte sie aufgeregt.

»Wann war das?«

»Heute«, betonte sie. »Vor wenigen Minuten.«

»Er ist gestern gestorben«, formulierte es Geigensauer vorsichtig.

»Weiß ich doch. Peter soll ihn ermordet haben. Loana hat mir alles erzählt. Ich bin alt, ich bin vergesslich, dement bin ich nicht. Vor einer Stunde sind Egon und ein zweiter Mann in einem Auto hier vorbeigekommen. «

»Sind Sie sicher?«

Gekränkt sah sie ihn an und erwiderte: »Er kam zu mir und hat sich vorgestellt. Ich hätte ihn auch so erkannt. Peter hat ihn nicht umgebracht, denn Egon lebt.«

Geigensauer gab keine Antwort. Diese Ermittlungen waren mühsam.

»Er lebt noch. Er lebt«, wiederholte sie umso eindringlicher.

»Loana kommt und wird alles bestätigen.«

Sie nickte mit dem Kopf in Richtung des Waldhauses, von wo die Altenpflegerin herbeigeeilt kam.

»Sag dem Inspektor, dass Egon lebt. Du hast ihn doch gesehen.«

»Ich verstehe es nicht«, sagte die ankommende Loana. »Ich weiß, es kann nicht sein, doch der Mann sah aus wie Egon. Es war eigenartig. Er und ein zweiter Mann füllten mehrere Plastikkanister mit Brunnenwasser und verstauten sie in ihrem PKW. Sie fuhren ab, bevor ich ihnen näherkommen konnte.«

Der Brunnen war rund fünfzig Meter entfernt. Da verwechselt man eine Person schon, überlegte Geigensauer und fragte daher: »Welche Automarke war es?«

»Grün und groß«, antwortete Tante Thea sofort.

Loana zögerte kurz. »Es war ein BMW, glaube ich.«

»Haben Sie sich das Kennzeichen gemerkt?«

»Nein, leider nicht.«

»Es war ein Auto aus Wien«, sagte Tante Thea abwertend. »Ich habe es beim Wegfahren gesehen. Nur ein Wiener holt sich Wasser von unserem Brunnen. Wahrscheinlich hat ihm Egon aufgeschwatzt, dass es etwas Besonderes enthält. Er hatte schon als Junge so komische Einfälle.«

Irmgard kehrte mit ihrem Ford Fiesta von Steiners Villa zurück, hielt bei der kleinen Personengruppe an und stieg aus.

»Gibt es Neuigkeiten?«, wollte sie von Geigensauer wissen.

»Von Peter leider weiterhin keine Spur.«

»Ich habe Egon getroffen«, sagte Tante Thea. »Vor einer Stunde kam er mit einem zweiten Mann. Sie füllten mehrere Kanister mit unserem Brunnenwasser und fuhren wieder fort.«

»Tante Thea, Egon wurde ermordet«, meinte Irmgard, ihr wenig Glauben schenkend. »Du bringst alles durcheinander. Es ist Wochen her, dass sich Egon bei dir vorgestellt hat.«

»Loana hat ihn auch gesehen.«

»Ja, von hier aus sah der Mann wie Egon aus«, stimmte diese zu.

»Ihr täuscht euch«, war sich Irmgard sicher, stieg ein und fuhr weiter. Sie hörte Tante Thea nicht mehr, die ihr vergeblich nachrief: »Es war Egon.«

»Ich werde der Sache nachgehen«, beruhigte Geigensauer die Gemüter, bevor er wegfuhr. Er hielt es für unwahrscheinlich, dass Tante Thea und Loana die Geschichte erfunden hatten. Warum stellt sich jemand als Egon Drabits vor? Wenn es ein Scherz war, war es ein mieser.

*

In Mitterberg bei Deutsch Kaltenbrunn wohnte Hans Rohrer. Auf ihn war das Motorrad von Peter Drabits früher zugelassen gewesen. Timischl stieg aus. Der Blick auf das unterhalb liegende Lafnitztal und Fürstenfeld war beachtlich. Über den Bergen hinter Hartberg hatten die Quellwolken rasch ihre Farbe von hell auf bedrohliches Schwarz verändert. Der Pensionist Hans Rohrer schnitt die Rosen in seinem Garten.

»Ja, diesem Mann habe ich mein Motorrad verkauft«, versicherte er, nachdem er das Foto von Peter Drabits betrachtet hatte. »Ich bin gerne gedüst, habe jedoch ein Alter erreicht, in dem es zu gefährlich ist. Meine Frau drängte mich schon seit Jahren, das Fahren aufzugeben.«

»Wann haben Sie den Verkauf abgewickelt?«

»Das weiß ich genau. Es war der Mittwoch nach Pfingsten. Ich hatte in der Zeitung inseriert. Wir waren uns gleich über den Preis einig und abgeschlossen war die Sache. Er meldete die Kawasaki an und holte sie ab.«

»Hat Ihnen Drabits erzählt, dass er mit dem Motorrad etwas Besonderes vorhatte?«

»Nein, wir sprachen nicht darüber.«

»Seine Lebensgefährtin hat er erwähnt?«, ließ Timischl nichts unversucht, neue Informationen zu ergattern.

»Nein, er hatte es eilig. Ich vermochte nicht einmal, ihn zu überreden, von meinem Uhudler zu trinken.«

»Sie stellen ihn selber her?«, zeigte sich Timischl interessiert.

»Sicher, hinter dem Haus am Hang habe ich die Trauben. Kein Spritzen ist notwendig, alles biologisch«, lobte er seine Produktion.

»Ich werde Ihnen ein paar Flaschen abkaufen«, sagte Timischl. Er war ein Liebhaber des Uhudlers.

»Gerne. Sechs sind in einem Karton.«

»Perfekt!«, freute sich Timischl und war froh, dass der Besuch doch nicht umsonst gewesen war.

Hans Rohrer brachte nicht nur den Karton, sondern zwei Gläser und eine Flasche.

»Einen Schluck werden Sie schon kosten.«

»Nur einen Schluck, bitte«

Rohrer schenkte ein und reichte Timischl das Glas. Dieser führte es zur Nase und genoss den kräftigen, erfrischenden Geruch. Die beiden stießen auf ihre Gesundheit an und erfreuten sich des edlen Tropfens.

*

Gebadet, frisch gewickelt und gestillt, war Josef zufrieden eingeschlafen und so ergaben sich für seine Eltern ein paar freie Stunden. Das Fenster des Zimmers war offen, sodass man sein Weinen hören würde.

Gleich unterhalb im Garten saßen Geigensauer und Jane in der Laube und genossen den warmen Sommerabend. Erst jetzt, gegen zehn Uhr, setzte die Dämmerung voll ein. Aufgrund der andauernden Trockenheit störten keine Gelsen den Aufenthalt im Freien. Hin und wieder brummte eine Hornisse an der Lampe vorbei.

Einige Zeit hatten sie über den kleinen Josef gesprochen. Dann erzählte Geigensauer von den Ermittlungen.

»Wen verdächtigst du jetzt, da Peter Drabits ein Alibi besitzt?«, war Jane interessiert. »Architekt Steiner oder Nice?«

»Egon stand dem Kauf des Dreikanters im Weg. Aber Mord? Es gibt im jetzigen Ermittlungsstand keine Indizien, die das Ehepaar Steiner belasten.«

»Und der Wiener und seine Frau?«

»Ein ähnlicher Fall.«

»Goday wurde kurz vor dem Mord mit dem Fahrrad beim Tatort gesehen«, gab Jane zu bedenken.

»Angenommen, Hubert von Zicken hat ihn beobachtet«, zweifelte Geigensauer. »Wenn er ihn erblickt hat, müssten wir auch den Fremden auf der Bank verdächtigen.«

»Die Reifenspuren im Wald könnten von Goday stammen und die Erde an seinen Reifen aus dem Birkenwald«, überlegte Jane weiter.

»Auch wenn die Spurensicherung das nachweist, ist es kein Beweis, dass er diese Spuren zur Tatzeit hinterlassen hat. Wer weiß, wie oft er in den letzten Wochen dort mit dem Fahrrad gefahren ist.«

»Kann sein, es handelte sich gar nicht um den Verkauf des Dreikanters«, meinte Jane und fuhr fort: »Angenommen, Egon und die begehrenswerte Dara hatten ein Verhältnis. Nadja kommt dahinter und erwürgt Egon aus Eifersucht.«

»Das SMS, das Egon einlud, in den Birkenwald zu kommen, wurde aus Zicken abgeschickt. Das wurde einwandfrei ermittelt.«

»Das Handy wurde nachher nicht mehr verwendet?«

»Nein, gekauft wurde es bei Wien in der SCS. Die Angestellte erinnert sich leider nicht an den Käufer.«

»Tante Thea und der Vater von Irmgard Zeiler scheiden aus gesundheitlichen Gründen aus«, dachte Jane weiter.

»Und für Dara sehe ich kein Motiv«, ergänzte Geigensauer.

»Was ist mit den beiden, die das Brunnenwasser abgefüllt haben?«

»Derjenige, der sich als Egon vorgestellt hat, hat todsicher einen Bezug zu Zicken. Wenn ich fremd bin, komme ich gar nicht auf die Idee, mich bei Tante Thea vorzustellen.«

»Ein blöder Scherz?«

»Das mit dem Wasser war sicher keiner. Was macht man mit mehreren Kanistern Brunnenwasser aus Zicken?«, fragte sich Geigensauer selbst und gähnte.

»Morgen in aller Früh fahre ich zur Gerichtsmedizin nach Graz.«

Er streckte sich.

»Ab ins Bett«, meinte Jane und die beiden verschwanden ins Haus.

23. Juni

Am nächsten Tag in der Früh fehlte von Peter Drabits noch immer jede Spur. Die Berichte in den Medien waren von den Titelseiten verschwunden. Geigensauer hatte Nadja nach Graz in die Gerichtsmedizin mitgenommen. Sie wünschte, Egon ein letztes Mal zu sehen, und bestätigte dabei, was Irmgard schon ausgesagt hatte. Der Tote war Egon Tscherkov. Nachdem Nadja sich von ihrem toten Freund verabschiedet und den Raum verlassen hatte, legte Dr. Humer seine Ergebnisse vor.

»Wie gesagt, Egon wurde erdrosselt, und zwar mit dem Seil, das hinter der Bank auf dem Boden lag. Abgerissene Fasern davon haben wir bei den Würgemalen gefunden. Am Seil gibt es nur Spuren seiner DNA. Der Mörder hat Handschuhe benutzt.«

»Wann ist der Tod eingetreten?«, erkundigte sich Geigensauer.

»Nach 23 Uhr und vor 24 Uhr.«

»Dann ist Peter Drabits definitiv nicht der Täter.«

»Warum?«

»Man hat ihn schon vor 23 Uhr an einer Tankstelle bei Schachendorf gesehen. Er verweilte dort bis etwa dreiviertel zwölf. Von dort schafft es niemand in einer Viertelstunde nach Zicken. Wurde er auf der Bank sitzend ermordet?«

»Eigenartig, aber es sieht so aus. In der Umgebung gibt es keine Schleifspuren und an seinem Körper haben wir nichts gefunden, was darauf hindeuten würde, dass er bewegt wurde.«

»Er ist dort auf der Bank erdrosselt worden«, zweifelte Geigensauer.

»Ja«, Dr. Humer zuckte mit den Achseln. »Es gibt keinerlei Anzeichen, dass ein Kampf stattgefunden hat. Es sieht so aus, als ob er sich gar nicht gewehrt hätte.«

»Wäre es möglich, dass man ihn zuerst betäubt und dann getötet hat?«

»Daran haben wir auch schon gedacht.«

»KO-Tropfen oder Ähnliches«, schlug Geigensauer vor.

»Im Blut war nichts zu sehen, im Urin leicht erhöhte Werte. Möglich wäre es. In ein, zwei Tagen werde ich mehr wissen. Diese Untersuchungen dauern. Übrigens, der Strick wurde von einem Seil abgeschnitten, wie es Kletterer benützen.«

»Gibt es vermutlich in tausendfacher Ausfertigung«, war Geigensauer von diesem Ermittlungsergebnis nicht sonderlich begeistert.

»Leider. Ein Standardseil einer bekannten Firma. Erhält man in jedem besseren Sportgeschäft. Ich habe heute noch zwei Fälle zu erledigen. Ich entschuldige mich.«

Damit verabschiedete sich Dr. Humer.

*

Geigensauer und Nadja verließen die Gerichtsmedizin. Er ließ sie ins Auto einsteigen. Dann schritt er ein Stück zur Seite und rief Timischl an.

»Hallo, wie gehts?«, meldete sich dieser. »Was gibt es Neues?«

»Wenn der Mann an der Tankstelle Peter Drabits war, besitzt er ein Alibi. Der Mord ist definitiv zwischen 23 und 24 Uhr geschehen. Dr. Humer hat darüber keine Zweifel. Ich frage mich nur, wohin er gefahren ist. Ist es Zufall, dass er genau an dem Abend verschwindet, an dem Egon ermordet wird?«

»Ich weiß es nicht. Auf jeden Fall eigenartig«, antwortete Timischl langsam. »Dann lassen wir den internationalen Haftbefehl besser bleiben.«

»Warten wir ab. Wir brauchen uns nicht täglich zu blamieren.

Übrigens, es gibt keine Spuren von einem Kampf. Die Leiche wurde nicht bewegt. Egon wurde auf dieser Bank getötet.«

»Ohne sich zu wehren?«

»Egon ist unter Umständen vor dem Mord mit KO-Tropfen betäubt worden. Es fand sich ein schwacher Nachweis im Urin. Die Mordwaffe ist ein Stück von einem gewöhnlichen Kletterseil. Sonst etwas Neues?«

»Die Spuren im Birkenwald sind definitiv von Godays Fahrrad und die Erdbrocken am Reifen stammen aus den Lacken. Er ist in den letzten zwölf Stunden vor dem Mord dort gefahren. Genauer lässt sich das nicht einschränken. Ein Beamter hat beim Brunnen in Zicken seinen Posten bezogen. Die beiden Männer, von denen sich der eine als Egon ausgab, sind bisher nicht wieder aufgetaucht.«

»Danke. Ich fahre jetzt in Graz weg, bringe Nadja nach Rauchwart und spreche noch einmal mit Goday. Wir könnten uns zu Mittag bei mir zu einer Lagebesprechung treffen.«

»Okay, bis später.«

*

Das Pärchen trat aus dem Gebäude hinaus in das gleißende Licht des Sommertages. Sie hob die rechte Hand empor und ließ den goldenen Ring an ihrem Finger in der Sonne glänzen.

»Geschafft«, jubelte sie und drückte ihm einen Kuss auf die Wange.

Sie trug ein kurzes, weißes Kleid, sodass die schlanken Beine, deren Füße nackt in den hohen Stöckelschuhen steckten, länger wirkten. Oben züchtig geschlossen wölbte sich das netzartige Oberteil des Gewandes über ihre unübersehbare Oberweite. Gelockt fiel das blonde Haar auf die Schultern. Knallrot waren die Lippen, Fuß- und Fingernägel. Ihr Begleiter, eine sportliche, kleine Gestalt, trug einen hellen Anzug mit weißen Schuhen. Dazu hatte er einen breitkrempigen Strohhut aufgesetzt.

»Ja, wir haben es vollbracht«, erwiderte er und drückte sie an sich. Sie bogen in eine schmale Gasse ein, die steil bergab führte und den Blick auf die Bucht von Kavarna und das glitzernde, blaue Meer freigab.

»Ist es nicht einmalig, das Schwarze Meer?«, schwärmte sie.

»Du bist aufregender«, schmeichelte er.

Sie blieben bei einem verrosteten Lada stehen und stiegen ein.

»Bald werden wir einen BMW-Sportwagen fahren«, träumte sie.

Sie verließen Kavarna und fuhren entlang der Küste nach Kaliakria, zu einem felsigen Kap, das weit in das Meer hinausragte. Sie parkten ihr Auto. Steil stürzten die hohen Felswände hinab zum blauen Wasser. Arm in Arm schlenderten sie in Richtung der alten Befestigungsanlagen, die einst am Kap errichtet worden waren. Ein Straßenmusikant lehnte im Schatten an einer Mauer und spielte bulgarische Volkslieder. Bestens gelaunt warf er ihm ein bisschen Kleingeld in das Körbchen. Viele Touristen besichtigten das Kap und die Souvenirstände machten ein vorzügliches Geschäft. Über die Terrasse eines Gasthauses erreichten sie die äußerste Landspitze. Er war überwältigt von dem herrlichen Anblick.

»Das Schönste, was wir hier haben«, freute sie sich über seine Begeisterung.

Ein schwarzes, eisernes Kreuz hob sich deutlich vom dunkelblauen Meer ab, das am Horizont in den hellblauen, wolkenlosen Himmel überging. Ein Ort, der einem das Gefühl verlieh, dass einem niemals langweilig sein würde, wenn man hier saß und in die Ferne schaute. Sie kehrten zum Lokal zurück und speisten festlich.

*

Auch dieser Tag war heiß und reihte sich nahtlos in die Hitzewelle ein. Die Luft war feuchter und drückender und über dem Wechsel hatten sich dunkle Wolken gebildet. Geigensauer traf mit Nadja in Rauchwart ein. Er begleitete sie zu ihrem Wohnmobil und suchte dann den VW-Bus der Godays. Bald hatte er ihn gefunden. Sie waren nicht zu sehen. Ein Klopfen an die Scheiben des Fahrzeuges blieb ungehört. Vielleicht schwammen sie oder aßen zu Mittag. Er umrundete den Bus. Kein Fahrrad lehnte hier. Unbarmherzig brannte die Sonne auf seinen Kopf herunter. Er stellte sich unter das kleine Zeltvordach, das vor dem Buseingang aufgespannt war. Sollte er probieren, ob der Bus verschlossen war? Er schaute sich um. Hier gab es für eine solche Aktion zu viele Beobachter. Von einem der benachbarten Zelte erhob sich ein Mann und trat heran.

»Suchen Sie jemand?«, fragte er Geigensauer.

»Ich warte auf die Besitzer des Wagens.«

»Die Augen offen zu halten ist wichtig«, fuhr der Mann erklärend fort. »Niemand hier soll bestohlen werden.«

Geigensauer vermied großes Aufsehen zu erregen und zeigte dem Mann seinen Ausweis nicht.

»Keine Sorge, ich warte nur auf Herrn Goday«, beruhigte er den Mann, der sich wieder zu seinem Zelt begab, ihn jedoch nicht mehr aus den Augen ließ.

Erst einige Zeit nachdem die Mittagsglocken geläutet hatten, sah Geigensauer Goday kommen.

»Oh, die Polizei«, war die Begrüßung. »Was gibt es denn diesmal?«

»Sie wissen, dass die Spuren ihres Fahrrades in der Nähe des Tatortes im Birkenwald gefunden wurden.«

»Meine Frau und ich sind dort früher öfters gefahren.«

»Wann war das das letzte Mal der Fall?«

»Vor vier Wochen. Egon Drabits bestand darauf, dass wir ausziehen und seinen Grund und Boden nicht mehr betreten.«

»Die Spurensicherung ist aber sicher, dass Sie am Tag des Mordes mit Ihrem Fahrrad durch eine halbvertrocknete Lacke im Birkenwald gefahren sind. Es ist die Spur ihres Bikes und die

Erde, die Inspektor Timischl an ihrem Reifen sichergestellt hat, stammt von dort.«

»Sie arbeiten aber gründlich«, lachte Goday und schüttelte den Kopf. »Okay, ich bin am Tag des Mordes dort geradelt.«

»Warum haben Sie das Inspektor Timischl nicht erzählt?«, fragte Geigensauer verärgert.

»Ich habe es nicht für wichtig gehalten.«

»Wann genau waren Sie dort?«, blieb Geigensauer hartnäckig.

Goday sah ihn forschend an und antwortete: »Es wurde schon dunkel. Ich hatte die Absicht, den Dreikanter aufzusuchen, ohne von Peter gesehen zu werden. Deshalb näherte ich mich vom Birkenwald aus mit dem Fahrrad.«

»Was hatten Sie dort zu suchen?«

»Wir haben über ein Jahr im Dreikanter gewohnt und sind überhastet ausgezogen. Ich hatte die Bestandteile für meine Drohnen und Flugmodelle im ehemaligen Saustall gelagert. Vor ein paar Tagen merkte ich, dass mir ein Ladegerät fehlte. Ich vermutete, dass ich es beim Auszug vergessen hatte.«

»Und, war es so?«

»Ja, es lag noch dort, wo ich es übersehen hatte.«

»Ist Ihnen auf dem Weg zum Dreikanter und zurück jemand begegnet? Haben Sie einen Menschen gesehen?«

Goday zögerte mit der Antwort. »Ich durchquerte die Lichtung und hörte es im Wald rascheln. Es ist nicht auszuschließen, dass es flüchtendes Wild war, aber ich dachte sofort an diesen Hubert von Zicken, einen geistig beschränkten Mann aus Eisenhüttl, der sich dort ständig herumtreibt.«

»Sonst ist Ihnen nichts aufgefallen?«

»Was hätte mir auffallen müssen?«

»Ein Fremder ist am Abend bei der Bank auf der Lichtung gesehen worden.«

»Jetzt, wo Sie das sagen, fällt mir etwas ein. Kaum hatte ich den Saustall betreten und die Tür hinter mir geschlossen, hörte ich Schritte im Hof. Ich dachte, dass es Egon oder Peter wäre und wartete eine Weile, bevor ich es wieder wagte, den Stall zu verlassen und zurückzufahren. War das Ihr Mann, der Mörder?«

»Denkbar. Ist Ihnen in der Zeit, in der Sie in Zicken gewohnt haben, einmal aufgefallen, dass jemand in Plastikkanistern Wasser am Brunnen abgefüllt hat?«

»Wasser? Nein, ehrlich nicht. Da habe ich niemand bemerkt. Wann ist das gewesen?«

Goday wirkte auf einmal beunruhigt.

»Gestern waren zwei Männer hier, haben Wasser in Kanister abgefüllt und sind wieder weggefahren. Ein Wiener Kennzeichen. Ein BMW.«

»Wer hat sie gesehen?«

»Loana und Tante Thea.«

Dagmar kam mit dem Fahrrad angefahren. Am Rücken trug sie einen kleinen Rucksack und am Paketträger war ein langes, zu Schlaufen gelegtes Seil eingeklemmt.

»Hallo«, grüßte sie.

»Woher kommen Sie?«, fragte Geigensauer überrascht.

»Ich war im Klettergarten bei Stegersbach«, erwiderte sie kurz.

»Sie ist Sportkletterin«, ergänzte Goday.

»Egon ist mit einem Stück eines Kletterseiles erdrosselt worden«, sagte Geigensauer und beobachtete die beiden genau. Ihr Schweigen dauerte nur Bruchteile einer Sekunde.

»Mein Seil ist vollständig«, stellte Dagmar fest und hielt es ihm hin.

»Solche Seile gibt es in jedem Sportgeschäft«, blieb Goday gelassen.

»Darf ich das Innere Ihres Wagens sehen«, forderte Geigensauer.

»Sicher nicht«, erwiderte Goday vehement. »Haben Sie eine Erlaubnis dafür?«

»Nein, leider nicht.«

»Dann keinesfalls.«

»Wenn Sie nichts zu verbergen haben, könnten Sie mich doch nachschauen lassen«, versuchte es Geigensauer anders.

»Tut mir leid, nein. Es reicht mir, dass man uns ständig verdächtigt, in diesen Mord verwickelt zu sein. Beschäftigen Sie sich mit Hubert von Zicken oder mit Ihrem großen Unbekannten.«

»Ich komme wieder, bis bald. Reisen Sie nicht ab, ohne dies zu melden«, meinte Geigensauer wenig freundlich und verließ die beiden.

*

Sie fuhren an Kavarna vorbei Richtung Balchik. Auf der Höhe von Topola bogen sie zum Meer ab und erreichten bald einen kleinen, ebenerdigen Bungalow. Er lag etwas abseits der anderen Häuser, umgeben von sonnenverbrannten Wiesen. Ein Stück landeinwärts errichtete man eine Siedlung von Ferienhäusern.

»Bis dort drüben, wo die Büsche wachsen, gehört der Grund jetzt uns. Wir bauen zwei Bungalows und vermieten sie im Sommer an Russen, Engländer und Deutsche. Die Germanen sind im Kommen. Wir werden ausreichend verdienen, später einmal ein kleines Hotel errichten.«

Sie war voller Hoffnung.

»Es ist wunderbar«, meinte er und sah am Haus vorbei auf das Meer hinaus. Keinen Kilometer entfernt verlief die Küste mit dem Strand.

»Es kommen ständig mehr Golfspieler. Die sind zahlungskräftig«, sagte sie.

Sie betraten das kleine Haus. Er schritt in die Küche und genehmigte sich einen kalten Drink. Dann kehrte er ins Wohnzimmer zurück. Er hörte, wie sie duschte. Rasch zog er Sakko, Hemd und Krawatte aus, denn er fühlte sich darin nie wohl. Eine ihm unbekannte Unruhe erfasste ihn. Es stand viel auf dem Spiel. Rasch verdrängte er die Angst zu versagen.

Bewundernd schaute sie auf seinen nackten Oberkörper. Sie war im Evakostüm mit noch feuchter Haut aus dem Badezimmer gekommen und hatte sich ihm an den Hals geworfen. Er zog ihren Kopf an den blonden Haaren nach hinten und küsste sie leidenschaftlich. Sie ließ sich rücklings auf das weiche Doppelbett sinken und zog ihn mit sich.

»Zuerst duschen«, schob sie ihn sanft nach einigen Liebkosungen zur Seite.

In weiser Voraussicht hatte er die Tablette Viagra gleich nach dem Mittagessen im WC eingenommen. Jetzt hatte sich die Wirkung voll entfaltet. Entspannt stand er eine Weile unter dem angenehm lauen Wasserstrahl und kehrte dann, in den Duft eines männlichen Deodorants gehüllt, zurück. Sie lag auf dem Rücken, hatte die Arme hinter dem Kopf ausgestreckt und bewegte ihren Körper hin und her. Er spürte jedoch, solche Verführungskünste waren gar nicht notwendig.

*

Der kühlende Südostwind blieb heute aus. Die Sonne war durch den Wolkenschirm eines Gewitters verdeckt, das von Hartberg kommend über Oberwart nach Rechnitz zog. Deutlich war das Donnern zu vernehmen.

»Das kommt leider nicht zu uns«, meinte Timischl und wischte sich den Schweiß von der Stirn.

»Wenn dir zu heiß ist, ziehen wir uns ins Haus zurück«, schlug Geigensauer vor.

»Nein, ein bisschen Sauerstoff schadet nicht. Den brauchen wir dringend für unsere kleinen grauen Zellen.«

Timischl trank einen Schluck Kaffee.

»Denken, überlegen«, sagte er, griff sich an die Stirn und über sich selbst lachend erklärte er: »Ich komme mir vor wie Puhbär. Peter Drabits ist bei der Tankstelle gewesen, er hat ein perfektes Alibi. Warum ist er dann verschwunden?«

Geigensauer zuckte mit den Schultern. »Diese Panne mit dem Motorrad wirkt so inszeniert. Ich werde nicht schlau daraus.«

»Sein Abschied ist seltsam«, rätselte Timischl. »Ich gehe nachschauen, ob Tante Thea gefallen ist. Das klingt so, wie das berühmte: ›Ich hole mir noch schnell Zigaretten‹, die letzten Worte vieler abgängiger Menschen.«

»Hoffentlich kommt er wieder, wenn er erfährt, dass man ihn des Mordes bezichtigt«, klang Geigensauer wenig überzeugt. »Mit hoher Wahrscheinlichkeit war er nicht der Täter. Wer war es aber dann?«

»Goday«, schlug Timischl vor. »Er war um die Tatzeit am Tatort. Womöglich hat er Egon mit einem Stück von Dagmars Seil erdrosselt.«

»Äußerst unintelligent, wenn er den Mord geplant hatte, ein Seil seiner Frau zu verwenden.«

»Der Mord war unter Umständen nicht vorbereitet. Dagmar hatte das Seil aus Versehen im Paketträger gelassen. Es kam zum Streit und Goday griff nach dem Strick «, setzte Timischl die Überlegungen fort.

»Er hatte Zeit, ein Stück für den Mord abzuscheiden?«

Geigensauer fiel es schwer, sich mit dieser Vorstellung anzufreunden.

»Hat er sich verdächtig verhalten?«, fragte Timischl nach.

»Eigenartig auf jeden Fall. Er verwehrte mir, einen Blick in das Wohnmobil zu werfen. Unter Umständen hat er etwas zu verbergen.«

»Wirst du einen Durchsuchungsbefehl anfordern?«

»Nein, nehmen wir an, sie haben Egon getötet. Dann werden sie den Rest des Seiles nicht in ihrem Wagen aufheben. Welche Gründe jedoch gäbe es für sie, Egon zu töten?«

»Er weigert sich, den elterlichen Besitz zu verkaufen?«, bot Timischl an.

»Möglich. Ich bleibe dabei. Ein Mord wegen des Dreikanters scheint mir unwahrscheinlich.«

»Menschen wurden aus nichtigeren Gründen ermordet«, warf Timischl ein und fuhr fort, »und, wer kommt sonst in Frage? Architekt Steiner? Seine Frau Nice? Dara? Der im Rollstuhl sitzende Vater von Irmgard? Die senile Tante Thea? Der behinderte Hubert von Zicken? Oder der Fremde, den er gesehen hat?«

»Alles denkbar«, blieb Geigensauer gelassen. »Da wären noch die beiden Männer, die das Wasser geholt haben. Einer von ihnen behauptete, Egon zu sein. Mich beschäftigt schon die ganze Zeit, was da dahintersteckt. Tante Thea hat das nicht erfunden.«

»Da wäre ich mir nicht so sicher. Demente Leute erzählen oft die tollsten Dinge. Das Unwetter zieht über den Eisenberg ins Pinkatal«, stellte Timischl fest, der sich nach einem heftigen Donner Richtung Osten umgeblickt hatte. »Das sieht nach Hagel aus.«

»Bliebe Irmgard?«, schlug Geigensauer vor.

Timischl kehrte mit seinen Gedanken zurück.

»Ist ein bisschen weit hergeholt, der armen Frau einen Mord in die Schuhe zu schieben. Aber bitte. Theoretisch ist jeder verdächtig. Wie werden wir weiter ermitteln?«

»Ich suche Hubert von Zickens Bruder auf und überprüfe das Alibi. Du könntest unterdessen nachfragen, ob jemand von der Existenz von Kletterseilen weiß, und Irmgard erzählen, dass Peter ein Alibi besitzt.«

Timischl nickte zustimmend.

Mit einem einzigen Windstoß legte der Sturm los, der das Gewitter begleitete, und die Wipfel der Bäume des nahen Waldes bewegten sich wild hin und her. Staub wirbelte über die nahe Straße.

»Der Blitz war aber nicht weit weg«, meinte Geigensauer beeindruckt.

Das Unwetter lag direkt in seinem Blickfeld. Es dauerte nur kurz und der Donner rollte von Kohfidisch über die weite Ebene Richtung Güttenbach. Der Wind zerrte am Tischtuch und drohte es samt Kaffeegeschirr vom Tisch zu fegen. Schnell räumten die beiden Ermittler das Feld und verschwanden im Haus.

*

Ein großer Regenbogen spannte sich im Südosten vor der dunklen Wolkenwand des ins Pinkatal abziehenden Gewitters. In Güttenbach war kein Tropfen Regen gefallen und der Sturm hatte sich wieder gelegt. Geblieben war die drückend schwüle Luft.

Timischl war bald aufgebrochen. Geigensauer spielte eine Zeit lang mit Josef, der putzmunter und prima aufgelegt im Korbwagen lag. Eine rote Puppe, die oberhalb seines Kopfes baumelte, faszinierte ihn mindestens so wie die Melodie aus einer bunten Spieluhr, die die Form einer Glocke hatte. Langsam wurde Josef müde und Geigensauer schaukelte ihn in den Schlaf.

Jane kam, setzte sich dazu und flüsterte: »Ich habe so weit alles erledigt. Du fährst jetzt? Für uns beide bleibt kaum noch Zeit.«

Bei den letzten Worten klang ihre Stimme wehmütig.

»Wenn der Mord aufgeklärt ist, werden wir alles nachholen.«

»Streng dich an!«, meinte Jane energisch.

»Natürlich, bis später.«

»Übrigens, wenn Peter nicht der Mörder ist, vielleicht hat Irmgard, seine Lebensgefährtin, Egon getötet.«

»Welches Motiv hat sie, ihn zu erdrosseln?«

»Sagen wir einmal, sie tötet ihn für Peter.«

»Daran habe ich noch nicht gedacht, Inspektor Jane.«

Sie küssten einander und er brach nach Eisenhüttl auf.

*

Der Himmel über Zicken war wieder wolkenlos. Nichts deutete mehr auf die gewittrige Stimmung der vergangenen Stunden hin. Timischl parkte seinen Wagen beim Brunnen vor dem

Dreikanter. Sofort trat ein Beamter aus dem Schatten der Einfahrt und näherte sich dem Inspektor.

»Irgendetwas Auffälliges passiert?«, fragte Timischl.

»Nichts, rein gar nichts. Tote Hose hier. Außer Hitze keine Vorkommnisse. Der Einzige, der sich hier Wasser vom Brunnen holt, bin ich.«

»Wann wirst du abgelöst?«

»In zwei Stunden.«

Ein Ford Fiesta näherte sich und hielt an. Eine Frau mit langen, schwarzen Haaren stieg aus, kam herbei und meinte vorwurfsvoll: »Sie stehen umsonst hier. Suchen Sie besser meinen Lebensgefährten Peter! Die Männer, die das Wasser geholt haben, waren vermutlich Wiener, die hier am Berg ein altes Haus gekauft haben und denen das Wasser im eigenen Brunnen ausgegangen ist. Sie brauchen sich nur in der näheren Umgebung umzusehen und finden die beiden sicher rasch. Mit dem Mord steht das in keinem Zusammenhang.«

»Irmgard Zeiler?«, versicherte sich Timischl.

»Ja und Sie?«

»Inspektor Timischl. Inspektor Geigensauers Kollege. Klingt plausibel, was Sie da sagen, doch warum stellt sich irgendein Wiener bei Tante Thea als Egon vor?«

»Hat er nicht. Das hat sich Thea zusammengereimt. Sie bringt Tage und Wochen durcheinander und setzt alles so zusammen, wie es ihr passt. Glauben Sie mir! Gibt es etwas Neues in Bezug auf Peter?«

»Wir wissen nicht, wo er sich aufhält. Der Mörder ist er definitiv nicht.«

»Das habe ich ja immer gesagt. Auch Sie glauben das jetzt?«, erwiderte sie erfreut.

»Ja, er hat ein Alibi. Heute hat die Gerichtsmedizin den Tatzeitraum genau festgelegt. In dieser Zeitspanne ist Peter bei der neuen Tankstelle in Dürnbach gewesen. Haben Sie eine Ahnung, wohin er später gefahren ist?«

»Nein, die ganze Zeit überlege ich, was geschehen ist. Diese quälenden Gedanken rauben mir den Schlaf. Schreckliches ist passiert. Das steht fest. Kein Abschied, kein Anruf. Ich bin verzweifelt.«

»Tut mir aufrichtig leid. Wir verstehen, dass Ihre Situation extrem belastend ist. Bisher wissen wir nicht mehr. Ich bin gekommen, um Sie etwas zu fragen.«

»Bitte!«

»Egon wurde mit einem Kletterseil erwürgt ...«

»Dann war es Goday oder seine Frau«, unterbrach Irmgard sofort. »Sie ist Sportkletterin. Kommen Sie mit! Ich zeige Ihnen etwas.«

Sie eilte ihm in den Dreikanter voraus und wandte sich dem Schuppen zu. Dann öffnete sie das große hölzerne Tor und beide traten ein.

»Sehen Sie? Die ganze Wand hat sie mit diesen Plastikteilen bestückt, um zu trainieren.«

In der Tat waren die verschiedensten Formen von Klettergriffen mit Schrauben an der hohen Seitenwand des Schuppens befestigt, sodass der Eindruck einer Indoorkletterwand entstand.

»Früher hingen hier viele Seile vom Giebel herab. Ständig hat sie hier geübt. Sicher fehlt an einem ihrer Stricke ein Stück.«

Das Tor war mit einem Eisenriegel verschlossen, der nicht absperrbar war.

»Jeder ist in der Lage, diesen Schuppen zu betreten und sich ein Stück Seil abzuschneiden, jeder«, stellte Timischl enttäuscht fest.

»Nicht jeder hat so ein offensichtliches Motiv wie das Ehepaar Goday. Sie haben hier gerne gelebt und hätten den Dreikanter gekauft, wenn Egon nicht gekommen wäre. Das alles aufzugeben, war schwer für sie. Ich habe die beiden geschätzt. Es waren angenehme Mieter und Nachbarn. Erich ...«

»Sie meinen Egon«, unterbrach sie Timischl.

»Freilich. Ich verwechsle die beiden manchmal. Egon bestand

darauf, dass sie sofort ausziehen. Da lernte ich die Godays von einer anderen Seite kennen. Sie beschimpften Egon aufs Gröbste. Ich sah den Hass in ihren Augen. Am Nachmittag vor Egons Tod verhandelten die Steiners, die Godays, Peter und Egon über den Verkauf. Sie übertrafen einander in ihren Angeboten für den Dreikanter, doch Egon war jede Summe zu gering. Es gab einen Riesenkrach und man ging völlig zerstritten auseinander.«

»Waren Sie dabei?«

»Nein, Peter hat mir alles erzählt. Er kam äußerst erregt zurück. Für uns beide war wichtig, das Geld für unseren Anteil am Dreikanter zu erhalten, eine Rücklage, um uns im Alter, wenn nötig, eine Pflege leisten zu können oder ein bisschen Kapital für Reisen. Trotzdem habe ich Peter vorgeschlagen, auf den Dreikanter zu verzichten, damit endlich Ruhe einkehrt. Ich schaffte es nicht, ihn davon zu überzeugen. ›Was mir zusteht, schenke ich nicht her‹, sagte er.«

Ein riesiger SUV kam den Hügel herabgefahren und hielt neben ihnen an. Architekt Steiner rief herüber: »Frau Zeiler, ich muss Sie dringend sprechen.«

»Einen Moment, ich komme gleich wieder«, vertröstete sie Timischl und eilte zum Wagen. Nach einem kurzen Wortwechsel kehrte sie zurück.

»Architekt Steiner will mit mir wegen der Gartenarbeit reden, die Peter bisher für ihn erledigt hat. Haben Sie noch weitere Fragen an mich?«

»Jetzt nicht, danke.«

Sie stieg in ihren Ford Fiesta ein, fuhr los und der SUV folgte ihr hinüber zu ihrem Haus. Timischl beschloss, mit Nice über die Seile zu sprechen, obwohl er sich davon keine großen Erkenntnisse erwartete. Auf Grund der Beschreibung ihrer Person durch Geigensauer war er begierig, sie kennenzulernen.

*

»Bitte, setzen Sie sich«, sagte Irmgard zu Architekt Steiner, nachdem sie ihn in ihr Wohnzimmer gebeten hatte. »Darf ich Ihnen etwas zu trinken anbieten?«

»Bitte, ein Mineral.«

Sie brachte eine Flasche mit zwei Gläsern und schenkte ein.

»Sie fragen sich, wer in Zukunft ihre Gartenarbeit macht, falls Peter nicht mehr zurückkommt.«

»Das ist nicht so dringend. Im Hochsommer beschränkt sich die Tätigkeit hauptsächlich auf Rasenmähen und Gießen«, beruhigte er.

»Beides übernehme ich vorerst gerne, falls es recht ist«, schlug Irmgard vor. »Ich hoffe aber, dass Peter sich meldet und zurückkehrt.«

»Darüber reden wir später.«

Er zog ein Dokument aus seiner Brusttasche hervor und reichte es ihr.

»Schauen Sie sich das an! Peter nahm mir das Versprechen ab, Ihnen nicht davon zu erzählen, denn er gab vor, Sie zur gegebenen Zeit damit zu überraschen. Ich habe heute lange mit Nice darüber nachgedacht, wie wir uns verhalten. Wir sind zum Entschluss gekommen, dass die jüngsten Ereignisse erfordern, Sie trotz des Versprechens zu informieren.«

Irmgard las das Dokument, starrte erschrocken darauf und erbleichte. Das Blatt entglitt ihren Händen und fiel auf den Tisch. Architekt Steiner war die Angelegenheit sichtlich peinlich.

»Es ist ein hoher Preis. Ich denke, wir haben um einiges mehr bezahlt, als das Haus wert ist. Es ist uns enorm wichtig, dass hier niemand anderer wohnt. Nicht ausgeschlossen, dass Peter jetzt unterwegs ist, um ein neues Heim für Sie zu kaufen.«

»Glauben Sie das?«, meinte Irmgard mit gebrochener Stimme und brach in Tränen aus. Steiner schwieg.

»Ich fürchte, er hat mich im Stich gelassen«, sagte sie nach einigen Minuten noch immer schluchzend. »Hat er Ihnen gesagt, was er mit dem Geld vorhat?«

»Nein. Ich dachte, er benötige Kapital, bis ich ihm, nachdem seine Brüder für tot erklärt worden sind, den ganzen Dreikanter abkaufe. Die Pension bekommt er ja erst im Herbst.«

»Das heißt, ich werde in Kürze gezwungen sein, dieses Haus zu verlassen. Sind Sie nur gekommen, um mir das zu sagen?« Verzweifelt warf sie ihm den Kaufvertrag hin. »Putzen darf ich weiter, wohnen kann ich unter der Brücke.«

»Frau Zeiler, beruhigen Sie sich!«

Steiner stand auf, trat zu ihr und wollte ihr die Hand auf die Schulter legen, doch dann wagte er es nicht und sagte: »Ich erlaube Ihnen, so lange hier zu wohnen, bis Sie etwas anderes gefunden haben.«

Sie erhob sich und stand dicht vor ihm. Tränen liefen über ihr Gesicht.

»Wenn notwendig, bleiben Sie bis Ende Juli.«

»Bis Ende Juli ...«

»Peter wird wiederkommen«, versuchte Steiner, sie zu ermutigen.

»Glauben Sie das?«

Fast hätte er gesagt, was er dachte, doch sie kam ihm zuvor.

»Sprechen Sie es nicht aus!«, bat Irmgard. »Ich weiß alles.«

»Wenn Sie etwas brauchen, sagen Sie es.«

»Darf ich bis Ende August hier wohnen, wenn es notwendig ist?«

»Auch bis Ende September. Wir sind keine Unmenschen, Nice und ich. Immerhin sind wir ja schon längere Zeit Nachbarn.«

Er drückte ihr fest die Hand und verließ sie erleichtert, die Sache erledigt zu haben.

Irmgard trocknete sich die Tränen ab, setzte sich wieder und schaute starr in die Nachmittagssonne hinaus. Man sollte sie ermorden, sehr langsam, dachte sie.

*

Nice öffnete auf sein Klingeln die Tür. Ihre Hakennase war beachtlich. Gelbe Stöckelschuhe, gelbe Hose, weiße Bluse, gelbe Lippen und die Hälfte der Haare gelb gefärbt. Dazu kleine, kugelrunde, gelbe Ohrringe. Extravagantes Styling, genau wie es Anton beschrieben hatte, dachte Timischl.

»Sie starren mich an wie das siebente Weltwunder«, sagte sie sichtlich amüsiert, weil er nicht sofort sein Anliegen vorbrachte.

»Ich fotografiere gerne nackte Männer. Sie würden sicher ein ausstellungsreifes Bild abgeben. Am Boden sitzend, die Beine gespreizt, die Haut mit glänzendem Nussöl …«

»Inspektor Timischl von der SOKO-Südost«, unterbrach er sie.

»Dann voraussichtlich nicht. Schade. Ältere Männer, nackt und hilflos, fehlen mir in meiner Sammlung. Was verschafft mir die Ehre? Ihr Kollege Geigensauer hat uns gestern schon ausführlich befragt.«

Diese Künstlerinnen, dachte Timischl. Hatte Nice Gras geraucht? Ihr Gehabe war zu verrückt.

»Neue Ermittlungsergebnisse. Egon Drabits ist mit einem Kletterseil erdrosselt worden.«

»Wenn Sie nach Seilen fahnden, dann sind Sie bei mir genau richtig. Ich fotografiere nicht nur, ich erstelle Skulpturen aus Tauen und Schüren. Kommen Sie mit! Suchen Sie sich etwas aus!«

Sie schritt voran und er folgte ihr die Stiege in den Keller hinunter. In einem riesigen Raum, dessen Betonwände schwarz gestrichen waren, standen mehrere Skulpturen, die hauptsächlich aus vielen zwischen Metallstreben verspannten Seilen bestanden.

»Diese hier ist aus Kletterseilen.«

Sie deutete auf einen Wirrwarr aus bunten Stricken, die von einer Spitze zum Boden gespannt waren.

»Sie heißt ›Reinholds Verlangen‹.«

»Was geschieht mit den Seilresten?«

»Mülltonne. Wenn Sie sich in dieser Skulptur auf den Boden setzten, das gäbe ein Bild: Polizei in Ermittlungen verstrickt.«

»Okay, für heute ist es genug. Die Sache ist zu ernst«, war Timischl bemüht, nicht ärgerlich zu werden. Er war es gewohnt, dass sich manche Menschen über die Polizei lustig machten. Alles hatte aber seine Grenzen.

»Das Seil, das beim Mord verwendet wurde, stammt womöglich von Ihren Resten.«

»Oder aus einem Sportgeschäft. Übrigens, wenn ich plante, Egon zu erdrosseln, hätte ich keines meiner Seile verwendet. Außerdem war er kein Foto wert, auch nicht mit einem Seil um den Hals, obwohl mich morbide Motive reizen.«

»Sie wissen, dass Sie in diesem Mordfall zu den Verdächtigen gehören?«

»Leider, ich hoffe in meinem eigenen Interesse, dass Sie den Täter bald finden. Es gibt doch nicht etwa Indizien, die auf mich hinweisen.«

»Momentan nicht.«

»Außer den Seilen, irgendeine Frage?«

»Nein, danke.«

Sie begleitete ihn zum Eingang. »Ich würde Sie gerne mit meiner Nikon aufnehmen«, sagte sie und Timischl war sich nicht mehr sicher, ob sie es nicht ernst meinte.

Im Weggehen spürte er, dass es ihn ehrte, wenn sie es wirklich wollte. Der Mensch ist doch ein eitler Trottel, dachte er über sich, stieg in den Wagen und fuhr weg.

Der Nachmittag neigte sich dem Ende entgegen. Er beschloss, über Gamischdorf heimzufahren. An der steilsten Stelle der Straße, die von Brunnergraben hinüber ins Stremtal führt, erklang die Melodie des »Rosaroten Panthers«. Es war dienstlich.

»Na, perfekt. Das gibt es doch gar nicht ... Habt ihr Anton erreicht? ... Anscheinend hat er keinen Empfang in Eisenhüttl ... Nein, ich komme sofort ... Habt ihr schon eine Fahndung herausgegeben? ... Perfekt ... Leider ... Bis bald.«

*

Das Haus der Angerers stand abseits des Ortskernes von Eisenhüttl am Waldrand. Ein nettes, kleines, ebenerdiges Gebäude, das im Schatten der hohen Fichten lag, die dahinter in den Himmel ragten.

Mit dem Gewitter war die schwüle Luft abgezogen und es kühlte ab. Geigensauer fand Fritz Angerer im Gemüsegarten. Er war schlank und klein. Dicke Brillen ließen seine Augen groß erscheinen.

»Ich habe damit gerechnet, dass die Polizei kommt. Mein Bruder Hubert hat mir erzählt, dass er am Tatort einem Beamten begegnet ist«, meinte er, nachdem ihm Geigensauer seinen Ausweis gezeigt hatte. »Sie haben ihm hoffentlich nicht alles geglaubt, was er Ihnen erzählt hat«, fragte er beunruhigt.

»Nein, keineswegs.«

»Er spürt, dass er nicht wie die anderen ist. Daher macht er sich immer wieder mit ausgedachten Geschichten wichtig. Hubert ist absolut harmlos. Er tut keiner Fliege etwas zuleide.«

»Ist er hier?«

»Nein, er ist wie immer im Wald unterwegs. Dort ist er am liebsten. Sie sind gekommen, um sein Alibi zu überprüfen?«

»Hat er davon erzählt?«

»Es hat ihn beunruhigt, womöglich für den Mörder gehalten zu werden. Er war in der Nacht des Verbrechens zu Hause. Ich bin sein Bruder. Ich weiß nicht, ob meine Aussage ausreicht.«

»Eine ehrliche Auskunft ist immer willkommen. Wohnt sonst jemand hier?«

»Nein, leider nicht. Was ich gesagt habe, wird niemand bestätigen. Unsere Eltern sind schon vor längerer Zeit gestorben und ich habe keine Frau gefunden, die das Leben mit mir und Hubert teilt. Ich hatte nie vor, ihn allein zu lassen.«

»Hat er Ihnen erzählt, wen er am Tatort gesehen hat? Glauben Sie ihm das?«, fragte Geigensauer.

»Obwohl ich ihn durch und durch kenne, ist das eine schwierige Frage. Anfangs behauptete er sogar, den Mord gesehen zu haben. Das war blanker Unfug. Das hat er dann später auch zugegeben. Er bestand jedoch darauf, den Mann mit dem Fahrrad und einen Fremden auf der Bank gesehen zu haben. Er wird wütend, wenn ich ihm immer wieder vorwerfe, er hätte sich das ausgedacht. Vermutlich hat er die beiden beobachtet.«

»Beruhigen Sie ihn! Wir verdächtigen ihn nicht«, konnte Geigensauer Fritz und Hubert das Leben erleichtern.

»Danke. Er wird froh sein, wenn ich ihm das erzähle«, war Fritz sichtlich erfreut.

Beim Wegfahren stellte Geigensauer fest, dass er sein Handy auf dem Beifahrersitz liegengelassen hatte. Ein Blick genügte, um zu sehen, dass mehrmals versucht worden war, ihn zu erreichen.

Was ihm Timischl auf die Mailbox gesprochen hatte, überraschte ihn völlig, doch noch mehr beunruhigte es ihn. Sofort brach er nach Rauchwart auf.

*

Timischl stand vor dem Eingang zum Campingplatz von Rauchwart und empfing Geigensauer mit den Worten: »Ich warte eine Ewigkeit auf dich.«

»Ich habe das Handy auf dem Beifahrersitz liegengelassen. Sorry.«

»Die Godays sind entgegen deinen Anweisungen einfach abgefahren.«

»Ich habe es am Telefon vernommen. Wann sind sie verschwunden?«

»Nadja hat sich um ein Uhr Mittag im Wohnmobil niedergelegt. Wegen Egons Tod hatte sie die ganze Nacht nicht geschlafen. Am Nachmittag gegen fünf Uhr erwachte sie und schlenderte zum Kiosk, um etwas einzukaufen. Da bemerkte sie, dass der

VW-Bus der Godays fehlte, und rief sofort die Polizei an. Laut Campingplatzbetreiber haben sie gegen 14 Uhr ausgecheckt.«

»Verdammt. Sie haben einen Vorsprung von fast vier Stunden«, sagte Geigensauer beunruhigt.

»Hast du die Ausweise der Godays kontrolliert?«

»Nein, wieso?«, fragte Geigensauer nervös.

»Der VW-Bus ist auf einen Herrn Meier zugelassen, der im 12. Bezirk in der Rosenhügelstraße gemeldet ist. Er ist nicht verheiratet. Die Wiener Kollegen waren schon dort. Kein Bus parkt in der Straße und es ist niemand zu Hause. Alle Rollläden sind unten. Einer der Nachbarn wurde befragt. Er denkt, Herr Meier sei auf Urlaub.«

»Meier heißt der Drohnenflieger. Wer weiß, welchen Namen seine kletternde Freundin besitzt. Die Fahndung läuft?«

»Ja, bisher ergebnislos. Du kannst dir ja nicht vorstellen, dass die Godays einen Mord mit ihrem eigenen Seil begehen«, hielt sich Timischl nicht mit Kritik zurück.

»Hast du ihre Identität kontrolliert?«, erwiderte Geigensauer, die Augen verdrehend.

»Nein, doch wir lernen daraus: Nicht alles, was man in der Polizeischule lehrt, ist für die Praxis unbrauchbar.«

»Wie steht es um Nadja?«

»Sie ist von der Trauer um Egon gezeichnet. Außerdem plant sie, die Aufklärung des Mordes selbst in die Hand zu nehmen. Die Polizei sei nicht fähig. Ich hoffe, ich schaffte es, sie zu überreden, eigene Nachforschungen bleiben zu lassen.«

»Ich hätte die Ausweise kontrollieren müssen.«

»Ich auch. Kopf hoch. Jeder macht einen Fehler. Wir werden die beiden finden«, tröstete ihn Timischl.

»Was hast du in Zicken bezüglich möglicher Seile herausgefunden?«, war Geigensauer interessiert.

Timischl erzählte, blumig ausgeschmückt, von seinem Besuch bei Nice, von der Kletterwand im Schuppen und von der Reaktion von Irmgard auf das Alibi von Peter.

»Ich fahre nach Wien«, entschloss sich Geigensauer kurzerhand.

»Nach Wien?«

»Mir lässt das keine Ruhe. Ich werde mit Nachbarn über diesen Herrn Meier sprechen. Es ist nicht auszuschließen, dass ich trotz seiner Abwesenheit Informationen über ihn erhalte.«

»Bis du am Rosenhügel bist, ist es 20 Uhr«, stellte Timischl mit einem Blick auf sein Handy fest.

»Einen lauen Sommerabend genießen viele im Freien. Ich werde einige Nachbarn in ihren Gärten antreffen.«

»Wenn es dich beruhigt, dann mach dich auf den Weg.«

»Besser als warten ist es für mich auf jeden Fall. Dann bis morgen.«

»Die Fahndung läuft. Wer weiß, was in dieser Nacht noch geschieht?«

Die beiden Ermittler stiegen ein. Timischl fuhr nach Süden, Geigensauer nach Norden.

*

Später am Nachmittag wanderten sie zum Strand hinunter zum Schwimmen. Er blieb länger im angenehm kühlen Wasser als sie und sah, dass sie sich nicht auf eine der Holzpritschen zum Sonnen ausgestreckt hatte.

Mit einem Stück angeschwemmten Holzes in der Hand zeichnete sie im feinen Sand. Noch halb im Wasser stehend erkannte er, dass sie ein großes Herz mit Amors Pfeil angelegt hatte. Offensichtlich war alles zu ihrer Zufriedenheit verlaufen. Lange Zeit dösten die beiden, eng umschlungen nebeneinanderliegend, das Rauschen der Brandung in den Ohren.

Die Sonne tauchte blutrot ins Meer und sie brachen auf. Am Strand hatte eine leichte Brise, die landeinwärts blies, die Hitze des Tages kaum spüren lassen. Nachdem sie aber ein Stück bergauf ins Landesinnere gegangen waren, trat ihnen der Schweiß aus allen Poren. Vor dem Haus angekommen, rang sie ein wenig nach Luft.

»Da das Geld schon auf deinem Konto ist, könnten wir gleich einen Architekten beauftragen, die Häuser zu planen. Nächsten Sommer spätestens sind sie fertig.«

Sie zeigte auf das leere Grundstück und er nickte.

»Die Warze über deinem Auge könntest du dir entfernen lassen«, bat sie. »Sie gefällt mir nicht.«

»Der Hautarzt war nicht dafür«, antwortete er und Arm in Arm verschwanden sie im Haus.

*

Timischl war, was die Fahrzeit betraf, zu optimistisch gewesen. Um 20 Uhr passierte Geigensauer den Knoten Guntramsdorf. Die Sonne näherte sich dem Horizont, der von den Wiener Hausbergen gebildet wurde. Der Abendverkehr hatte nachgelassen. Er war nicht schnell gefahren. Zu viele Gedanken schwirrten ihm durch den Kopf.

Warum hatten sich Herr Meier und seine Freundin unter falschem Namen in Zicken eingemietet? Sicher nicht, weil sie vorhatten, einen Mann zu töten, den sie damals noch gar nicht kannten. Warum flüchten sie, wenn es gar keine Indizien gibt, die sie belasten? Der Mord war geplant. Das war für Geigensauer der einzige Fixpunkt. Sowohl die wahrscheinliche Verwendung von KO-Tropfen als auch das Seil sprachen gegen ein spontanes Verbrechen. Der Täter wusste sicher von den Seilen bei Nice und im Schuppen des Dreikanters und hat diese Tatwaffe benutzt, um Nice oder Goday zu belasten. Vielleicht besaß der Mörder keine Schusswaffe oder war nicht kräftig genug, Egon im Kampf zu erstechen oder zu erschlagen, daher der Griff zu den KO-Tropfen und dem Strick.

Geigensauer parkte beim Südwestfriedhof und marschierte zu Fuß die Rosenhügelstraße hinunter. Wie angenommen, herrschte in den Gärten reges Leben. Der Duft gegrillter Fleischstücke durchzog die Luft. Stimmen fröhlicher Unterhaltung waren zu hören. Geigensauer blieb vor Herrn Meiers Haus stehen. Mit heruntergelassenen Rollläden sah es verlassen aus. Die Blumen im kleinen Vorgarten wirkten aber gepflegt und gegossen. Vermutlich hatte ein Freund diese Arbeit übernommen. Aus dem Briefkasten quoll keine Post. Geigensauer überlegte, an welche Nachbarn er sich zuerst wenden sollte. Im links anschließenden Haus sah er das Farbenspiel eines Fernsehers hinter den Gardinen. Kein geeigneter Zeitpunkt für eine Befragung, wenn die Lieblingsserie lief. Neben dem rechten Nachbarhaus führte ein schmaler Fußweg in die Gärten nach hinten. Bunte Lichter und Stimmen deuteten auf ein Gartenfest hin. Geigensauer beschloss, es zunächst dort zu probieren.

Er schaute die Rosenhügelstraße hinunter und traute seinen Augen kaum. Ein VW-Bus kam von der Hetzendorfer Straße heraufgefahren. Ob er das richtige Kennzeichen trug, war aus der großen Entfernung nicht wahrzunehmen. Rasch trat er ein paar Schritte in den schmalen Weg hinein und wandte der Straße den Rücken zu, um nicht erkannt zu werden. Der Bus verlangsamte sein Tempo, fuhr vorbei und blieb stehen. Geigensauer hörte die Wagentür auf- und zugehen. Er wartete zwei Minuten und bog dann in die Rosenhügelstraße ein. Es war der Bus. Die Nummerntafel war Beweis genug. Im ersten Stock ließ jemand die Rollläden hoch und öffnete die Fenster. Geigensauer war verwundert. Nahmen die beiden nicht an, dass die Polizei sie suchte. Angespannt läutete er an der Tür. Er hörte Schritte, dann wurde die Tür aufgeschlossen und er stand vor einem älteren Mann mit blond gefärbten Haaren, den er nie zuvor gesehen hatte. Geigensauer war für einen Augenblick sprachlos.

»Bitte, was wünschen Sie?«, fragte der Mann.

»Sie sind Herr Meier?«, kam es Geigensauer dann doch über die Lippen.

»Der bin ich.«

»Der VW-Bus gehört Ihnen?«, fuhr Geigensauer fort.

»Verzeihung, ich bin kein Auskunftsbüro. Worum handelt es sich?«, meinte Meier, und es war deutlich zu spüren, dass er sich nicht entschieden hatte, ob er sich verwundert oder verärgert geben sollte.

»Anton Geigensauer von der SOKO-Südost«, stellte dieser sich vor und zeigte seinen Ausweis.

»Das bestätigt mir gar nichts. Keine Uniform und fast 21 Uhr.«

»Nur ein paar kurze Fragen. Wir erledigen das gleich hier.«

»Am liebsten würde ich bei der Polizei anrufen, ob es einen Herrn Geigenauer überhaupt gibt.«

»Geigensauer, nicht Geigenauer. Bis heute war ein Ehepaar mit Ihrem Wagen unterwegs.«

»Genau. Sie hatten mein Wohnmobil für ein paar Wochen gemietet. Am Nachmittag haben sie, wie ausgemacht, das Fahrzeug in meine Firma zurückgebracht. Sie haben alles bezahlt. Was haben sie angestellt? Sind Parkgebühren offen, Fahrerflucht?«

»Leider Schwerwiegenderes.«

»Was heißt das?«, fragte Meier in aufgeregtem Ton.

»Sie sind in einen Mordfall im Südburgenland verwickelt. Sie hatten die Auflage, den Campingplatz in Rauchwart nicht zu verlassen, bis alles, was sie betrifft, aufgeklärt ist.«

»Das ist ein Irrtum. Das ist ein völlig harmloses Ehepaar. Wer von den beiden soll denn getötet haben?«

Meier schien die Idee, dass die beiden in einen Mordfall verwickelt waren, schlicht lächerlich. Geigensauer spürte den verächtlichen Blick des Mannes.

»Wie haben sich die beiden denn genannt?«

»Goday, wie sonst.«

»Haben Sie einen Ausweis von ihnen gesehen?«

»Natürlich, ich bin ja nicht naiv. Einen Reisepass habe ich verlangt. Ich habe ihn kopiert. Ich gebe doch nicht irgendjemandem meinen Wagen.«

»Könnte ich diese Kopie sehen?«

»Wenn es sein muss.«

»Bitte!«

Meier verschwand im Haus und schloss die Tür hinter sich ab. Sein Misstrauen war nicht geringer geworden. Nach zwei, drei Minuten kehrte er mit der Kopie in der Hand zurück.

»Bitte. Alles in Ordnung. Dr. August Goday steht hier.«

»Erlauben Sie?«

Geigensauer fotografierte die Kopie mit seinem Handy.

»Ich werde den Pass überprüfen lassen. Sobald ich erfahren habe, ob er gefälscht ist, melde ich mich bei Ihnen.«

»Nach zehn Uhr nicht mehr, da gehe ich schlafen.«

»Okay, danke für die Auskunft.«

»Bitte.«

Zweimal versperrte Meier die Eingangstür. Geigensauer kehrte zu seinem Wagen zurück und schickte das Foto an Timischl. Nur ab und zu fuhr ein Auto in der lauen Sommernacht an ihm vorbei. Langsam verwandelte sich die Dämmerung in die Nacht. Am unteren Ende der Straße stand nur ein Taxi hell erleuchtet am Standplatz. Die Verkaufsbuden der Gärtnereien waren verschlossen und alle Blumenpracht war bis zum Morgen versteckt. Vieles ging Geigensauer durch den Kopf, doch er versuchte sich abzulenken. Nicht weit von hier war er aufgewachsen und oft war er mit dem Fahrrad auf dieser Straße zum Fußballtraining in die Hervicusgasse unterwegs gewesen. Es war einige Jahre her. So lange, dass die Bilder der Erinnerung nicht lebendiger waren als die eines Films. Ein ausgewachsener, großer Fuchs querte die Straße und wechselte von einem Teil des Friedhofes zum anderen. War sich so ein Tier bewusst, wie unnatürlich diese Umgebung war? Zehn Uhr war bald vorbei. Meier würde er heute nicht mehr informieren und so beschloss er heimzufahren. Sein Handy meldete sich mit der Melodie »It's now or never« und er hob ab.

»Hallo, hier Timischl, schläfst du schon?«

»Nein, noch nicht.«

»Die beiden heißen definitiv nicht Goday. Dr. August Goday ist schon vor einem Jahr verstorben. Woher sie seinen Pass haben, weiß ich nicht. Das Foto wurde amateurhaft ausgetauscht.«

»Das heißt, wir wissen von den beiden gar nichts.«

»Genauso ist es.«

»Gnade uns Gott, wenn sich herausstellt, dass sie in diesen Mordfall verwickelt sind. Unsere einzige Spur zu ihnen ist der verstorbene Dr. August Goday.«

»Nur keine Panik«, beruhigte Timischl. »Wir werden wie der Phönix aus der Asche erstehen.«

»Hoffentlich.«

*

»Ruf Loana an und sag ihr, dass du nicht mehr nach Zicken zurückkehrst!«, schlug Peter vor. »Schließlich müssen sie einen Ersatz für dich suchen.«

Dara und er saßen Arm in Arm auf der kleinen Terrasse vor dem Haus und schauten hinunter auf die Wogen des Schwarzen Meeres, in denen sich das fahle Licht einer dünnen Mondsichel spiegelte. Über dem Wasser spannte sich ein klarer Himmel voller hell leuchtender Sterne. Die Milchstraße war deutlich zu sehen. Eine Flasche Sekt und zwei Gläser standen neben ihnen.

»Morgen ist auch ein Tag«, erwiderte Dara und gab ihm einen Kuss.

»Ruf an, danach vergessen wir Zicken endgültig!«, gab Peter keine Ruhe.

»Von mir aus«, klang es wenig begeistert.

Dara erhob sich seufzend, ging ins Wohnzimmer und kam mit ihrem Handy zurück.

»Hallo, ich bin es, Dara. Ich bin gesund in Bulgarien angekommen. Wie geht es dem alten Zeiler? … Fein … Was machen deine Kreuzschmerzen … Ob ich was mitbekommen habe? Nein, ich habe keine Zeitungen gelesen und auch nicht ferngesehen.

Was gibt es für Sensationen? Rück heraus damit! … Egon? … Das gibt es ja nicht … Wann? … Das glaube ich nicht … Das kann nicht sein … Furchtbar … Gute Nacht.«

Dara ließ das Handy in ihren Sessel fallen und starrte Peter mit weit aufgerissenen Augen an.

»Was ist denn los?«, fragte er verwundert. »Warum hast du ihr nicht gesagt, dass du nicht mehr nach Zicken zurückkommst?«

»Dein Bruder Egon ist ermordet worden. In der Nacht, in der du mit dem Motorrad nach Bulgarien aufgebrochen bist.«

»Wo?«

»Im Birkenwald hat man ihn erdrosselt.«

»Das ist ja fürchterlich«, sagte Peter völlig verstört. »Wer hat ihn denn getötet?«

»Hast du Egon umgebracht?«, fragte Dara, statt zu antworten, und bekam vor Aufregung fast keine Luft.

»Bist du verrückt.« Entsetzt stand Peter auf.

»Hast du Egon umgebracht? Sag es mir sofort!«, schrie ihn Dara an und zitterte am ganzen Körper. »Ich weiß, dass du ihn gehasst hast.«

»Egon, nein, ich habe Egon nicht ermordet. Seit fast zwei Tagen bin ich ständig bei dir.«

Er fasste sie an beiden Schultern, rüttelte sie, als würde sie schlafen, und versicherte: »Dara ich war es nicht. Ich war es nicht.«

Sie sah ihm lange in die Augen und er wich ihrem Blick nicht aus.

»Er ist in der Nacht umgebracht worden, in der du mit dem Motorrad nach Bulgarien gefahren bist. Die Polizei glaubt, dass du ihn ermordet hast. Dein Verschwinden ist ja zu verdächtig.«

»Ich habe ihn nicht getötet. Glaube mir!«

»Ich war nie dafür, dass du wie ein Dieb in der Nacht Zicken verlässt. Du hättest Irmgard sagen können, wie der Hase läuft, doch du warst zu feig.«

»Lassen wir das! Darüber haben wir lange genug diskutiert.«

»Wie werden wir uns verhalten?«

»Ich rufe die Polizei in Güssing an, fahre zurück und kläre das auf!«

»Und wenn sie dir nicht glauben?«

»Ich habe Vertrauen in die österreichische Polizei. Hier finden sie mich früher oder später. Wenn ich mich nicht melde, mache ich mich nur noch verdächtiger.«

»Du hast recht. Ruf an und fahr nach Zicken. Ich begleite dich.«

»Bleib hier. Ich komme bald wieder zurück.«

»Nein, nein. Ich lasse dich nicht im Stich. Außerdem, wer weiß, wie sich Irmgard aufführt, wenn sie die Wahrheit erfährt. Ich begleite dich.«

»Danke.«

Er nahm ihre Hand, drückte sie fest und zog sie zu sich.

»Es wird alles in Ordnung kommen. Gib mir dein Handy!«

»Weißt du die Nummer der Polizei?«

»Ich schaue im Internet nach.«

»Die Vorwahl ist 0043. So behaglich habe ich mir die kommenden Tage vorgestellt. Es ist einem im Leben doch nichts vergönnt.«

Er wählte die Nummer.

»Hallo, ist dort die Polizeidienststelle in Güssing? ... Mein Name ist Peter Drabits. Ich habe eben erfahren, dass ich im Zusammenhang mit dem Mord an meinem Bruder Egon gesucht werde. Ich bin momentan am Schwarzen Meer ... Nein, das ist kein Scherz. Ich mache mich sofort auf den Weg nach Österreich ... Ja, unter dieser Nummer bin ich jederzeit erreichbar. Die Fahrzeit beträgt fast zwanzig Stunden. Ein bisschen wird es dauern. Gute Nacht.«

»Brechen wir sofort auf?«

»Ich habe keine Ruhe, bis ich das aufgeklärt habe. Wir nehmen das Motorrad, da sind wir wesentlich schneller als mit deinem alten Lada. Traust du dich hinten aufzusitzen?«

»Sicher, ich bin nicht feig. Was ist mit unserem Gepäck?«

»Unwichtig. Was wir brauchen, kaufen wir uns. Füll eine große Kanne mit Kaffee. Die werden wir mitnehmen.«

*

Wie an jedem Werktag gab es nach Mitternacht im Südburgenland fast keinen Verkehr. Geigensauer fuhr mit halb offenem Fahrerfenster und genoss die Kühle der Zugluft. Die einzigen Lebewesen, die er zwischen Großpetersdorf und Güttenbach sah, waren ein Fuchs und eine Gruppe Rehe auf einem Feld neben der Straße.

Nachdem er das Auto beim Haus geparkt hatte, blieb er erschöpft von diesem langen Tag im Wagen sitzen. Die Stimme von Elvis weckte ihn mit »It's now or never«. Verwundert stellte er fest, dass er im Auto saß. Er benötigte Zeit, sich zurechtzufinden. Offensichtlich war er eingeschlafen. Wer war denn das jetzt?

»Wo bist du?«, meldete sich die Stimme von Timischl.

»Eben in Güttenbach angekommen. Was gibt es denn?«

»Rate, wer heute am Abend am Polizeiposten Güssing angerufen hat!«

»Keine Ahnung. Der Papst, wenn du mich deshalb jetzt anrufst.«

»Nicht weit entfernt von der Wahrheit. Es war Peter Drabits.«

»Also doch. Ich vermutete, dass er auftaucht. Wo ist er momentan?«

»Er meldete sich vom Schwarzen Meer.«

»Ziemlich weit weg. Was hat er vor?«

»Er habe kurz vor dem Telefonat erfahren, dass man ihn wegen des Mordes an seinem Bruder verdächtige und suche. Deshalb werde er sofort nach Österreich zurückkehren und aufklären, dass er in das Verbrechen nicht verwickelt sei.«

»Warum ist er am Schwarzen Meer?«

»Hat er dem Beamten nicht gesagt und dieser hat leider nicht nachgefragt. Ich habe sofort versucht, Peter anzurufen, doch er war nicht erreichbar.«

»Wann kommt er, wenn das Ganze kein Scherz ist?«

»Wenn er flott vorankommt, in zwanzig Stunden.«

»Dann trifft er hier morgen gegen Abend ein.«

»Heute«, stellte Timischl richtig. »Bis bald.«

»Tschau.«

Geigensauer schlich leise ins Haus und legte sich neben Jane und Josef nieder, die friedlich, vom Mondlicht beschienen, schliefen.

24. Juni

»Herr Direktor Larta, bitte dringend zur Rezeption kommen. Herr Direktor Larta, bitte dringend zur Rezeption kommen«, schallte eine hohe, weibliche Stimme durch die Gänge und Hallen des Hotels Larimar.

»Darling, ich denke, die meinen leider mich«, sagte Egon und erhob sich von einer der Pritschen, die beim Becken des Hotelhallenbades standen.

»Sweety, wann sehen wir einander wieder?«, schmachtete ihn die langbeinige Blondine an, die neben ihm lag.

Er sah auf die Uhr an der gegenüberliegenden Wand.

»Sagen wir einmal um elf Uhr in unserer Suite. Wenn etwas dazwischen kommt, hinterlasse ich dir eine Nachricht.«

»Okay, Sweety. Es ist so nice, dass du mich nach Europa mitgenommen hast.«

»No problem, Darling.«

*

Nicht im Geschäftsanzug, sondern leger in heller Leinenhose und mit Poloshirt eilte Egon Larta durch die Gänge.

»Herr Direktor Larta, bitte dringend zur Rezeption kommen. Herr Direktor Larta, bitte dringend zur Rezeption kommen«, klang es erneut aus den Lautsprechern.

Schnellen Schrittes eilte er durch die Empfangshalle und spürte die Blicke der anwesenden Gäste.

»Larta, ich wurde aufgerufen zu kommen«, stellte er sich der jungen Rezeptionistin vor.

»Herr Direktor, der Manager der Firma ›Thermalaqua‹ erwartet Sie im Seminarraum 1 im 1. Stock. Er bestand darauf, Sie zu holen. Ich hoffe ...«

»Kein Problem. Ich bin Chef dieser Firma. Das passt schon«, erwiderte er schmunzelnd.

»Nehmen Sie gleich den Lift rechts ums Eck, Herr Direktor«, lächelte sie ihn an.

»Danke.«

*

Im Seminarraum wurde Egon von zwei Männern in eleganten Anzügen erwartet.

»Hallo, was gibt es Neues?«, begrüßte er sie freundlich.

»Die Analyse des Brunnenwassers ist fertig«, erwiderte der ältere stolz.

»Rasch ist notwendig, schneller ist hinreichend«, lobte Egon die beiden.

»Die Qualität des Wassers ist exzellent. Ob die gelieferte Wassermenge ausreicht, ist eher fraglich. Wir streben eine Probebohrung an. Das geologische Gutachten versprach praktisch mit hundertprozentiger Sicherheit das Auffinden einer ergiebigen Quelle durch eine Tiefenbohrung.«

»Wir werden bestes Wasser fördern und ›Thermalaqua‹ sein erstes Bad in Europa im Südburgenland errichten.«

»Wir haben einige Konkurrenz in der Umgebung«, gab der jüngere zu bedenken.

»Wir starten klein und exklusiv. Eine ›Therme Argentino‹ schwebt mir vor«, stellte der ältere in den Raum. »Wir werden argentinischen Lebensstil in höchster Vollendung bieten.«

»Klingt überzeugend«, stimmte Egon zu. »Wir bauen keine Badewanne für Hausmeister und Familien. Unsere Gäste landen mit dem eigenen Flugzeug in Punitz. Die Welt wird ins Süd-burgenland pilgern.«

»Ich schlage vor, sofort eine Pressekonferenz anzusetzen. Die Medien des Burgenlandes werden kommen und berichten«, schlug der jüngere vor.

»Die Firma ›Thermalaqua‹ wird in aller Munde sein«, zeigte sich Egon erfreut.

»Die Erlaubnis für Bohrungen erhalten wir leichter, wenn das Grundstück uns gehört. Ich werde den Kauf sofort veranlassen.«

»Das übernehme ich. Es ist besser, ich verhandle mit meiner Verwandtschaft. Ich werde mich gleich heute darum kümmern. Ich sage dann Bescheid.«

*

»Darling, Darling bist du da?«, rief Egon sofort, nachdem er die Suite betreten hatte.

»Bin schon hier, Sweety«, kam prompt die Antwort und seine Frau Tamara kam aus dem Badezimmer. Sie trug eine helle Leinenhose. Ein weißes T-Shirt mit aufgedruckter argentinischer Flagge wölbte sich über ihren Busen. Die langen, blonden Haare waren zu einem Zopf geflochten. In der Hand hatte sie einen Strohhut.

»Wie waren die Geschäfte?«, fragte sie, ohne eine Antwort zu erwarten.

»Ich errichte in Zicken eine Therme«, erwiderte er überraschend auskunftsfreudig.

»Wie romantisch, direkt neben deinem Geburtshaus?«

»Das wird abgerissen.«

»Sweety, lass es doch stehen!«

»Diese Bruchbude passt zu keinem modernen Wellness-Tempel.«

»Ein bisschen mehr Romantik, Sweety?«

»Die ganze Anlage wird argentinisches Flair ausstrahlen. Wir bauen nur für die Superreichen.«

»Zur Eröffnung tanzen wir beide Tango.«

»Und du hast eine Rose zwischen den Zähnen«, lachte er.

»Einen Raum deines Dreikanters könnte man in den Neubau integrieren. So unter dem Motto ›Hier wuchs Egon Larta auf‹«, ließ sie nicht locker.

»Ich fahre jetzt nach Zicken und werde den Rest des Dreikanters kaufen.«

»Ich komme mit«, meinte sie überzeugend.

»Okay, Darling. Schau dir das Ganze einmal an!«, stimmte er zu, worüber sie sehr überrascht war.

*

Geigensauer betrat die Räumlichkeiten der SOKO-Südost in Güssing erst gegen zehn Uhr. Inspektor Timischl saß im Büro bei seinem Schreibtisch und schaute konzentriert auf den Bildschirm des Computers. Das Fenster war in der Früh geöffnet worden, um die morgendliche Kühle in den Raum zu bringen.

»Ausgeschlafen?«, begrüßte er Geigensauer, in bester Laune aufblickend.

»Danke, passt. Was Neues von Peter Drabits gehört?«

Geigensauer schloss das Fenster, denn die Hitzewelle ging auch an diesem Tag in die Verlängerung. Er ließ sich an seinem Schreibtisch nieder. Dieser stand so, dass die beiden Ermittler einander gegenübersaßen.

»Ich habe seit heute Früh öfters versucht, mit ihm Kontakt aufzunehmen. Nur einmal kam für kurze Zeit eine Verbindung zustande.«

»Und?«

»Ich verstand nur, dass er angeblich in Kürze in Ungarn sein wird.«

»Dann wird er am späteren Nachmittag hier eintreffen?«

»Sieht so aus.«

»Hat Irmgard einen Anruf von Peter erhalten?«, fragte Geigensauer.

»Nein, seit wir sie überwachen, ist sie von niemand angerufen worden.«

»Hast du Irmgard von Peters Anruf verständigt?«

»Nein. Ich wollte ihr nicht verfrüht Hoffnungen machen. Wenn er hier ankommt, erfährt sie es ohnehin.«

»Weiß man schon etwas über August Goday?«

»Die Wiener Kollegen bemühen sich. Er wohnte bis zu seinem Tod in der Auhofstraße. Er hatte keine Verwandten. Sie befragen sein Umfeld. Hoffentlich führt eine Spur zu unserem Drohnenflieger.«

»Mein Vertrauen in Wiener Bemühungen ist beschränkt«, meinte Geigensauer skeptisch.

»Klingt wie Honig in meinen Ohren, das aus einem Wiener Mund zu hören«, lächelte Timischl zufrieden. »Was hast du vor?«

»Ich düse heute Nachmittag nach Wien und befrage die Nachbarschaft von Goday selbst.«

»Ich komme mit. Warum fahren wir nicht sofort?«

»Irmgard Zeiler lässt mir keine Ruhe.«

»Du verdächtigst sie?«

Die Titelmelodie des Filmes »Der rosarote Panther« ertönte und Timischl nahm sein Handy zum Ohr.

»Inspektor Timischl ... Hallo ... Danke ... Nein, wir tappen im Dunkeln ... Bitte ... Ok ... Er sitzt neben mir ... Schönen Tag ... Tschau.« Nachdenklich legte er sein Handy auf den Schreibtisch und sah Geigensauer verheißungsvoll an.

»Mach es nicht so unerträglich spannend!«

»Gerichtsmedizin Graz«, sagte Timischl langsam. »Genauere Untersuchungen haben Sicherheit gebracht. Egon Drabits ist mit KO-Tropfen betäubt worden, bevor man ihn erdrosselt hat.«

Geigensauer sah nachdenklich beim Fenster hinaus. »Warum betäubt man sein Opfer, bevor man es tötet?«, fragte er schließlich.

»Das Morden wird bequemer. Es gibt keine Gegenwehr«, schlug Timischl vor. »Es hat solche Fälle schon öfter gegeben. Nicht immer handelt es sich bei der Verabreichung von KO-Tropfen um Sexualdelikte.«

»Einen Mann, der mit KO-Tropfen betäubt wurde, könnte eine Frau ohne Probleme erdrosseln«, schloss Geigensauer.

»Du denkst an die Dame, die sich Dagmar Goday nennt?«, fragte Timischl.

»Nicht nur, da wären auch Nice und Irmgard«, ergänzte Geigensauer.

»Irmgard? Das erscheint mir doch unwahrscheinlich«, erwiderte Timischl skeptisch.

»Sie hat kein Alibi für die Zeit des Verbrechens«, stellte Geigensauer fest.

»Aber auch kein Motiv«, warf Timischl ein.

»Jetzt, wo Peter wieder auftaucht, sehe ich die Möglichkeit eines Mordmotivs für sie. Er und schließlich auch sie profitieren von Egons Tod.«

»Wäre es dann nicht besser, Irmgard hätte ein Alibi? Außerdem, wozu fährt Peter bis ans Schwarze Meer?«

»Das wird er uns hoffentlich heute am Abend erzählen. Ich werde nach Zicken fahren und Irmgard damit konfrontieren, dass wir sie verdächtigen.«

»Viel Glück«, meinte Timischl wenig überzeugt.

*

Der Himmel über Zicken war wolkenlos. Kein Bewohner war zu erblicken. Geigensauer parkte seinen Wagen beim Brunnen. Er marschierte die paar Schritte zum Haus hinüber, in dem Irmgard lebte.

Die Sonne brannte unbarmherzig vom Firmament und der dunkle Asphalt gab die gespeicherte Hitze wieder. Nicht einmal ein leichter Luftzug war zu spüren. Geigensauer näherte sich dem Gebäude. Die Garage war geschlossen und die Fensterläden waren alle heruntergelassen. War Irmgard gar nicht zu Haus? Er trat in den Schatten des Einganges und klingelte. Sie öffnete nach kurzer Zeit.

»Grüß Gott, was führt Sie zu mir, Herr Geigensauer?«, sagte sie gar nicht überrascht. Sie hatte sich kein bisschen von den Aufregungen der letzten Tage erholt. Im Gegenteil. Sie sah elend aus und machte keinerlei Anstalten, ihn eintreten zu lassen, sondern fragte leise und fast abwesend: »Haben Sie Neuigkeiten über den Verbleib von Peter?«

»Darf ich einen Sprung hereinkommen?«, bat Geigensauer, anstatt zu antworten.

»Bitte!«

Irmgard ging zur Seite und Geigensauer trat ein. Sie schritt voraus in den Wohnraum und er folgte ihr. Hier war es aufgrund der geschlossenen Fensterläden fast düster. Sie bot ihm einen Platz an und er setzte sich. Sie aber blieb stehen und sah zum Fenster, dessen Läden bis auf einen kleinen Spalt unten geschlossen waren. Er wartete, denn er hatte vor, ihre Reaktion zu sehen, wenn er sie mit seinem Verdacht konfrontierte. Endlich wandte sie sich ihm zu.

»Sie wissen, dass Sie zu den Tatverdächtigen in diesem Mordfall zählen?«

Kein Schreck, kein Erstaunen, keine Empörung war in ihrem Gesicht zu sehen. Es war eigenartig, aber sie verhielt sich so, als ob sie erwartet hätte, verdächtigt zu werden. Sie antwortete nicht und drehte sich wieder zum Fenster.

»Gibt es einen Zeugen, der bestätigen kann, dass Sie zur Tatzeit hier im Haus geschlafen haben?«, fragte Geigensauer, nachdem er eine Weile gewartet hatte.

»Nein, sicher nicht.«

Nach einer Weile fragte sie: »Warum sollte ich Egon töten?«
Sie hob die Arme empor und bedeckte mit beiden Händen ihr Gesicht.

»Damit ihr Lebensgefährte alles erbt«, fuhr er fort.

»Es hat keinen Sinn mehr, sich etwas vorzulügen«, sagte sie mehr zu sich als zu Geigensauer und setzte sich zu ihm an den Tisch.

»Peter hat ein Verhältnis mit dieser Hure, mit Dara, der bulgarischen Pflegerin meines Vaters. Er hat mich verlassen und ist zu ihr nach Bulgarien gezogen«, sagte sie langsam. Tränen liefen ihr über die Wangen. Ihre Hände zitterten, obwohl sie auf dem Tisch auflagen.

Anruf aus Bulgarien, bulgarische Pflegerin, Bus nach Bulgarien – ging es Geigensauer durch den Kopf. Eine Assoziation, die er früher hätte herstellen sollen.

»Zuerst dachte ich mir nichts dabei, als Dara am Abend anrief, um Peter zu holen, weil seine Tante hingefallen wäre. Die Stürze häuften sich und er veränderte sich immer mehr. Zunächst wusste ich nicht, was los war, doch dann schöpfte ich Verdacht. Von Tante Thea konnte ich leider nie erfahren, ob sie tatsächlich gestürzt war. Dazu ist sie zu dement.«

Sie unterbrach und wischte sich die Tränen ab, die immer noch über ihre Wangen flossen. Dann seufzte sie tief und schluchzte. Geigensauer schwieg und wartete, bis sich Irmgard wieder gefasst hatte.

»Dann befragte ich meinen Vater.«
Sie trommelte nervös mit ihren Fingern auf die Tischplatte.

»Er sitzt zwar im Rollstuhl, doch geistig ist er völlig fit.«
Geigensauer nickte.

»Er hat die beiden zwar nie in einer verfänglichen Position gesehen, doch gehört hatte er sie.«
Sie lächelte verächtlich.

»Eines Abends bin ich Peter nachgeschlichen. Ich erinnere mich genau. Es war am letzten Montag im April. Er marschierte tatsächlich nicht zu Tante Thea, sondern zu meinem Elternhaus, wo diese Hure schon auf ihn wartete und ihm um den Hals fiel. Sofort verschwanden die beiden im Haus. Ich stellte mich zum Fenster von Daras Zimmer und hörte sie stöhnen und kreischen, diese Dirne. Kein Wunder, dass mein Vater das Liebesspiel bis zu seinem Bett vernahm.«

»Warum haben Sie nicht sofort eine andere Pflegerin gesucht?«

»Im Mai kam wieder Loana und ich hatte die Hoffnung, dass ich mit Peter bis Juni, bis Dara wiederkäme, alles ins Reine bringen würde.«

Sie sah Geigensauer kurz in die Augen.

»Ich war zu feig, Peter zur Rede zu stellen. Ich brachte es nicht zusammen, ihn darauf anzusprechen. Ich habe es verdrängt in der Hoffnung, diese Affäre würde rasch wieder ein Ende nehmen. Sie dauerte jedoch an. Dann hörte ich von Ihnen, dass er sich heimlich ein Motorrad gekauft hat und damit weggefahren ist, genau in der Nacht, in der Dara nach Bulgarien zurückgekehrt war. Da verließen mich meine letzten Hoffnungen.«

Sie stand auf und wanderte im Zimmer schweigend auf und ab. Geigensauer setzte zum Sprechen an, da blieb sie stehen und fuhr fort: »Seit gestern Nachmittag bin ich sicher, dass ich von Peter nichts mehr wissen will. Architekt Steiner war bei mir und hat mir eröffnet, dass Peter ihm dieses Haus samt Grund vor Kurzem verkauft hat. Nichts davon hat er mir gesagt, gar nichts. So ein Schuft. Er ist genauso wie sein Bruder Erich. Mit dem Geld wird er für sich und Dara ein neues Heim in Bulgarien bauen.«

Sie blieb stehen und weinte erneut. Geigensauer hielt es für das Beste zu schweigen. Endlich hörte sie auf, setzte sich wieder ihm gegenüber, legte die Hände in ihren Schoß, sah ihn an und sagte: »So, jetzt wissen Sie alles.«

»Das Haus gehörte nur Peter?«, fragte Geigensauer.

»Ich habe ihm vertraut, wir haben ja nicht geheiratet. Ich muss das Haus verlassen. Nicht sofort, Architekt Steiner ist kein Unmensch, aber ich werde mich beeilen auszuziehen. Hier erinnert mich zu viel an Peter.«

»Wo werden Sie wohnen?«

»Ich kann vorerst nur zu meinem Vater ziehen. Gut, dass es sein Waldhaus gibt.«

Irmgard stand auf und verschränkte ihre Hände vor der Brust. »Sie müssen verstehen, Herr Geigensauer, seien Sie mir nicht böse, aber der Mord an Egon rührt mich momentan nicht. Mich bewegen andere Gefühle.«

Geigensauer nickte leicht mit dem Kopf und stand ebenfalls auf.

»Peter hat sich in der Nacht aus Bulgarien telefonisch gemeldet. Er werde heute hier eintreffen und sich von jedem Verdacht an der Ermordung Egons befreien«, teilte ihr Geigensauer mit.

»Ich will ihn nicht mehr sehen. Hat er nicht ein Alibi?«, meinte sie hart und ihr Blick unterstrich ihre Worte eindrucksvoll.

»Doch, doch«, beruhigte Geigensauer. »Wir wollen trotzdem gern mit ihm über die Ereignisse dieser Nacht sprechen.«

Der Motorenlärm eines Autos, das sich dem Haus näherte, war zu hören.

»Wer ist denn das?«

Irmgard lief aufgeregt zum Fenster, bückte sich und schaute durch den Spalt, der von den Rollläden nicht verdeckt war, hinaus.

»Wenn das Peter ist ...«

Sie drehte sich um.

»Und?«, fragte Geigensauer.

»Keine Ahnung. Wiener Kennzeichen ...«

Irmgard eilte hinaus und er folgte ihr. Ein BMW parkte am Rande der Zufahrt. Ein Mann in heller Leinenhose und Poloshirt und an seinem Arm eine Frau mit heller Hose und weißem T-Shirt mit aufgedruckter argentinischer Flagge kamen ihnen entgegen. Mit ihren hohen Stöckelschuhen konnte sie kaum bergauf gehen. Sie trug einen Strohhut, ein blonder Zopf hing über die linke Schulter. Irmgard war sofort stehen geblieben und sah verdutzt auf das Paar. Geigensauer war nicht minder verwirrt. Das Gesicht des Mannes kannte er doch, aber woher?

»Irmgard, erkennst du mich nicht mehr?«, fragte der Mann.

»Wie könnte ich dich vergessen, Egon«, erwiderte sie zweideutig mit erhobenem Haupt. Geigensauer fühlte sich wie im falschen Film. Was wurde hier gespielt?

»Darf ich vorstellen«, fuhr Egon fort. »Meine Frau Tamara. Irmgard, sie ist das Mädchen gewesen, mit dem wir drei Brüder immer gespielt haben.«

Die beiden Frauen reichten einander mit wenig überzeugendem Lächeln die Hände. Irmgard musterte Tamara von den lackierten Zehennägeln bis zum bunten Bändchen, das den Strohhut schmückte. Zufrieden betrachtete Tamara die gar nicht modisch gekleidete Irmgard. Plötzlich kombinierte Geigensauer erfolgreich. Dieser Mann hatte große Ähnlichkeit mit dem Ermordeten.

»Anton Geigensauer von der SOKO-Südost«, stellte Irmgard ihn vor.

»Guten Morgen, Herr Kommissar«, begrüßte Egon ihn freundlich. »Das ist eine günstige Gelegenheit, um Ihnen mitzuteilen, dass ich vor zwei Tagen durch das Fernsehen erfahren habe, dass mich mein Bruder Peter erdrosselt hat. Ich bin Egon Larta, vor meiner Hochzeit hieß ich Egon Drabits.«

Mit spöttischem Lächeln zeigte er einen argentinischen Pass und seine Augen blitzten vor Schadenfreude. Geigensauer antwortete nicht sofort, weil er überlegte, was das für die Ermittlungen bedeutete.

Egon meinte zynisch: »Alles klar, Herr Kommissar? Welcher Dilettant hat denn den Ermordeten identifiziert?«

»Warum haben Sie sich nicht sofort bei der Polizei gemeldet?«, erwiderte Geigensauer, der seine Fassung schnell wieder gefunden hatte, verärgert. Die Tatsache, versagt zu haben, störte ihn mehr als die verspätete Information von Egon.

»Es war zu amüsant zu erleben, dass man für tot gehalten wird«, lachte Egon und schüttelte seinen Kopf.

»Behinderung einer Ermittlung zieht rechtliche Folgen nach sich«, drohte Geigensauer.

»Das war es wert, ehrlich.«

»Ich war der Dilettant«, sagte Irmgard.

Geigensauer beschloss, sich in dieses Gespräch vorerst nicht mehr einzumischen, begierig, was für Geheimnisse ans Tageslicht kämen.

»Warum hast du behauptet, dass ich der Tote sei?«, wollte Egon verwundert wissen.

»Der Ermordete ist dein Bruder Erich.«

»Erich ist tot?«

Egon war kurzfristig sichtlich betroffen und Tamara legte ihren Arm auf seine Schulter und zog ihn zu sich. Geigensauer war jetzt klar, dass es nicht Egon Drabits, sondern Erich Drabits war, der sich in Russland eine neue Identität geschaffen hatte. Erich hatte nicht nur den Nachnamen auf Tscherkov ändern lassen, sondern den Vornamen seines Bruders Egon angenommen.

»Erich tauchte hier vor ein paar Wochen mit seiner russischen Freundin Nadja Likova auf«, setzte Irmgard fort.

»Eine Russin? Erich war immer für Exklusives«, unterbrach Egon.

»Er kam, um Peter und Zicken wiederzusehen.«

»Und dich nicht?«, stichelte Egon.

»Lass den Unfug! Das ist Jahrzehnte her. Ich lebe schon ewig mit Peter zusammen«, erwiderte Irmgard ärgerlich.

»Sieh da, der stille Peter. Ich hatte immer den Verdacht, dass er dich heimlich anhimmelte. Also, warum hast du behauptet, dass ich die Leiche bin?«

»Erich kam hier an und hat sich als Egon vorgestellt, als Egon Tscherkov. Er hatte vor vielen Jahren geschäftliche Probleme in den USA, hatte sich nach Russland abgesetzt und eine neue Identität zugelegt. Das war vermutlich der Grund, warum er als verschollen galt. Ich habe nicht sofort erkannt, dass es Erich war. Ich hatte ihn doch viele Jahre nicht gesehen. In so langer Zeit verändert man sich gravierend und außerdem seid ihr beide einander doch so ähnlich gewesen. Je öfter ich ihn aber traf, desto sicherer wurde ich mir, dass es Erich war. Er redete nicht mit mir über unsere gemeinsamen Jahre und ich hatte keine Lust, mit ihm darüber zu sprechen, dass er mich einst sitzengelassen hatte. Ich hasse ihn seit jener Zeit.«

»Und Peter? Hat er Erich nicht erkannt?«, war Egon verwundert.

»Ich weiß es nicht. Es war eine schwierige Zeit in unserer Beziehung. Ich habe nie darüber mit ihm gesprochen.«

»Vielleicht hat er ihn wirklich nicht erkannt. Ist ihm schon zuzutrauen.«

»Du sprichst von deinem Bruder«, tadelte Tamara.

»Okay«, beruhigte Egon. »Irmgard, deine verliebten Augen haben Erich erkannt.«

»Du kannst das sehen, wie du willst.«

Irmgard trat einen Schritt zurück und verschränkte ihre Arme.

»Weißt du, wer ihn umgebracht hat?«, fragte Egon.

»Keine Ahnung. Dort oben wohnt ein Architekt, Steiner, der ...«

Geigensauer fand es an der Zeit, sich wieder in die Unterhaltung einzuklinken.

»Kommissar bin ich nicht. Ich hätte trotzdem ein paar Fragen. Sie sind Egon Drabits?«

»Ja, aber seit einigen Jahren heiße ich Egon Larta, ich trage den Namen meiner Frau.«

»Seit wann sind Sie in Österreich?«

»Seit sechs Tagen.«

»Wo waren Sie vorgestern zwischen elf Uhr und ein Uhr in der Nacht?«, ging Geigensauer zum Angriff über.

»Bei mir im Hotel in Stegersbach, nicht wahr, Sweety«, antwortete Tamara.

»Ja, wir waren auf unserer Suite. Am Abend war ich am Tatort. Ich habe den Dreikanter, die Felder und den Birkenwald aufgesucht und Erinnerungen an meine Jugend aufgefrischt.«

»Das ist alles so romantisch«, unterbrach ihn Tamara.

»Ich denke, Herr Geigensauer, es hat mich niemand bemerkt«, fuhr Egon fort. »Trotzdem sollen Sie es wissen. Die Aufklärung des Mordes an meinem Bruder liegt mir am Herzen.«

»Im Birkenwald sind Sie gesehen worden, Herr Larta. So ist das Leben. Ist Ihnen an diesem Abend irgendetwas aufgefallen?«

»Nein, gar nichts. Es war alles so still und idyllisch.«

»Gerne wäre ich mitgekommen«, beschwerte sich Tamara.

»Du kannst dir heute alles anschauen, so lange du willst, Darling.«

»Aus welchen Gründen kamen Sie nach Österreich«, setzte Geigensauer seine Befragung fort. »Sie galten ja seit Jahren als vermisst.«

»Offen gesagt, hatte ich mit meiner Firma, die ich in Chile gegründet hatte, ein Problem. Sie war bankrott.«

Sie sind einander nicht nur äußerlich ähnlich, dachte Geigensauer und erinnerte sich, was ihm Frau Goronatz über die beiden Brüder Egon und Erich erzählt hatte.

»Ich habe mich über die Anden nach Argentinien abgesetzt. Dabei kam ich in ein fürchterliches Unwetter. Auf argentinischem Boden stieß ich auf Tamaras Vater, der sich bei einer Bergtour beim Abstieg am Bein verletzt hatte und nicht mehr weiter konnte. Glücklicherweise gelang es mir, ihn und mich zu retten.«

»Er ist ein Held«, lobte Tamara.

»Ich lernte Tamara kennen und lieben, stieg in die Firma ihres Vaters ein und seit ein paar Jahren leite ich das Unternehmen ›Thermalaqua‹. Wir errichten exklusive Badeanlagen in der ganzen Welt. Nach Österreich bin ich gekommen, um hier eine Therme mit argentinischem Flair zu bauen.«

»Genau hier in Zicken. Ist das nicht romantisch?«, begeisterte sich Tamara.

»Hier?«, fragte Irmgard verwundert.

»Ja, geologisch perfekte Lage. Sogar das Wasser unseres alten Brunnens hat einmalige Qualität. Ich habe es in den letzten Tagen testen lassen«, sagte Egon begeistert.

»Sie haben sich in Plastikkanistern Wasser vom Brunnen geholt und sich Tante Thea vorgestellt.«

»Ja, Herr Geigensauer, ich war das. Das war für mich ›Der Punkt auf dem i‹, Tante Thea als Geist zu erscheinen. Ich werde meinem Bruder den Dreikanter um einen fairen Preis abkaufen und damit den alten Erbstreit beenden.«

»Erich hätte niemals zugestimmt«, warf Irmgard ein. »Er weigerte sich zu verkaufen, obwohl Peter zwei potente Käufer hatte: Architekt Steiner, er hat dort oben am Berg eine Villa, und ein Wiener Ehepaar namens Goday. Beide sehnen sich danach, den Dreikanter unbedingt zu erwerben. Ein exzellenter Preis wäre möglich gewesen.«

»Hat Peter Erich getötet, weil er nicht bereit war zu verkaufen?«, fragte Egon.

»Das dachten wir zunächst, weil er in der Mordnacht verschwunden ist. Er besitzt jedoch ein Alibi«, erklärte Geigensauer.

»Wo ist Peter jetzt? Ich muss den Kauf mit ihm verhandeln«, sagte Egon beunruhigt.

»Er ist mit Dara, der Pflegerin meines Vaters, nach Bulgarien durchgebrannt, hat mich stehengelassen und das Haus an den Architekten Steiner verkauft. Er ist so ein feiges Schwein. Du kannst dir das gar nicht vorstellen.«

Die letzten Worte klangen weinerlich und nur mit Mühe verhinderte Irmgard, erneut in Tränen auszubrechen.

»Tut mir leid, Irmgard. Du hast kein Glück mit den Drabits-Brüdern. Peter und Weibergeschichten?«

Egon schüttelte erstaunt seinen Kopf.

»Du kennst diese Dara nicht. Sie verführt jeden Mann.«

»Wie erreiche ich Peter?«

»Er kehrt heute gegen Abend aus Bulgarien zurück. Wir werden die Ereignisse der Mordnacht und sein Alibi mit ihm besprechen«, erklärte Geigensauer.

»Wer hat dann Erich getötet?«, fragte Tamara.

»Wir ermitteln. Es gibt einige Verdächtige«, gab sich Geigensauer zurückhaltend.

»Auf jeden Fall alle, die von Erichs Tod profitieren könnten. Also alle, die den Dreikanter zu kaufen beabsichtigten«, überlegte Egon.

»Architekt Steiner und dieses Ehepaar ...«, zählte Tamara auf.

»Und daher auch Sie, Herr Larta«, ergänzte Geigensauer. »Wenn Erich lebte, würde er seinen Anteil vielleicht auch an Sie nicht verkaufen. Sie könnten keine Therme bauen.«

»Ich? Das meinen Sie doch nicht im Ernst? Bei dem Preis, den ich bieten würde, hätte ich ihn locker überreden können.«

»Nur Ihre Frau garantiert uns, dass Sie zur Tatzeit nicht am Tatort waren«, fügte Geigensauer hinzu.

»Ich lüge nicht«, war Tamara empört.

»Warum haben Sie uns nicht gesagt, dass der Tote Erich Drabits ist?«, wandte sich Geigensauer an Irmgard.

»Ich hasse ihn, seit er mich verlassen hat. Sie hätten mich sicher verdächtigt, ihn aus Rache getötet zu haben. Solange Egon als verschollen galt, hatte es ja kaum Bedeutung, ob es Erich war oder nicht.«

»Dann verdächtige ich Sie ab jetzt«, sagte Geigensauer.

»Sehen Sie es so, wie Sie es für richtig halten. Ich habe andere Sorgen. Peter ist weg und ich muss ausziehen. Es ist so heiß hier. Ich gehe zurück ins Haus.«

Sie wankte ein wenig, als wäre ihr schwindlig, und griff sich mit der rechten Hand auf die Stirn. Irmgard war in den letzten Minuten immer bleicher geworden.

»Kommt ihr einen Sprung zu mir hinein?«, fragte sie im Weggehen.

»Gerne«, kam Tamara Egon zuvor.

»Benötigen Sie noch etwas von uns?«, fragte Egon.

»Momentan nicht. Bitte verlassen Sie die Therme Stegersbach nicht, bis unsere Ermittlungen abgeschlossen sind!«

»Kein Problem, ich muss ohnehin den Kauf mit Peter besprechen und alles in die Wege leiten, was für den Baubeginn der Therme notwendig ist.«

Egon, Tamara und Irmgard verschwanden im Haus und Geigensauer machte sich auf den Weg zu Herrn Zeiler, um mit ihm über das Verhältnis von Peter und Dara zu sprechen.

*

Nachdenklich erreichte Geigensauer den Brunnen vor dem Dreikanter, wo sein Auto parkte. Der Lärm eines von der Straße nach Zicken abbiegenden Motorrades riss ihn aus seinen Überlegungen. Das Zweirad hielt beim Dreikanter an. Er erkannte sofort die Motocross-Maschine von Erich Drabits, alias Egon Tscherkov. Die Lenkerin stieg ab, nahm den Helm herunter und schüttelte ihren Kopf, um ihre langen, schwarzen Haare in Form zu bringen. Es war Nadja Likova. Geigensauer schritt zu ihr.

»Grüß Gott, was suchen Sie denn hier?«, fragte er erstaunt.

»Vielleicht etwas, was Sie nicht gefunden haben«, antwortete sie kurz angebunden. Herausfordernd schaute sie ihn mit ihren großen, schwarzen Augen an und marschierte los, um den Dreikanter zu besichtigen.

»Sie werden doch jetzt nicht anfangen, Detektiv zu spielen?«, erwiderte Geigensauer verärgert und stellte sich ihr in den Weg.

»Mein Freund ist getötet worden. Sein Mörder muss die gerechte Strafe bekommen.«

»Aber doch nicht durch Sie. In Österreich gibt es Gerichte.«

»Ich weiß, doch der Mörder muss gefunden werden«, blieb sie hartnäckig und wollte an ihm vorbeigehen. Geigensauer trat einen Schritt zur Seite und versperrte ihr den Weg abermals.

»Inspektor Timischl, ich, die österreichische Polizei. Wir alle sind bemüht, den Mörder zu finden. Verlassen Sie sich auf uns!«

»Das sagt auch die Polizei in Russland und oft findet sie die Täter nie.«

»Wir sind nicht in Russland.«

»Ich weiß.«

»Dann überlassen Sie doch bitte die Ermittlungen der Polizei!«

»Ist es verboten, hier zu wandern?«, meinte sie aufbrausend.

»Natürlich nicht.«

»Dann geben Sie den Weg frei!«

»Bitte. Übrigens, wussten Sie, dass Ihr Freund ursprünglich Erich geheißen hat?«

»Möglich, dass er mir das einmal erzählt hat. Habe ich völlig vergessen«, erwiderte Nadja unbeeindruckt, schritt an Geigensauer vorbei und verschwand im Dreikanter.

*

Weder vor dem Haus von Tante Thea noch vor dem Haus von Irmgards Vater hielt sich jemand auf. Es war knapp vor Mittag und bei dieser Hitze war ein Aufenthalt im Freien fast unerträglich. Für alte Personen hatten die Temperaturen gesundheitsgefährdende Höhen erreicht.

Geigensauer läutete an und Loana öffnete. Sie kam von der Hausarbeit herbeigeeilt, denn sie wischte sich ihre nassen Hände in der Schürze ab, bevor sie ihn begrüßte.

»Womit kann ich dienen?«, fragte sie freundlich.

»Ich würde gerne Herrn Zeiler unter vier Augen sprechen.«

»Er hat schon gegessen. Ich habe ihn niedergelegt, doch bestimmt ist er noch munter.«

Sie schritt voran und führte Geigensauer in das Schlafzimmer von Herrn Zeiler. Dieser lag im Bett und las in einer Tageszeitung. Der Rollstuhl stand dicht daneben.

»Herr Geigensauer hat etwas mit Ihnen zu besprechen, Herr

Zeiler«, rief Loana laut und verließ das Zimmer.

»Ich verstehe blendend, ich habe die Hörgeräte.«

Er legte die Zeitung weg, nahm die Brille ab und begrüßte Geigensauer.

»Einen schönen Tag.«

»Ebenfalls. Wie geht es?«

»Wenn es kühler wäre, ginge es besser.«

Er richtete sich auf und bat: »Schieben Sie mir das Kopfpolster so unter, dass ich mich anlehnen kann.«

Geigensauer tat, wie ihm befohlen.

»Ich habe von Irmgard erfahren, dass Peter ein Verhältnis mit Dara hat«, begann er.

»Wundert mich, dass sie Ihnen das erzählt hat. Sie wollte das alles geheim halten. Sie hoffte auf ein Ende der Affäre«, erwiderte Zeiler nachdenklich.

»Sie hat Peter, glaube ich, aufgegeben, seit sie weiß, dass er das Haus an Architekt Steiner verkauft hat.«

»Das war ein schwerer Schlag für sie. Ich sehe das auch so. Immer habe ich Irmgard vor den Drabits Buben gewarnt. Sie hat nicht auf mich gehört. Peter habe ich ein bisschen anständiger eingeschätzt als Egon und Erich.«

»Sie bemerkten, dass Dara und Peter ein Verhältnis hatten. Warum haben Sie das Irmgard nicht sofort erzählt.«

»Ich sitze im Rollstuhl oder liege im Bett. Ich kann daher hören, aber in der Regel nicht sehen, was sich abspielt. Dara stöhnt zwar bei jedem Liebhaber anders – wenn ich noch jünger wäre, wüsste ich gerne, welche Frequenzen ich erzeugen würde – doch lange war ich mir nicht sicher, dass sie es mit Peter trieb.«

»Wie viele Liebhaber hatte sie denn?«

»Zunächst umgarnte sie Architekt Steiner. Seine Frau, Nice, war über mehrere Monate auf einer Fotosafari in Zentralasien. Er widerstand Daras Reizen nicht. Ich glaube, Dara hoffte, er würde sich von Nice trennen und sie zur Frau nehmen. Nice kehrte zurück und Steiner beendete sein Verhältnis mit Dara.

Wenig später zogen die Godays im Dreikanter ein und bald darauf umgarnte Dara Herrn Goday. Auch diese Beziehung endete recht abrupt. Danach hatte Dara Peter im Visier, vermutlich weil sie erfahren hatte, dass er den Dreikanter verkaufen würde. Im Wesentlichen liebt Dara das Geld. Der arme Kerl hat sich tatsächlich in sie verschaut.«

»Er ist zu ihr nach Bulgarien gefahren«, erklärte Geigensauer.

»Ich vermutete schon Ähnliches, weil er in der gleichen Nacht verschwunden ist, in der Dara mit dem Bus nach Bulgarien gefahren ist.«

»Irmgard wird bei Ihnen wohnen.«

»Eine kleine Kammer ist frei. Dort wird sie vorerst einziehen. Wie es auf die Dauer weitergehen wird, wissen wir nicht.«

Geigensauer wünschte Herrn Zeiler einen erholsamen Schlaf und verabschiedete sich. Die Motocross-Maschine stand neben seinem Wagen. Nadja war immer noch in Zicken unterwegs. Was hoffte sie, hier zu finden?

*

Nach wie vor schien die Sonne vom wolkenlosen Himmel. Geigensauer steuerte durch Rauchwart und hörte im Wetterbericht von Radio Burgenland von einem möglichen neuen Temperaturrekord für das Nordburgenland. Eine Gewitterstörung wurde für die Nacht angekündigt. Er hatte sich mit Timischl bei der Tankstelle in Bocksdorf verabredet, um gemeinsam mit einem Wagen nach Wien zu gelangen.

Da der Kollege nicht eingetroffen war, parkte Geigensauer sein Auto im Schatten, kaufte sich zwei Wurstsemmeln, Chips und Cola im Shop und dachte beim Essen über die Ereignisse des Vormittags nach.

Sofort nachdem Timischl gekommen war, brachen die beiden auf. Timischl fuhr und Geigensauer erzählte ihm alle Neuigkeiten. Bei der Fahrt über den Wechsel war die dunkle Wolkenwand eines hinter dem Schneeberg aufziehenden Gewitters nicht zu übersehen. Auch über dem Hochwechsel schossen große, weiße Quellwolken in die Höhe und veränderten ihre Farbe rasch zu immer dunkleren Grautönen. Bei der Raststation vor Wöllersdorf hielten sie kurz an. Die Sonne war hinter dem Wolkenschirm des Unwetters, das im Rax-Schneeberg-Gebiet niederging und der Gewitterfront vorauseilte, verschwunden. Die ansteigende Luftfeuchtigkeit bewirkte trotz fehlender Sonneneinstrahlung, dass die Hitze schwerer zu ertragen war. Kaum aus dem klimatisierten Auto ausgestiegen, stand ihnen schon der Schweiß auf der Stirn. Timischl rauchte seine obligate Zigarette und fragte dabei: »Bleibt Irmgard verdächtig oder nicht?«

»Für mich gibt es für Sie neue Mordmotive, die mit dem Verkauf des Dreikanters gar nicht im Zusammenhang stehen«, erwiderte Geigensauer und trank den letzten Schluck aus seiner Coca-Cola-Flasche. »Sie könnte Erich Drabits alias Egon Tscherkov aus verschmähter Liebe getötet haben.«

»Hat man nach so vielen Jahren noch so heftige Hassgefühle?«, zweifelte Timischl.

»Ich weiß es nicht. Sie könnte Erich aus andern Gründen ermordet haben.«

»Und die wären?«, fragte Timischl und machte den letzten Zug aus seiner Zigarette. »Angenommen, Irmgard wusste, dass Peter an diesem Abend verschwindet.«

»Könnte durchaus möglich sein, dass sie das mitbekommen hat«, stimmte Timischl zu.

»Dann tötet sie Erich, um Peter den Mord in die Schuhe zu schieben. Durch sein Verschwinden wurde er schwer belastet.«

»Du hast Ideen. Vor dir muss man sich ja direkt in Acht nehmen«, lachte ihn Timischl erstaunt an.

»Wie der Schelm denkt, so ist er. Peter wäre immer noch unser Hauptverdächtiger, wenn er nicht dieses Alibi an der Tankstelle hätte.«

»Das Motiv könnte auch eine Mischung deiner Ideen sein«,

fuhr Timischl nach einer kurzen Pause fort. »Sie rächt sich an Erich Drabits, dem Mann, der sie einst verlassen hat, indem sie ihn tötet, und sie rächt sich an Peter Drabits, dem Mann, der sie gerade verlässt, indem sie ihm einen Mord unterjubelt.«

»Ich überlege, ob wir nicht einen Durchsuchungsbefehl für ihr Haus erwirken sollten«, sagte Geigensauer.

»Du glaubst, sie hat KO-Tropfen im Haus versteckt?«

»Vielleicht.«

»Warten wir ab, bis Peter eingetroffen ist.«

»Einverstanden. Ansonsten kommen als Täter nur Architekt Steiner, seine Frau Nice und das Ehepaar mit dem falschen Namen Goday in Frage. Das Motiv wäre die Weigerung von Erich Drabits alias Egon Tscherkov, seinen Anteil am Dreikanter zu verkaufen. Ich kann mir nicht vorstellen, dass man deshalb einen Mord begeht. Wobei durchaus möglich ist, dass auch dieser Personenkreis zum Verbrechen animiert wurde, weil er wusste, dass Peter plante, in der Nacht zu verschwinden.«

»Bisher haben wir von den Wiener Kollegen keine Rückmeldung erhalten. Wer weiß, ob sie überhaupt tätig geworden sind. Fahren wir weiter!«, schlug Timischl vor.

»Keine Vorurteile gegenüber den Wienern«, stellte Geigensauer lächelnd fest.

»Wien ist anders«, blieb Timischl in Anspielung an die Tafeln mit dieser Aufschrift, die an den Stadteinfahrten standen, hart.

»Rassismus in der südburgenländischen Polizei?«, konterte Geigensauer.

*

Sie erreichten den Stadtrand von Wien mitten am Nachmittag. Die Stadt lag in brütender Hitze. Sie wählten den Altmannsdorfer Ast der Südautobahn und bald hatten sie die Auhofstraße erreicht. Das Haus, in dem Dr. August Goday gewohnt hatte, war villenartig und mehrstöckig. Vermutlich wurde es zu Ende des 19. Jahrhunderts erbaut. Solche Villen gab es im gesamten Cottage in Hietzing. Erker, Türmchen und eine Holzveranda schmückten das Gebäude, das von hochgewachsenen Tannen umgeben war. Parkplätze waren hier Mangelware. Nachdem sie einige Runden gedreht hatten, fanden sie dann doch einen und standen wenige Minuten später vor dem Eingang zum Gebäude. Gleich mehrere Wahlärzte ordinierten im Erdgeschoss und im 1. Stock: Radiologe, Orthopäde, Internist, Neurologe.

»Da wird man sicher von einem Arzt zum anderen weitergereicht«, meinte Timischl wenig erbaut.

»Ärztezentren sind die Zukunft«, erwiderte Geigensauer.

Der Platz für das Namensschild neben der Glocke für Tür 9 war leer. Offensichtlich hatte kein neuer Mieter die Wohnung von Goday bezogen. Die beiden Ermittler stiegen durch das geräumige Treppenhaus in den 2. Stock hinauf. Mehrere Personen mit riesigen Nylontaschen voller Befunde kamen ihnen entgegen. Auch an der Tür Nummer 9 war kein Namensschild angebracht. Gegenüber bei Tür 8 wohnte Familie Karsam. Zwei Kinderwägen standen am Gang vor der Tür. Geigensauer läutete. Eine stärkere Frau mit Kopftuch öffnete ihnen. Im rechten Arm trug sie einen Säugling, an ihrer linken Hand hielt sich ein kleines Mädchen fest, dahinter stand ein Bub im Volksschulalter.

»Guten Tag, Polizei«, sagte Geigensauer so freundlich wie möglich und zeigte seinen Ausweis.

»Was benötigen Sie von uns?«, fragte die Frau sichtlich beunruhigt.

»Es betrifft nicht Sie. Wir sammeln Informationen über Herrn Goday.«

»Der ist tot«, war die kurze Antwort.

»Hatte er Freunde?«

»Dr. Goday hatte uns. Ramira! Ramira!«, rief sie nach hinten in die Wohnung. »Sie spricht besser Deutsch.«

Ein junges Mädchen kam gelaufen.

»Ramira, Polizei. Sie fragen nach Dr. Goday«, erklärte ihre

Mutter und verschwand mit den Kindern.

»Bitte, wie kann ich helfen?«, fragte Ramira, die bei Geigensauer einen aufgeweckten und intelligenten Eindruck hinterließ.

»Hatte Dr. Goday Bekannte, die ihn besuchten?«

»Nein, er war einsam. Er hatte keine Verwandten oder Freunde. Ich habe nie jemanden gesehen. Er war ein netter, alter Mann, vielseitig gebildet. Archäologe. Manchmal hat er uns eingeladen und uns Dias von seinen Ausgrabungen in der Türkei gezeigt. Er sprach fast perfekt Türkisch. Er hat mir geholfen, Deutsch sprechen und schreiben zu lernen. Dafür hat er kein Geld verlangt. Ich war viele Stunden bei ihm.«

Ihre Augen glänzten beim Erzählen vor Begeisterung.

»Wer hat nach seinem Tod die Wohnung übernommen?«, erkundigte sich Timischl.

»Wir. Er hat sie uns vermacht. Wir sind sieben Kinder. Wir brauchen Platz. Leider ist er überraschend verstorben. Schlaganfall.«

»Auch Vermögen und Möbel erhielt Ihre Familie?«

»Etwas Geld haben wir erhalten, aber den Großteil und das Inventar hat er zusammen mit einer Sammlung kleiner Andenken und Dias der Universität vermacht. Sie haben alles abgeholt und weggebracht.«

»Danke, Ramira. Vielen Dank für die Auskunft.«

»Bitte, tschau.«

Bevor Geigensauer sich verabschiedet hatte, hatte sie die Tür geschlossen und die beiden Ermittler standen wieder allein am Gang. Geigensauer zückte sein Handy und surfte im Internet.

»Wenn die Wiener erfahren, dass wir hinter ihrem Rücken ermitteln, dann gibt es einen riesigen Krach«, sagte Timischl.

»Ich weiß.«

»Wir werden es hoffentlich überleben. Universität Wien. Das ist ein weites Feld«, überlegte Timischl laut.

»Archäologisches Institut, 1190 Wien, Franz Klein Gasse 1«, las Geigensauer auf seinem Handy ab.

»Weil er Archäologe war?«

Geigensauer nickte.

»Na, bitte. Probieren wir es«, war Timischl nicht überzeugt.

*

Etwa eine halbe Stunde später standen die beiden erwartungsvoll vor dem gewaltigen Gebäude, doch sie wurden schwer enttäuscht. Niemand im ganzen Institut hatte je von einer Erbschaft eines Dr. Goday gehört.

»Was nun, was tun?«, meinte Timischl ratlos. Die beiden saßen wieder im Auto.

»Wir benötigen den Notar, der die Erbschaft Godays abgewickelt hat«, fand Geigensauer.

»So gescheit hätten wir schon früher sein müssen«, ärgerte sich Timischl.

*

Sie fuhren wieder zurück in die Auhofstraße. Ramira wusste Namen und Adresse des Notars: Dr. Langenmüller auf der Speisingerstraße. Nachdem sie fast eine halbe Stunde gewartet hatten, wurden sie vorgelassen.

»Ich darf über die Erbschaft Goday keine Auskunft erteilen«, meinte Dr. Langenmüller, ein dicker, älterer Herr. Er saß hinter einem riesigen Schreibtisch, auf dessen rechter Seite ein großer, goldener Käfig mit einem Papagei stand. An der Wand dahinter erstreckte sich bis zur Decke ein gewaltiges Bücherregal mit juristischer Literatur. Er schaute die beiden Ermittler durch eine dicke Brille mit vergrößerten Augen an. »Außerdem, seit wann ermittelt die SOKO-Südost in Wien?«

Dr. Langenmüller schien es nicht eilig zu haben.

»Jemand hat sich mit dem Reisepass des Verstorbenen als Dr. Goday ausgegeben. Diese Person – ich sagte es Ihrer Kanzleikraft schon – ist in einen Mordfall im Südburgenland verwickelt. Wir ermitteln, welches Institut der Universität Wien von Dr. Goday in seinem Testament begünstigt wurde. Alles andere interessiert uns nicht. Hoffentlich haben wir dann eine Möglichkeit dahinter zu kommen, wer sich den Reisepass angeeignet hat«, sagte Geigensauer, der im Verlauf des Nachmittages langsam seine Ruhe verlor.

Die Tür öffnete sich und die Kanzleikraft legte mit den Worten »Der Akt zur Verlassenschaft Goday« eine grüne Mappe vor Dr. Langenmüller auf den Tisch. Dieser studierte sofort die Unterlagen.

»Ich kann Ihnen leider keine Auskunft erteilen«, sagte er nach ein paar Minuten. Geigensauer spürte, dass er in Kürze die Nerven verlieren würde.

»Wenn Sie mir eine gerichtliche Anfrage schicken, dann ...«
Der Papagei plauderte ein paar unverständliche Laute.
»Schweig Jura!«, antwortete der Notar dem Vogel gelassen.
»Es handelt sich um Mord«, warf Timischl ungehalten ein.
»Selbst dann sind Gesetze einzuhalten. Tut mir leid.«
Geigensauer öffnete den Mund, um halbwegs höflich zu sagen, was er sich gar nicht freundlich zur Sache dachte.

Dr. Langenmüller kam ihm lächelnd zuvor. »Privat erzähle ich Ihnen etwas Interessantes. Es gibt seit einem Dreivierteljahr ein neues Institut an der Universität Wien, das Institut für Aeroarchäologie. Ich empfehle, es zu besuchen. Soviel ich weiß, liegt es in der Argentinierstraße in der Nähe des Radiokulturhauses. Wie gesagt, Auskünfte aus dem Akt gebe ich Ihnen keine.«

Er schlug die Unterlagen zu und meinte: »Damit verabschiede ich mich. Es warten andere Klienten auf mich.«

*

»Ich glaube, der ist verrückt«, sagte Timischl. Sie standen wieder auf dem Gang vor der Kanzlei.

»Mir persönlich ist egal, wie wir die notwendigen Erkenntnisse erlangen. Wir wissen jetzt, wohin wir uns wenden. Wenn es juristisch einwandfreier ist, hätte die Information auch von seinem Papagei kommen können«, lachte Geigensauer zufrieden. Timischl zückte sein Handy und las eine Nachricht.

»Peter Drabits ist vor einer Stunde in Güssing eingetroffen und hat sich am Posten gemeldet. Die Kollegen haben ihn für morgen zehn Uhr in unser Büro bestellt.«

»Perfekt. Ein Erfolg jagt den anderen«, freute sich Geigensauer.

*

In Zicken verdeckten die Wolken der aufziehenden Gewitter gegen fünf Uhr die Sonne. Drückend schwül stand die Luft über dem Tal und kein Blatt bewegte sich. Zum fünften und letzten Mal fuhr Irmgard mit vollbepacktem Ford Fiesta vom Bungalow, in dem sie mit Peter gewohnt hatte, zum Waldhaus ihres Vaters. Nun hatte sie alle ihre Habseligkeiten übersiedelt. Keine Minute länger mehr wollte sie dort wohnen, wo sie so viele Jahre gelebt hatte. Durch die Anstrengung der Übersiedlung und die Hitze des Tages erschöpft, entleerte sie das Auto nicht sofort, sondern setzte sich völlig verschwitzt, um ein wenig auszuruhen, zu ihrem Vater, der neben der Hausbank in seinem Rollstuhl saß.

»Bist du fertig?«, fragte er.

»Fast, den Wagen werde ich noch ausräumen.«

»Es ist zwar ein trauriger Anlass, aber es freut mich, wenn du wieder bei mir wohnst«, meinte er freundlich und ergriff ihre Hand.

»Ich werde nicht bleiben.«

Loana kam heraus.

»Die Hitze beim Bügeln ist ein Wahnsinn. Ich schnappe ein wenig Luft«, meinte sie, wischte sich den Schweiß von der Stirn und trank Mineralwasser aus einer Flasche.

»Hoffentlich bringt ein Gewitter Abkühlung. Wirst du wieder hinüberfahren?«

»Nein, ich werde nur noch auspacken«, erwiderte Irmgard und stand mühsam auf. Der Lärm eines schweren Motorrades, das sich von Rehgraben näherte, dröhnte durch die Landschaft.

»Wieder so ein Narr«, meinte Irmgard zu sich selbst. Sie schritt zu ihrem Auto und sah das Motorrad, wie es elegant durch die Kurven der Landstraße raste. Die Person, die hinter dem Fahrer saß, hielt sich mit beiden Händen an ihm fest. Den Weiler Zicken erreichend bremste der Lenker seine wilde Fahrt, bog ab und blieb vor dem Haus von Tante Thea stehen. Abgestiegen, nahmen Fahrer und Beifahrerin ihre Helme ab. Irmgard stand wie erstarrt. Peter und Dara waren nur wenige Meter von ihr entfernt. Sie zögerte nur einen Augenblick, dann eilte sie schnellen Schrittes zu ihnen. Peter und Dara beabsichtigten, das Haus zu betreten. Doch als sie Irmgard kommen sahen, blieben sie stehen. Diese trat wortlos heran und verschränkte die Arme vor der Brust. Dara warf mit einer raschen Kopfbewegung ihre Haare nach hinten und hielt ihr Kinn selbstbewusst nach oben. Peter unterbrach als Erster das Schweigen.

»Willst du uns auffressen? Was ist los?«, fragte er aggressiv.

»Du bist ein feiges Schwein, eine miese Sau«, erwiderte Irmgard. »Es war so jämmerlich, mich sitzen zu lassen, ohne ein Wort zu sagen.«

Peter schwieg.

»Die Angst, dass dir etwas zugestoßen ist, hat mich fast umgebracht.«

»Sag bloß, du wusstest nichts von Dara und mir.«

»Zu feig, um mir alles zu sagen, das bist du. Abhauen ohne Erklärungen, das kannst du. Pfui!«

Irmgard trat nahe an ihn heran und spuckte ihm ins Gesicht. Er wischte sich die Spucke mit dem Ärmel ab.

»Bitte, fall nicht aus dem Rahmen! Das steht dir nicht. Bleib ruhig!«, forderte er gelassen, was ihm höchste Beherrschung abverlangte. Irmgard spuckte ihm ein zweites Mal ins Gesicht. Diesmal hielt er sich nicht zurück und verpasste ihr reflexartig eine Ohrfeige.

»Oh, der Feigling schlägt. Das kann ich auch.«

Mit aller Gewalt schlug Irmgard ihm ins Gesicht. Sichtlich überrascht von der Wucht des Schlages wich Peter zwei Schritte zurück.

»Flieh nur, du Feigling«, höhnte sie. »Häuser hinter meinem Rücken verkaufen, das kannst du. Verlasse diesen Ort so schnell wie möglich! Ich möchte dich nie wiedersehen. Verstanden, du Dreckschwein.«

Unterdessen war Loana gekommen und auch Tante Thea hatte das Geschrei vor ihrer Tür vernommen und trat aus ihrem Haus.

»Reiß dich zusammen, Irmgard!«, bat Peter schulmeisterlich. »Du bist völlig ausgerastet. Du wirst es nachher bereuen. Ich bin nur wegen der Polizei hier. Morgen fahren wir ab und du siehst uns nie wieder. Lass uns doch normal miteinander reden!«

»Du willst vernünftig sein. Dass ich nicht lache. Ich bin überhaupt nicht ausgerastet. Ich sehe völlig klar. Mach dir keine Sorgen. Ich habe dein Haus mit allen meinen Sachen schon verlassen. Und nun zu dir, mein Schatz.«

Damit wandte sie sich Dara zu und sagte, jedes Wort genießend: »Du bist eine miese, dreckige, bulgarische Zigeunerhure, sonst nichts. Deine Kurven passen nicht einmal in den Motorradanzug hinein.«

»Diese Zigeunerhure hat Peter geheiratet«, erwiderte Dara amüsiert und zeigte Irmgard den Ring an ihrer rechten Hand. »Das ist dir in fünfundzwanzig Jahren nicht geglückt, du vertrocknete Dörrzwetschke.«

»Geheiratet? Du hast sie geheiratet?«, fragte Irmgard langsam Wort für Wort, als hätte sie deren Sinn nicht erfasst. Peter nickte.

»Hast du verstanden? Ich bin seine Frau. Ich bin jetzt Frau Drabits«, lachte Dara.

»Halt den Mund!«, forderte Irmgard, die ihre Fassung wieder gefunden hatte, und gab Dara links und rechts eine Ohrfeige, dass es nur so klatschte. Nur kurz war Dara überrascht, dann trat sie mit ihrem Fuß gegen Irmgards Schienbein, sodass diese vor Schmerz aufschrie.

»Aufhören! Aufhören!«, rief Tante Thea, aber keine der Beteiligten vernahm es. Blitzschnell war Irmgard an Dara herangetreten, hatte sie in den Schwitzkasten genommen und riss mit aller Kraft an deren blonden Haaren. Peter, Loana und Tante Thea standen für kurze Zeit wie versteinert daneben. Vor Schmerzen stöhnend ließ sich Dara zu Boden fallen, zog Irmgard mit sich und zerkratzte mit ihren langen Fingernägeln deren Gesicht. In diesem Moment blieb ein gewaltiger SUV stehen. Architekt Steiner sprang heraus, eilte herbei und versuchte die kämpfenden Frauen zu trennen, doch erst gemeinsam mit Peter und Loana gelang es. Dabei rief Tante Thea gebetsmühlenartig: »Aufhören! Aufhören! Sofort aufhören!«

Die beiden Amazonen standen schwer atmend einander gegenüber. Peter hatte den linken Oberarm von Dara erfasst, die mit der rechten Hand die Stelle an ihrem Kopf untersuchte, wo Irmgard sie an den Haaren gezogen hatte. Loana hielt Irmgard an der linken Hand fest. Deren rechte Hand umklammerte verkrampft ein ganzes Büschel blonder Locken. Quer über ihr Gesicht verliefen drei lange, blutige Striche, die ihr Dara mit ihren scharfen Fingernägeln zugefügt hatte.

»Jetzt ist Schluss! Verstanden?«, befahl Architekt Steiner keuchend. Er und seine Worte strahlten eine natürliche Autorität aus, sodass sich Dara und Irmgard beruhigten. Nice war unterdessen ausgestiegen und herangetreten.

»Was ist hier überhaupt los?«, fragte sie.

»Peter hat Irmgard verlassen und Dara zur Frau genommen«, erklärte Loana in wenigen Worten.

»Geheiratet?«, wunderte sich Architekt Steiner. Er schaute auf Dara, die ihren Kopf arrogant emporhielt.

Dann stand die Gruppe für kurze Zeit schweigend unter einem Himmel, der sich immer mehr verfinsterte, ohne zu bemerken, dass eine schwarzhaarige Frau aus dem Dreikanter trat, alles beobachtete und dann die neben dem Brunnen stehende Motocross-Maschine in den Hof hineinschob.

»Deinen Peter bekommst du nicht mehr, selbst wenn du mir alle Haare ausreißt«, sagte Dara nach einiger Zeit. Steiner hob wortlos die Hand, um jedes Wiederaufflammen des Konfliktes im Keim zu ersticken, und Dara schwieg.

»Komm, Schatz! Gehen wir ins Haus«, beruhigte sie Peter, der fürchtete, der Streit könnte sich von Neuem entfachen.

»Du wirst bereuen, was du verbrochen hast«, fauchte Irmgard erzürnt. »Man sollte dich möglichst rasch in die Hölle befördern.«

Sie drehte sich um und war dabei, den Schauplatz zu verlassen, doch unerwartet kehrte sie wieder um und sagte zu Peter: »Für dich habe ich aufregende Nachrichten. Das hatte ich völlig vergessen. Heute Vormittag ist dein Bruder Egon hier aufgetaucht.«

»Egon?«

»Ja, Egon. Stell dir vor! Du kannst deine Brüder nicht auseinanderhalten. Egon Tscherkov war Erich Drabits. Er hatte auch seinen Vornamen geändert.«

»Ich hatte von Anfang an meine Zweifel, ob es Egon ist«, war Peter nachdenklich geworden.

»Im Nachhinein sind alle klüger.«

»Egon war hier?«

»Ja. Er ist aus Argentinien gekommen, wo er ein reicher Mann geworden ist. Er will dir den Dreikanter abkaufen und hier eine Therme errichten. Er wird morgen mit dir darüber sprechen.«

»Gerne, wenn der Preis stimmt.«

»Kommt in mein Haus!«, forderte Tante Thea, die sich wegen des Streites furchtbar aufgeregt hatte, Dara und Peter auf und die beiden folgten ihr.

»Ich bin am Vormittag nicht mit dem Putzen fertig geworden,

ich komme in Kürze hinauf. Ich habe in wenigen Minuten meinen Umzug abgeschlossen«, sagte Irmgard zu Nice und schritt zum Haus ihres Vaters zurück.

Steiner und Nice setzten ihre Fahrt nach Hause fort.

*

Es war schon fast sechs Uhr abends. Geigensauer und Timischl stiegen die Treppen zum Institut für Aeroarchäologie hinauf, das im Dachgeschoss eines Hauses in der Argentinierstraße lag. Die Räumlichkeiten waren so neu, dass man es roch. Verwundert stellte Geigensauer fest, dass hier gegen Abend reger Betrieb herrschte. Offensichtlich gab es eine Vorlesung oder Veranstaltung. Bald hatten sie das Sekretariat gefunden. Doch von der Sekretärin fehlte jede Spur. Laufender Computer und aufgeschlagene Unterlagen deuteten aber darauf hin, dass sie im Haus war. Sie warteten. Ständig betraten Menschen das Institut und wanderten an ihnen vorbei. Es kamen nicht nur Studenten. Dem Aussehen nach waren durchaus Professoren und Dozenten dabei.

»Ich bin gespannt, Kollege Dorner«, hörte Geigensauer aus dem Gespräch zweier älterer Herren, die vorbeischritten.

Eine gestresst wirkende junge Dame kam ins Büro geeilt.

»Verzeihung, ich helfe beim Herrichten des Buffets für die Pressekonferenz. Kommen Sie morgen wieder! Es ist jetzt äußerst ungünstig. Wir nehmen es sonst nicht so genau, doch die Öffnungszeit endet um 17 Uhr.«

Sie trat zu einem kleinen Eisschrank und nahm mehrere Flaschen Sekt heraus.

»Polizei.«

Geigensauer hielt ihr seinen Ausweis hin, den sie nicht einmal näher betrachtete.

»Wir benötigen Informationen über den Nachlass von Dr. Goday.«

»Doch nicht jetzt.«

Sie zögerte einen Augenblick.

»In einer Stunde ist alles vorüber, dann gerne. Worum handelt es sich denn?«

»Der Reisepass von Dr. Goday ...«, begann Timischl.

»Ach so. Das liegt alles auf Zimmer 1.04. Wir hatten keine Zeit, es aufzuarbeiten. Schauen Sie sich das an! Bis später.«

Ohne sich weiter um die beiden zu kümmern, eilte sie mit ihren Sektflaschen davon.

»Hier sind wir am richtigen Platz. Das passt«, war Geigensauer zufrieden. »Sehen wir uns einmal im Zimmer 1.04 um.«

*

Der Raum war doppelt so groß wie ein WC und bis zur Decke mit Kartons gefüllt. Der Nachlass von Dr. Goday. Geigensauer öffnete eine zugängliche Schachtel. Sie war voller Diamagazine. Er nahm eines heraus und las die Beschriftung: »Ausgrabung Anatolien 1969«.

»Die Tür ist nicht versperrt«, bemerkte Timischl enttäuscht. »Jeder ist in der Lage den Pass zu suchen und mitzunehmen.«

Geigensauer betrachtete den Inhalt eines anderen Kartons, den jemand offen stehengelassen hatte. Er entnahm ihm die typische rote Rolle, in der Diplome an der Universität überreicht werden. Er öffnete sie. Es war die Urkunde über die Erlangung des Doktorgrades, ausgestellt am 5. Mai 1964. Er zeigte sie Timischl.

»Aber nicht jeder weiß, dass hinter dieser Tür ein Reisepass liegt. Wir warten auf die Sekretärin und befragen sie«, beschloss Geigensauer. Er gab die Rolle zurück und sah seitlich zwischen anderen Dokumenten das unverkennbare Rot eines Reisepasses.

Er zog ihn heraus und zeigte ihn triumphierend Timischl. Es war der Pass von Goday mit dem Foto des Drohnenfliegers.

»Wir sind dem Ziel nahe«, freute sich Timischl.

Der Applaus einer versammelten Zuhörerschaft war aus den hinteren Räumlichkeiten zu vernehmen.

»Ich habe Durst. Hören wir uns die Pressekonferenz an und laben wir uns am Buffet«, schlug Timischl vor. Sie gingen den Gang nach hinten, der sich am Ende in einen rechteckigen Vorraum weitete, in dem ein Buffet angerichtet war. Eine der vielen Türen stand offen. Dort fand vermutlich die Veranstaltung statt. Die beiden traten ein, und da alle Plätze besetzt waren, stellten sie sich hinter die letzte Reihe an die Wand. Sogar ein Kamerateam von ORF-Wien war anwesend. Geigensauer kannte das Bild, das von einem Beamer riesig auf eine Leinwand projiziert wurde, sofort. Es war eine Luftaufnahme von Zicken. Es gab gar keinen Zweifel.

»Deutlich erkennen Sie die Grundmauern einer Siedlung an der anderen Färbung des Grases«, sagte der Vortragende, ein Mann im dunklen Anzug mit einem grauen Mascherl. Der Drohnenflieger von Zicken! Der Mann, der sich Albert Goday nannte.

»Bitte, Dagmar, die nächste Folie«, wandte er sich an seine Assistentin am Beamer. Die Frau, die sich als Dagmar Goday ausgegeben hatte, befolgte seine Anweisungen. Geigensauer und Timischl sahen einander erstaunt an.

»Diese Grundmauern könnten von einer Siedlung aus dem Mittelalter stammen. Vergleichen wir aber den Grundriss mit römischen Badeanlagen in Rumänien – Folie bitte! – in Frankreich – Folie bitte! – in England – Folie bitte! – so stellen wir sofort eine verblüffende Ähnlichkeit fest. So weit, so gut. Bis hierher ist die Methode kein Neuland. Sie wird weltweit, z.B. in Carnuntum, eingesetzt. Mithilfe von Drohnen ist eben mehr möglich. Man fliegt weniger hoch über dem Boden und arbeitet genauer – Folie bitte! Diese im Handel erhältliche Drohne – nur so nebenbei, wir haben eine Erlaubnis, damit zu fliegen – wurde von uns mit einem Radar- und Laserscanner ausgerüstet. So habe ich in den letzten eineinhalb Jahren jeden Quadratzentimeter Boden bis zu einer Tiefe von zwei Meter untersucht. Folie bitte! Mit diesen Daten lassen sich die unter der Erde verborgenen Gebäudereste erheben, ohne zu graben. Hier die Computerrekonstruktion der unterirdischen Gebäudemauern – Folie bitte! Die Anlage erstreckt sich fast über den gesamten Weiler. Und hier eine Computeranimation, wie die Gebäude in römischer Zeit ausgesehen haben – Folie bitte! Es ist unserem Institut, dem Institut für Aeroarchäologie, gelungen, die Reste einer Badeanlage aus antiker Zeit im Südburgenland zu finden. Eine Entdeckung, mit der niemand gerechnet hat. Ein besonderer Dank ergeht posthum an den Archäologen Dr. August Goday. Durch seinen großzügigen Nachlass schufen wir dieses Institut und finanzieren solche Projekte. Nächstes Bild, bitte!«

Es folgte ein Bild von Dr. Goday. Unten am linken Rand der Folien las Geigensauer: Universitätsprofessor Dr. Albert Jung, Vorstand des Institutes für Aeroarchäologie. Jung hatte die beiden Ermittler wahrgenommen, ließ sich jedoch bei seinem Vortrag von ihrer Anwesenheit nicht beirren.

»Ich danke für Ihre Aufmerksamkeit. Für Fragen stehe ich gerne zur Verfügung.«

»Herr Professor Jung, wird es Ausgrabungen geben?«

»Wir streben solche an.«

»Wann werden Sie starten?«

»Wir haben uns bemüht, die entsprechenden Grundstücke zu erwerben, um die Formalitäten abzukürzen. Dann wäre ein Grabungsbeginn in diesem Sommer möglich gewesen. Leider ist das nicht gelungen. Jetzt warten wir die entsprechenden Genehmigungen ab.«

»Es entsteht so eine Art kleines Carnuntum im Südburgenland?«

»So kann man es formulieren.«

»Gibt es weitere Projekte?«

»Durchaus. Wir werden an die Öffentlichkeit treten, wenn es so weit ist. Noch Fragen? Dann danke ich herzlichst für Ihr

Kommen und Ihre Aufmerksamkeit und darf Sie zu einem kleinen Buffet einladen.«

Man applaudierte ausgiebig und bewegte sich dann langsam hinaus. Professor Jung wurde vom Fernsehen interviewt. Geigensauer und Timischl warteten unterdessen geduldig, bis ihre Zeit gekommen war. Nachdem Prof. Jung alle Fragen des Reporters beantwortet hatte, flüchtete er nicht hinaus zum Buffet, sondern kam direkt zu den beiden Ermittlern.

»Guten Abend, tut mir leid für die Mühen, die Sie mit mir hatten«, meinte er bestens gelaunt. »Bedienen Sie sich bitte am Buffet!«

»Vorerst nicht«, blieb Timischl reserviert. »Wir fahnden nach einem Mörder.«

»Sie werden mich doch nicht mehr verdächtigen. Ich habe nichts mit diesem fürchterlichen Verbrechen zu tun. Verderben Sie mir nicht den erfolgreichen Abend.«

»Sie haben sich unseren Anweisungen widersetzt. Sie haben einen Reisepass gefälscht und haben der Polizei eine falsche Identität vorgetäuscht. Das wird rechtliche Folgen haben«, zählte Geigensauer die Vergehen auf und zeigte Professor Jung den Pass.

»Seien Sie doch nicht so kleinlich! Sie werden mich doch nicht deswegen einsperren. Ich betreibe doch lediglich meine Forschungen. Ich habe niemandem damit geschadet.«

»Wie kleinlich Staatsanwalt und Richter sind, weiß ich nicht«, fuhr Geigensauer fort.

»Suchen Sie doch besser den Mörder!«, erwiderte Jung, dessen Tonfall immer unwilliger wurde.

Seine Frau Dagmar trat zu ihnen, und ohne eine Notiz von Geigensauer und Timischl zu nehmen, sagte sie: »Alle fragen nach dir. Wo bleibst du denn?«

»Die Herren halten mich immer noch für den Mörder«, erwiderte er mit einem Lachen, das gekünstelt klang.

»Besprich das später!«, meinte Dagmar kurz angebunden und

kehrte zum Buffet zurück, überzeugt, ihr Mann würde ihr folgen.

»Nein, das muss jetzt sein«, widersprach Geigensauer. »Sie versuchten, den Dreikanter zu erwerben, und der Ermordete weigerte sich zu verkaufen. Das ist Grund genug für Sie ihn zu töten.«

»Das soll ein Motiv sein? Das glauben Sie ja selber nicht. Wir hatten das Haus gemietet, es gefiel uns und wir suchten schon lange nach einem Wochenendhaus in ruhiger Lage und dieses Begehren ist nicht kriminell.«

»Albert, komm jetzt!«

Dagmar war zurückgekommen und versuchte ihren Mann am Arm wegzuziehen.

»Doch für die Grabungen wäre es bequemer gewesen«, ergänzte Timischl. »Wozu die ganze Heimlichtuerei?«

»Ich wollte auf keinen Fall, dass andere Archäologen davon erfahren und mir zuvorkommen. Diese Ausgrabung soll immer mit meinem Namen in Verbindung gebracht werden. Sie entschuldigen mich jetzt?«

»Der Ermordete ist nicht Egon Drabits, sondern Erich Drabits. Egon Drabits, seit seiner Heirat heißt er Egon Larta, ist heute eingetroffen. Er ist Direktor einer internationalen Thermenkette mit dem Namen ›Thermalaqua‹ und wird in Zicken eine Therme errichten.«

Diese Nachricht schlug wie eine Bombe ein. Die euphorische Laune von Professor Jung war endgültig verschwunden.

»Oh Gott, das vernichtet alle meine Pläne«, meinte er tief betroffen.

»Ach Albert, das Graben kann niemand verhindern. Das Recht ist auf deiner Seite«, tröstete Dagmar, die aufgehört hatte, an seinem Arm zu zerren. »Man darf erst bauen, wenn die Grabungen beendet sind.«

»Was sind das für Forschungen unter dem Zeitdruck, dass nachher gebaut wird?«, antwortete er gar nicht beruhigt. »Jahrelange Arbeit beeinträchtigt, zerstört. Es wäre so entscheidend gewesen, alles in Ruhe für die Nachwelt ans Tageslicht zu holen und auf immer zu präsentieren.«

»Den Behörden sind deine Ausgrabungen sicher wichtiger als ein Thermenbau. Erlauben Sie jetzt, dass wir unsere Gäste betreuen?«

Geigensauer nickte und das Ehepaar Jung begab sich zum Buffet.

*

»Er ist nicht der Mörder von Erich Drabits«, stellte Timischl fest.

»Vermutlich nicht, aber eigenartig ist er.«

Geigensauer schüttelte seinen Kopf.

»So wie alle Wissenschaftler«, pflegte Timischl ein weitverbreitetes Vorurteil und schritt zum Buffet. Geigensauer folgte ihm. Trotz des dichten Gedränges ergatterten die beiden ein paar Brötchen und Orangensaft. Jemand hatte die großen Dachfenster geöffnet, aber der erhoffte kühle Luftzug blieb aus. Bald verließen die ersten Gäste das Institut und kurz darauf waren Geigensauer und Timischl unter den letzten.

»Jetzt hätte ich dann Zeit für Sie«, meinte die Sekretärin und trat zu ihnen. Entspannt aß sie selbst ein Brötchen und trank ein Glas Sekt.

»Danke, wir haben mit Professor Jung gesprochen. Im Nachlass von Herrn Goday haben wir seinen Pass gefunden. Wir werden ihn mitnehmen«, erwiderte Geigensauer.

»Professor Jung ist schon länger fort.«

»Vor seinen Gästen?«

»Er hatte es furchtbar eilig. Er fährt heute noch nach Zicken zu den zukünftigen Ausgrabungen. Die sind ihm heilig«, meinte sie mit einem Lächeln und begann, mit ein paar anderen Helfern aufzuräumen.

»Welche Absichten treiben ihn mitten in der Nacht nach Zicken?«, fragte Timischl.

»Hoffentlich macht er keine Dummheiten. Schauen wir, dass wir nach Hause kommen«, entschied Geigensauer.

Sie verließen Wien auf der Südautobahn. Wie eine dunkle Wand wirkte die aufziehende Gewitterfront hinter den Wiener Hausbergen.

*

Es war dunkel geworden. Die weite Fahrt vom Schwarzen Meer ins Burgenland war anstrengend gewesen. Jetzt, wo sich die Aufregung über die Begegnung mit Irmgard und den Streit zwischen ihr und Dara gelegt hatte, überkam Peter eine lähmende Müdigkeit.

Er trat in der Hoffnung vor das Haus, die Luft im Freien würde ihn erfrischen, doch auch hier war es heiß und schwül. Kein Blatt regte sich. Er schaute hinauf zum Haus von Irmgards Vater. Die Fenster waren erleuchtet. Rund um das Gebäude war niemand zu sehen.

Er setzte sich auf die Bank vor Tante Theas Haus und beobachtete das heftige Wetterleuchten in der Ferne. Wenn sein Bruder Egon so reich war, wie Irmgard erzählt hatte, dann würde er ihm seinen Anteil zu einem Preis verkaufen, den er bei Architekt Steiner oder Albert Goday nie erreicht hätte.

Ein Auto, das von Brunnergraben herabgefahren kam, bog überraschenderweise ab und fuhr zu seinem ehemaligen Haus hinauf, das jetzt Architekt Steiner gehört. Wer kam so spät zu ihm, war Peter überrascht. Was würde der Fahrer unternehmen, wenn er feststellte, dass weder er noch Irmgard zu Hause waren? Es dauerte nicht lange und das Fahrzeug setzte sich wieder in Bewegung, querte die Hauptstraße und kam zu ihm heraufgefahren. Ein blauer BMW-SUV mit Wiener Kennzeichen blieb stehen. Albert Goday und seine Frau Dagmar sind die späten Gäste, dachte Peter überrascht. Was beabsichtigten die beiden hier fast mitten in der Nacht?

»Guten Abend, Herr Drabits«, sagte Albert unmittelbar nach dem Aussteigen.

»Guten Abend«, erwiderte Peter, erhob sich und trat den beiden entgegen.

»Das ist eine Überraschung, Sie wiederzusehen. Wir dachten schon, Sie wären wegen des Mordes geflohen.«

»Eine hohe Meinung haben Sie ja nicht von mir.«

»Unterdessen verdächtigt dieser Geigensauer uns, Ihren Bruder getötet zu haben.«

»Und waren Sie es?«, fragte Peter.

»Lassen Sie den Unsinn!«

»Ein bisschen zu finster zum Drohnenfliegen«, meinte Peter spöttisch.

»Wir haben gehört, dass Ihr anderer Bruder, Egon ... Sie wissen, dass nicht Egon getötet wurde?« Peter nickte. »Egon hat vor, Ihnen den Dreikanter abzukaufen und hier eine Therme zu errichten.«

»Ich habe davon gehört.«

»Sie wissen doch, wir möchten den Dreikanter gerne kaufen und sind bereit, einen hohen Preis dafür zu zahlen.«

»Das will auch Architekt Steiner. Wenn alles wahr ist, was ich gehört habe, ist Egon reich geworden. Sie werden ihn nicht überbieten können, und da er hier eine Therme bauen will, wird er seinen Anteil nicht hergeben.«

»Ich denke, ich werde mit der Wahrheit herausrücken«, begann Albert.

»Die Wahrheit ist bei mir immer willkommen«, erwiderte Peter. »Ich hoffe, Sie haben mich nicht belogen.«

»Ich bin nicht Albert Goday, sondern Universitätsprofessor Albert Jung, Professor für Archäologie.«

Er zog einen Ausweis und zeigte ihn Peter.

»Wie viele Identitäten besitzen Sie, Herr Goday, bzw. Herr

Jung? Kein Wunder, dass die Polizei Sie des Mordes verdächtigt«, sagte Peter zynisch.

Ohne darauf einzugehen fuhr Jung fort: »Seit wir hier sind, erforsche ich diesen Weiler. Ich habe durch Flugaufnahmen entdeckt, dass hier eine römische Siedlung war. Mit meinen Drohnen habe ich die Untersuchungen vertieft. Hier war in der Antike eine Badeanlage. Es ist von höchstem wissenschaftlichem Interesse, dass sie ausgegraben wird.«

»Eine römische Badeanlage?«, klang Peter wenig begeistert.

»Ich werde morgen mit Ihrem Bruder darüber reden. Er darf nicht bauen, bevor die Grabungen nicht abgeschlossen worden sind. Wissen Sie, wo er wohnt?«

»Keine Ahnung. Ich habe morgen einen Termin mit der SOKO-Südost, die wird es mir mitteilen.«

»Wir haben in Stegersbach kein Zimmer bekommen. Wäre es in alter Freundschaft möglich, noch einmal im Dreikanter zu übernachten? Wir haben unsere Schlafsäcke mit. Ich muss morgen unbedingt Ihren Bruder aufsuchen«, fragte Jung.

»Im Dreikanter?«, zögerte Peter. »Nein, das wird die Polizei sicher nicht gestatten. Das ist so etwas wie ein Tatort. Ich erlaube Ihnen, in meinem Haus zu wohnen. Ich habe es zwar an Steiner verkauft, doch für diese eine Nacht wird es niemand stören.«

»An Architekt Steiner? Dann werde ich ihm sagen, dass er nicht bauen darf, bevor wir gegraben haben. Wo wohnen Sie?«

»Hier«, war die kurze Antwort von Peter, der keine Lust hatte, die Geschichte seiner Verhältnisse mit Dara und Irmgard zu erzählen. »Ich hole Ihnen den Schlüssel. Tante Thea hat einen.«

Wenig später übergab ihn Peter an Albert und Dagmar. Diese machten sich sofort auf den Weg. Dara kam aus dem Haus.

»Was ist denn hier los?«, fragte sie dem wegfahrenden Auto nachzeigend. In kurzen Worten schilderte ihr Peter das Vorgefallene und sagte dann gähnend: »Ich bin furchtbar müde von der Fahrt. Ich gehe sofort schlafen.«

»Ich komme bald nach. Ich werde noch ein bisschen hier draußen sitzen«, erwiderte Dara. Peter gab ihr einen Kuss und ging ins Haus. Dara nahm ihr Handy und las eine Nachricht mehrmals. Erstes Donnergrollen ließ das nahende Gewitter erahnen.

*

Das Wetterleuchten über den oststeirischen Bergen wurde immer stärker. Geigensauer und Timischl fuhren von Markt Allhau kommend in südlicher Richtung nach Güssing. Bei der Tankstelle in Bocksdorf trennten sich ihre Wege. Die beginnende Nacht hatte in Güttenbach keine Abkühlung gebracht. Drückend schwül stand die Luft über dem Ort. Ein Auto parkte in der Einfahrt und in der Laube brannte Licht. Drubovic empfing ihn mit den Worten: »Hallo, Anton, wenn der Herr des Hauses verreist ist, muss jemand seiner Ehefrau Gesellschaft leisten. Wie geht es dir?«

»Danke«, erwiderte Geigensauer, setzte sich neben Jane und gab ihr einen Kuss.

»Willst du einen weißen Spritzer?«, fragte Drubovic.

»Da sage ich nicht nein.«

»Wie war es in Wien?«, erkundigte sich Jane. »Habt ihr entdeckt, wer sich hinter dem Namen Goday verborgen hat?«

»Ja, wir waren bei der Lösung dieses Rätsels erfolgreich. Ihr werdet nicht erraten, wer das ist?«, erhöhte Geigensauer die Spannung, nahm einen langen Zug aus dem Glas, das ihm Drubovic eingeschenkt hatte, und schilderte dann alle Ereignisse des Tages. Das Gewitter rückte näher, das Wetterleuchten wurde immer heller und leises Donnergrollen war aus der Ferne zu vernehmen.

»Dieser Mordfall ist völlig undurchsichtig. Es kommt nicht oft vor, dass zwei verschollene Brüder nach Jahrzehnten fast zugleich wieder auftauchen«, meinte Drubovic, nachdem Geigensauer seinen Bericht beendet hatte. »Einerseits äußerst reizvoll, das Verbrechen zu lösen, andererseits bin ich froh, in meiner Pension nicht mehr dem Druck ausgesetzt zu sein, den Mörder in wenigen Tagen fangen zu müssen.«

»Mit dem Motiv tappen wir im Dunkeln.«

Geigensauer gähnte und streckte sich.

»Ein verhinderter Hauskauf ist für Mord ein etwas dünnes Motiv«, meinte Jane.

»Es wurde schon für weniger getötet, doch prinzipiell hast du recht. Morgen werde ich Peter Drabits vernehmen. Hoffentlich kommen dann neue Fakten ans Licht.«

Deutlich hoben sich die Blitze des nur mehr wenige Kilometer entfernten Unwetters vom dunklen Nachthimmel ab und das Donnergrollen war bedrohlich laut geworden.

»Ich drücke dir und Timischl für morgen die Daumen«, wünschte Drubovic. »Manchmal muss man viele Steinchen zusammensetzen und dann ist es wieder ein einziges, kleines Detail, das die Lösung ins Rollen bringt.«

Ein in unmittelbarer Nähe einschlagender Blitz erhellte grell die Dunkelheit und der sofort folgende Donner erschütterte die Umgebung. Ein Windstoß trieb die unnatürlich warme Luft durch den Garten.

»Ich werde mich aufmachen, bevor es losgeht«, verabschiedete sich Drubovic.

Große Tropfen fielen vereinzelt vom Himmel. Wieder schlug ein Blitz ein. Diesmal in unmittelbarer Nähe der Hochspannungsleitung, die östlich von Güttenbach über die Felder verlief. Anton und Jane beeilten sich, ins Haus zu kommen. Die Sorge der Eltern war unbegründet. Der kleine Josef schlief unbeeindruckt vom Lärm der Donner fest in seiner Wiege. Er ruhte am Bauch, den Kopf zur Seite gedreht. Der Schnuller, den er ausgespuckt hatte, lag daneben. Heftig prasselte der Regen gegen die Scheiben der Fenster und im Abstand von Sekunden erhellten die Blitze das Schlafzimmer.

25. Juni

Loana liebte es früh aufzustehen und war in der Regel wach, bevor der Wecker läutete. Heute jedoch riss sie sein Klingeln aus tiefstem Schlaf. Sie war noch benommen und verwundert, dass sie am Abend den Pyjama nicht angezogen hatte. Sie hatte im Gewand geschlafen. Die Sonne lachte vom Himmel. Nur kleine, weiße Wölkchen zogen rasch über das wie reingewaschene Hellblau. Sie öffnete die Fenster ihrer stickigen Kammer und ließ die frische, kühle Luft herein. Die Gewitter hatten doch eine empfindliche Abkühlung gebracht. Angekleidet und geduscht wandte sie sich Herrn Zeiler zu.

Er lag schon länger wach und wartete auf sie. Loana half ihm beim Anziehen, setzte ihn in den Rollstuhl und brachte ihn in die Küche vor den Fernseher. Er schaute jeden Tag in der Früh ›Guten Morgen Österreich‹. Unterdessen richtete sie den Kaffee. Loana trank nur eine Tasse schwarz und ohne Zucker, Irmgards Vater aß genüsslich seine Buttersemmel mit Marmelade.

Gestärkt trat sie vor das Haus in die Morgensonne. Vom Unwetter der letzten Nacht war nicht mehr viel zu sehen. Der Fußabstreifer vor dem Eingang lag vom Sturm verblasen und vom Regen angesoffen ein paar Meter entfernt in der Wiese. Sie legte ihn zum Trocknen über den Gartenzaun. Ein paar Wasserlacken standen auf dem ansonsten schon fast trockenen Asphalt der Straße. Neben der großen Linde lag ein gewaltiger Ast, den der Gewittersturm abgebrochen hatte. Dann sah sie etwas erstaunt die Beine einer Person, die beim Brunnen kniete.

Sie erkannte nicht, wer es war, weil die Äste des großen Baumes so weit nach unten reichten. Wer machte sich in aller Früh dort zu schaffen, ging es ihr durch den Kopf. Sie sah genauer hin. Die Farbe der Hose und die Schuhe könnten von Dara stammen. Irmgards Vater rief nach ihr und sie eilte wieder hinein. Sie hatte den Zucker für den Kaffee vergessen. Er frühstückte und Loana bügelte einige Wäschestücke.

»Heute erledigen wir unseren täglichen Spaziergang gleich«, befahl er. »Ein kühler Morgen ist die beste Zeit dafür.«

Jeden Tag führte Loana Fritz Zeiler im Rollstuhl den Weg zur Hauptstraße hinunter und ein Stück diese entlang, damit er das Wachsen der Frucht beobachten konnte. Sie schob ihn im Rollstuhl aus dem Haus und erinnerte sich an die Beine, die sie beim Brunnen gesehen hatte. Zu ihrem Erstaunen erblickte sie diese noch immer. Rascher als sonst marschierte sie hinab zur Linde.

»Langsam! Langsam! Es rennt uns nichts davon«, sagte Irmgards Vater bange, doch Loana bremste ungern. Sie war neugierig, was diesen Menschen am Brunnen so lange beschäftigte. Endlich erkannte sie die Person. Es war Dara. Da gab es keinen Zweifel. Die Hände waren auf ihrem Rücken verschränkt und der Kopf ragte in das Brunnenwasser hinein.

»Was macht denn Dara beim Brunnen?«, fragte Loana Fritz und sie beschleunigte die Fahrt wieder.

»Sie wird sich doch nicht waschen?«, meinte dieser.

Beim Brunnen angekommen sah Loana, dass die Arme von Dara mit einem bunten Seil am Rücken zusammengebunden waren. Schreckliches befürchtend trat sie heran und sah, dass Daras Kopf vollständig unter Wasser war. Die langen blonden Haare schwammen an der Oberfläche in der sanften Strömung hin und her. Loana versuchte, den Kopf emporzuheben, aber irgendetwas verhinderte es.

»Hilf mir!«, rief sie verzweifelt und schob Fritz näher heran. Gemeinsam probierten sie, Daras Kopf aus dem Wasser zu heben, doch vergebens. Loana zitterte am ganzen Körper.

Schließlich stieß sie einen fürchterlichen Schrei aus, der durch Mark und Bein ging, und lief zum Haus von Tante Thea. Sie hörte nicht mehr, dass ihr Fritz nachrief: »Ich denke, sie ist tot. Ruf die Polizei!«

Mehrmals fuhr er mit seinem Rollstuhl hin und her, um aus der vom Regen aufgeweichten Wiese rund um den Brunnen mit genügend Schwung zurück auf den Asphalt zu gelangen.

In ihrer Panik drückte Loana so lange ununterbrochen auf die Klingel, bis Peter völlig verschlafen im Pyjama erschien.

»Dara, Dara, Dara …«, rief sie und zeigte zum Brunnen. Mehr brachte sie nicht über die Lippen. Der Ausdruck ihres Gesichtes vermittelte Peter das schreckliche Geschehen deutlicher, als es Worte vermochten. Er lief, so schnell ihn seine Beine trugen, zum Brunnen. Er hörte nicht, dass Fritz immer wieder rief: »Sie ist tot.«

Verzweifelt versuchte er den Kopf an die Oberfläche zu bringen, doch ohne Erfolg. Schließlich gab er auf.

»Man hat sie ermordet«, sagte Fritz. »Hol die Polizei!«

Verstört setzte sich Peter nieder und brach in Tränen aus.

»Du musst die Polizei holen!«, wiederholte Fritz.

Plötzlich hörte Peter auf zu weinen.

»Das war sie«, sagte er hasserfüllt. »Sie hat gestern gefordert, man sollte Dara töten. Das war deine Irmgard.«

»Rede keinen Unsinn. Irmgard liegt zu Hause in ihrem Bett«, verneinte Herr Zeiler ärgerlich.

»Ihr Auto ist weg«, stellte Peter fest. »Sie ist auf der Flucht. Die Polizei wird sie verhaften, dafür werde ich sorgen.«

»Tatsächlich, ihr Ford Fiesta ist nicht hier«, meinte ihr Vater nachdenklich. Peter lief ins Haus und verständigte die Polizei.

*

Angenehm kühl blies der Wind über Güttenbach und die trockene Luft ließ die Konturen der Berge um Hartberg nahe erscheinen, selbst die Gipfel der Packalpe, in weiter Ferne gelegen, waren zu erkennen. Geigensauer genoss bei einem Rundgang durch den Garten die herrliche Aussicht und die morgendliche Kühle. Jane und Josef schliefen noch, nachdem der kleine Kerl die Nachtruhe unterbrochen hatte.

Er kehrte ins Haus zurück, um zu frühstücken, richtete sich Haferbrei und schaltete den Fernseher ein, um »Guten Morgen Österreich« zu sehen. Schon der zweite Beitrag nach dem Wetterbericht beanspruchte seine volle Aufmerksamkeit. Er stoppte das Äpfelschälen und schaute gespannt zu.

»Hier in Stegersbach in der Therme logiert momentan ein spezieller Gast«, erzählte die Moderatorin. »Egon Lárta, ein vor vielen Jahren ausgewanderter Südburgenländer, jetzt erfolgreicher Unternehmer in Argentinien, ist in seine alte Heimat zurückgekehrt, nicht nur um hier einen Wellnessurlaub zu genießen. Er wird uns mit eigenen Worten berichten, was er mit seiner Firma ›Thermalaqua‹ plant. Herzlich willkommen, Herr Direktor Larta.«

»Guten Morgen und danke für die Einladung«, begrüßte dieser, in einem weißen Sommeranzug gekleidet, freundlich lächelnd die Zuseher. »Mein Konzern errichtet und betreibt Thermen in der ganzen Welt. Ich plane in naher Zukunft, in Zicken bei Güssing ein neues Bad zu errichten.«

»Direkt dort, wo Sie aufgewachsen sind?«

»Ja, der Ort ist geologisch ideal, um Thermalwasser zu finden. Es werden rund fünfzig neue Arbeitsplätze entstehen.«

»Nun gibt es ja schon relativ viele Thermen in der näheren Umgebung. Kann da eine weitere noch Gewinn bringend sein?«

»Wir verfolgen ein Konzept für zahlungskräftige Prämiumgäste, die Exklusivität suchen. Keine Tagesgäste, keine Familien mit Kindern.«

»Die Anlage wird ein exotisches Flair bekommen, haben Sie uns schon vor der Sendung verraten.«

»Die Architektur der Anlage und des Wellnessbereiches und

die Ausstattung der Gästesuiten stehen unter dem Motto ›Tango Argentino‹.«

»Wir werden dieses viel versprechende Projekt im Auge behalten. Herzlichen Dank für Ihr Kommen.«

Geigensauer kam nicht dazu, über das Gesehene nachzudenken, denn ein Anruf von Timischl folgte dem Beitrag.

»Es gibt leider einen weiteren Mord«, klang die Stimme von Timischl besorgt. »In der Nacht ist Dara, die bulgarische Pflegerin, in Zicken beim Brunnen ermordet worden. Sie ist gestern Abend zusammen mit Peter Drabits angereist.«

»Das darf doch nicht wahr sein«, erwiderte Geigensauer bestürzt. »Bist du am Tatort?«

»Nein, ich fahre jetzt von Güssing weg.«

»Ich breche sofort auf. Bis dann.«

Ohne sich um das Frühstück zu kümmern, das er nicht beendet hatte, lief Geigensauer zu seinem Auto und fuhr los.

*

In Zicken angekommen warf Geigensauer beim Aussteigen aus seinem Wagen nur rasch einen Blick auf die Umgebung. Vor Tante Theas Haus sah er eine Gruppe von Menschen, Tante Thea, Professor Albert Jung und seine Frau Dagmar, Architekt Steiner und Fritz Zeiler im Rollstuhl. Heftig diskutierend deutete immer wieder einer von ihnen zum Brunnen hin. Der Mann, der wie versteinert daneben auf einer Bank saß, war nach den Fotos, die Geigensauer kannte, vermutlich Peter Drabits. Zwei Einsatzwägen, die Feuerwehr und Timischls Auto standen vor dem Dreikanter.

Er eilte zum Brunnen, dessen Umgebung weiträumig abgesperrt worden war.

»Kein erbaulicher Anblick. Dr. Humer und die Spurensicherung sind im Kommen.«

Mit diesen Worten empfing ihn Timischl und trat zur Seite.

»Soweit ich sehe, hat die Tote einen Strick um den Hals, der den Kopf unter Wasser festhält«, erklärte Timischl. »Die Spurensicherung wird das klären.«

Die ganze Szene wirkte unheimlich und bedrohlich. Der Hass des Mörders lag noch in der Luft. Hatte er geplant, das Ertrinken des Opfers zu beobachten? Wer war im Stande, ein so grausames Verbrechen zu begehen? Warum? Geigensauer hatte den Blick rasch abgewandt und war ein paar Schritte zur Seite gegangen, um all seine Energie auf das Finden des Täters, der Täterin zu konzentrieren.

»Wer hat sie entdeckt?«, fragte er Timischl, der ihm gefolgt war.

»Loana und Fritz. Sie hat mit ihm einen Morgenspaziergang unternommen. Sie steht unter Schock und liegt bei Tante Thea auf der Couch. Der Notarzt ist bei ihr.«

Dr. Humer und die Spurensicherung trafen ein.

»Dieser Tag fängt nicht erfreulich an«, war alles, was Dr. Humer beim Anblick der Toten über die Lippen brachte. Einer seiner unpassenden Scherze, die er in solchen Momenten gerne von sich gab, um den fürchterlichen Anblick leichter zu ertragen, blieb diesmal aus. »In einer halben Stunde werde ich euch mehr sagen.«

»Nehmen wir die Befragungen in Angriff«, schlug Geigensauer vor. Timischl nickte zustimmend und die beiden Ermittler eilten zu Tante Theas Haus hinüber. Kaum hatten sie ein paar Schritte in diese Richtung gesetzt, wachte Peter Drabits aus seiner versteinerten Haltung auf und lief ihnen entgegen.

»Sie sind die ermittelnden Beamten?«, fragte er außer Atem vor den beiden stehenbleibend. Geigensauer nickte. »Timischl und Geigensauer von der SOKO-Südost.«

»Ich bin Peter Drabits, der Bruder von Erich und Egon, gestern aus Bulgarien gekommen.«

»Ich dachte es mir«, erwiderte Geigensauer.

»Irmgard hat Dara umgebracht. Ich bin sicher, dass sie es war«, sprach er voller Überzeugung. »Gestern, bald nachdem wir hier angekommen waren, trafen wir auf sie. Sie hat mich beschimpft und sich mit Dara geprügelt. Es war fürchterlich.«

»Die feine Art war es nicht, wie Sie sich von Ihrer Lebensge-fährtin getrennt haben«, warf Timischl ein.

»Das ist meine private Angelegenheit, wie ich diese Beziehung beendet habe. Ich wusste, Irmgard würde eine Trennung nicht ohne Schwierigkeiten hinnehmen. Daher bin ich bei Nacht und Nebel verschwunden. Verstehen Sie? Der gestrige Vorfall hat aber den Rahmen gesprengt. Sie hat Dara in den Schwitzkasten genommen und ihr die Haare büschelweise ausgerissen.«

»Ein Kampf der Zicken«, kam Timischl unbedacht über die Lippen und er bereute das Gesagte sofort.

»Das nehmen Sie zurück«, ärgerte sich Peter Drabits.

»Entschuldigung«, beruhigte Timischl.

»Sie müssen Irmgard finden«, wandte sich Peter vehement an Geigensauer. »Sie ist die Mörderin. Sie hat gestern alle aufge-fordert, Dara in die Hölle zu schicken. Sie hat Dara in ihrer grenzenlosen Wut ertränkt. Ich bin sicher. Leiten Sie sofort eine Fahndung nach Irmgard ein. Sie ist auf der Flucht.«

»Woher wissen Sie, dass Irmgard geflohen ist?«

»Gestern am Abend stand ihr Auto vor dem Haus ihres Vaters. Sie ist am Nachmittag zu ihm übersiedelt. Jetzt ist das Auto ver-schwunden.«

»Dann werden wir einmal bei ihrem Vater nachfragen«, mein-te Geigensauer zu Timischl und die drei Männer schritten zu Tante Theas Haus.

»Morgen«, begrüßte Geigensauer, das »Guten« wissentlich auslassend, die vor dem Haus Versammelten.

»Wissen Sie, wo Irmgard ist?«, fragte er Fritz Zeiler.

»Keine Ahnung ...«

»Wann haben Sie sie zuletzt gesehen?«, unterbrach Timischl.

»Gestern am Abend gegen halb acht Uhr. Sie fuhr nach Ei-senberg. Dort fand die Premiere des neuen Stückes des ›Süd-

161

burgenländischen Theatervereins‹ statt. Ich bin bald schlafen gegangen. Ich nahm an, dass sie spät in der Nacht heimgekommen ist. Kommen gehört habe ich sie nicht.«

»Ihr Auto steht nicht vor dem Haus, sie ist nicht zu Hause. Sie hat Dara umgebracht und ist dann geflohen. Wo ist denn ihr Auto jetzt?«, mischte sich Peter laut ein. »Theateraufführung! Dass ich nicht lache.«

»Wo ihr Auto jetzt ist, weiß ich nicht.«

Nachdenklich schaute Irmgards Vater zu seinem Haus hinauf.

»Premierenfeiern dauern lange und unter Umständen hat sie bei einer Freundin übernachtet?«

»Gewiss«, erwiderte Peter abfällig.

»Ob Irmgard zu Hause ist oder nicht, lässt sich klären. Ich werde nachschauen.« Timischl machte sich auf den Weg.

»Die Tür ist offen«, rief ihm Fritz nach.

»Dann würde ich gerne wissen, wo Sie gestern in der Nacht gewesen sind«, sagte Geigensauer freundlich zu der kleinen Versammlung.

»Meine Frau und ich waren die ganze Nacht zu Hause«, erwiderte Architekt Steiner sofort. »Wir können einander leider kein Alibi geben. Wir haben getrennte Schlafräume. Darf ich jetzt gehen? Ich wüsste nicht, warum ich Dara hätte ermorden sollen.«

»Sind Sie heute am Vormittag zu Hause?«

»Bis 12 Uhr. Dann habe ich bis 14 Uhr eine Bauverhandlung in Sulz.«

»Ich komme vor 12 Uhr vorbei.«

Kaum war Architekt Steiner abgefahren, meinte Peter: »Um etwa zehn Uhr sind Albert ...«

»Jung«, ergänzte der Archäologieprofessor.

»Danke, also Herr Jung und seine Frau sind eingetroffen. Sie haben mich über ihre wahre Identität aufgeklärt und ich habe ihnen auf ihre Bitte aus alter Freundschaft erlaubt, in meinem ehemaligen Haus zu schlafen.«

Albert und Dagmar nickten zustimmend.

»Danach bin ich sofort schlafen gegangen. Ich war von der langen Fahrt von Bulgarien hierher völlig übermüdet. Tante Thea schlief schon. Ich hörte ihr Schnarchen beim Vorbeigehen an ihrer Zimmertür.«

»So laut schnarche ich?«, warf Tante Thea verwundert ein.

»Ich schlief fest und wurde erst durch das Läuten von Loana geweckt«, setzte Peter fort.

»Ist Dara vor Ihnen schlafen gegangen?«, fragte Geigensauer.

»Nein, sie wünschte, noch ein paar Minuten im Freien in frischer Luft zu verbringen. Ihr Bett war in der Früh unberührt. Ich denke, sie hat sich gar nicht zum Schlafen niedergelegt.«

»Ist Ihnen aufgefallen, dass Irmgard weggefahren ist?«, fragte Geigensauer Peter.

»Nein, zu dieser Zeit haben wir gegessen und im Fernsehen die Nachrichten angeschaut.«

»Und später bei der Ankunft von Prof. Jung haben Sie da das Fehlen von Irmgards Auto nicht bemerkt?«

»Nein, ich könnte nicht sagen, ob es vor dem Haus stand oder nicht.«

Geigensauer schaute zu Albert und Dagmar.

»Wir haben nur die Schlafsäcke ins Haus getragen und sind sofort zu Bett gegangen«, erklärte Albert und Dagmar nickte. »Der Tag mit der Präsentation unseres Projektes war anstrengend gewesen.«

Geigensauer wunderte sich. Timischl hatte zwar das Haus von Irmgards Vater betreten, doch er hatte es nicht mehr verlassen. Was hielt ihn dort so lange auf?

»Sie reisen heute nicht ab, ohne mich davon in Kenntnis zu setzen«, sagte Geigensauer dezidiert, alle der Reihe nach anblickend. »Ich werde, wenn die Ergebnisse der Spurensicherung vorliegen, mit jedem von Ihnen nochmals sprechen.«

Die Umstehenden nickten und Geigensauer eilte zu Tante Theas Haus, um Loana zu befragen. Diese saß auf der Fensterbank. Die Ellbogen ihrer Arme waren auf ihren Oberschenkeln abgestützt und ihre Hände hielten den Kopf.

Sie schaute zu Boden. Neben ihr stand der Notarzt und meinte: »Sie hat vermutlich einen Schock erlitten. Der Anblick der Ermordeten ...«

Geigensauer wandte sich an Loana. »Fühlen Sie sich schon besser?«

Sie schaute auf und nickte zustimmend. »Es wird. Ich muss das Mittagessen für Herrn Zeiler richten.«

»Er wird nicht verhungern. Jemand wird ihm sein Essen geben. Besser, Sie legen sich nieder und erholen sich!«, redete ihr der Arzt zu.

»Ich werde diesen furchtbaren Anblick niemals vergessen, Herr Geigensauer.«

Loana versuchte aufzustehen. Ihre Füße gaben nach, sie schwankte und setzte sich wieder.

»Sie brauchen heute Erholung«, wurde der Arzt streng. »Sehen Sie das nicht ein?«

»Ich muss wohl«, erwiderte Loana resignierend.

Geigensauers Handy vibrierte in seiner Hosentasche. Eine Meldung war eingelangt.

»Irmgard ist zu Hause!!! Komm bitte!«, ließ ihn Timischl wissen.

»Die Tochter von Herrn Zeiler ist daheim. Ruhen Sie sich aus, Loana! Irmgard wird heute Ihre Arbeit übernehmen«, beruhigte Geigensauer die Pflegerin.

»Ich werde Ihnen Blut abnehmen. Wir überprüfen gleich, ob auch sonst alles in Ordnung ist«, schlug der Arzt vor.

Loana widersprach nicht mehr und ließ die Blutabnahme über sich ergehen.

»Was haben Sie heute in der Nacht beobachtet?«, fragte Geigensauer.

»Nichts, ich habe geschlafen, wie betäubt. Scheinbar war es dieser furchtbare Konflikt zwischen Irmgard und Dara, der mich so ermüdet hat. ›Streit‹ ist zu harmlos formuliert, es war ein Kampf. Die beiden sind auf der Straße übereinandergelegen wie raufende Schuljungen.«

»Wann sind Sie schlafen gegangen?«

»Nachdem ich Herrn Zeiler zu Bett gebracht hatte — er war erschöpft vom schweren, schwülen Tag — habe ich mit Irmgard Tee getrunken. Gleich nach ihrer Abfahrt nahm ich zwei Kapseln Baldrian, denn einerseits verspürte ich große körperliche Müdigkeit und andererseits hatte mich der Konflikt so aufgeregt, dass ich fürchtete, aufgrund dieser inneren Unruhe nicht einzuschlafen. Ich schlief jedoch sofort ein und bemerkte erst in der Früh beim Aufwachen, dass ich mich gar nicht ausgezogen hatte.«

»Ist Ihnen an Irmgard irgendetwas Besonderes aufgefallen?«

»Etwas, das darauf hindeutete, dass sie plante Dara zu töten?«

»Ja, haben Sie Auffälliges an ihr beobachtet?«

»Nein, sie wirkte nach diesem Streit überraschend ausgeglichen auf mich. Wir sprachen über die Zukunft zu dritt im Haus. Ich hatte Sorge, dass meine pflegerische Tätigkeit nicht mehr gebraucht wird, wenn Irmgard bei uns wohnt. Sie beruhigte mich. Sie hatte die Absicht, auf jeden Fall wieder Arbeit zu suchen, und hatte nicht vor, die Pflege ihres Vaters zu Hause zu übernehmen.«

»Hat Irmgard etwas von der Theateraufführung erzählt?«

»Sie war ursprünglich nicht gewillt hinzugehen. Sie hatte dort zusammen mit Peter über zehn Jahre lang in den Produktionen die Hauptrolle gespielt. Heuer hatten die beiden aufgehört.«

»Wissen Sie warum?«

»Keine Ahnung. Gestern entschied sie sich spontan, doch hinzugehen. ›Abstand von Zicken wird mir guttun‹, meinte sie.«

»Danke für die Auskünfte. Wir werden Sie nach Hause begleiten«, schlug Geigensauer vor, reichte der Pflegerin den Arm und der Arzt folgte seinem Beispiel. So verließ Loana auf beiden Seiten gestützt das Haus von Tante Thea. Langsam schritten sie hinauf zum Haus von Irmgards Vater. Die kleine Menschengruppe vor dem Gebäude beobachtete nach wie vor das polizeiliche Treiben am Brunnen.

»Bitte, nehmt mich mit!«, rief Herr Zeiler und Peter entschloss sich sofort, den Rollstuhl zu schieben. Timischl wartete ungeduldig, vor dem Haustor auf- und abschreitend.

Der Arzt brachte Loana in ihr Zimmer, wo sie sich niederlegte. Peter schob Herrn Zeiler in die Küche, wo Irmgard beim Frühstück saß.

»Du hast Dara ermordet«, rief er sofort.

»Du fantasierst«, erwiderte sie mit einem Lächeln auf den Lippen.

»Bitte, hinaus! Sofort!«, drängte Timischl Peter aus dem Raum. Von der Tür aus rief er Geigensauer zu: »Ich schaue unterdessen zu Dr. Humer.«

*

»Ich habe Inspektor Timischl alles erzählt«, sagte Irmgard zu Geigensauer. »Sie wollen es aus meinem Mund hören?«

»Bitte!«

»Okay. Peter und ich haben über zehn Jahre beim ›Südburgenländischen Theater‹ mitgespielt. Heuer haben wir aufgehört.«

Aus dem Klang ihrer Stimme entnahm Geigensauer ihre Wehmut über eine erfüllte Zeit.

»Warum spielen Sie nicht mehr mit?«

»Zehn Jahre sind eine lange Zeit und das Lernen der Rollen ist anstrengend. Wir werden nicht jünger. Es ist nicht leicht zu erkennen, wann der richtige Augenblick gekommen ist, aufzuhören. Peter und ich waren zur Premiere als Ehrengäste geladen. Nach den Ereignissen der letzten Tage hatte ich mir vorgenommen nicht hinzugehen, doch gestern Abend verspürte ich das Bedürfnis, Abstand von Zicken und seinen Bewohnern zu finden. Sie verstehen?«

Geigensauer nickte.

»Ich bin nach Eisenberg zur Premiere des neuen Stückes gefahren. Es endete gegen halb elf. Ich bin mit den Schauspielern zur Premierenfeier ins Kastell nach Stegersbach übersiedelt. Bald nach zwei Uhr morgens brachen wir von dort auf. Ich war alkoholisiert, ließ meinen Wagen am Parkplatz stehen und nahm ein Taxi. Gegen halb drei Uhr in der Nacht erreichte ich Zicken. Wenn Sie mich jetzt fragen, mir ist beim Brunnen nichts Besonderes aufgefallen. Ich lief sofort vom Taxi zum Haus. Es schüttete in Strömen. Ich habe Dara nicht getötet.«

»Gestern gegen Abend hatten Sie einen gewaltigen Streit mit Dara. Es kam zu einem Kampf zwischen Ihnen.«

»Leider habe ich mich nicht beherrscht. Diese Person hat mein Leben zerstört. Ich hasse sie und Peter. Mord ist aber eine andere Dimension. Ich habe Dara nicht umgebracht. Nicht einmal ihr Tod erfreut mich. Mir ist momentan alles so egal. Ich spüre nichts, gar nichts.«

Lustlos stocherte sie in ihrem Müsli herum.

»Wer könnte Ihre Aussagen über die vergangene Nacht bestätigen?«, erkundigte sich Geigensauer.

»Ich brauche ein Alibi?«, erwiderte sie mit einem verächtlichen Ton. »Natürlich, ich bin ja die Hauptverdächtige. Hans Anders nahm in der Vorstellung neben mir Platz. Er ist der Regisseur und Gründer des Südburgenländischen Theaters. Im Kastell saß ich an seinem Tisch und verließ mit ihm das Lokal. Das Taxi stammte vom Unternehmen ›Südtaxi‹, der Chef selbst hat mich gefahren, Linus Tanzer.«

Perfekte Alibis waren Geigensauer immer verdächtig.

»Sie sind ohne Umwege von Eisenberg nach Stegersbach gefahren?«

»Ich war nicht in Zicken, um Dara zu ermorden, wenn Sie das meinen. Ich habe eine der Schauspielerinnen mitgenommen, Rosa Kern. Sie wird für mich zeugen. Wann ist Dara denn ermordet worden?«

Fast herausfordernd schaute sie Geigensauer an.

»Wo wohnt Hans Anders?«, fragte er bewusst, ohne zu antworten.

»Er hat in Gieberling bei Stadtschlaining ein Haus. Rosa Kern lebt in Litzelsdorf im Ortsteil Obere Bergen und Linus Tanzer lebt in Spitzzicken. Sparen Sie sich die Mühe. Es ist alles so, wie ich es Ihnen erzählt habe«, sagte sie ohne jede Überzeugungskraft.

Sie stand auf und räumte ihr Geschirr in den Spüler.

»Wir werden es trotzdem überprüfen. Haben Sie eine Ahnung, wer Dara ermordet hat?«

»Da gibt es genug Personen. Diese Hure hatte mit allen Männern ein Verhältnis, die öfter mit ihr zusammen waren. Jeder von denen ist verdächtig und, wenn sie verheiratet sind, auch ihre Frauen.«

»Konkret?«

»Architekt Steiner und Nice, Professor Jung und seine Frau.«

Irmgard wusste offensichtlich schon über die wirkliche Identität von Herrn Goday Bescheid.

»Haben Sie Beweise dafür, dass diese Herren mit Dara ein Verhältnis hatten?«

»Ich bin nicht neben dem Bett gestanden, wenn Dara mit ihnen schlief. Mein Vater hat in der Nacht ihr Keuchen vernommen, wenn er vergaß, sein Hörgerät abzulegen. Er meinte, er erkenne die unterschiedlichen Liebhaber daran, wie Dara stöhnte.«

Geigensauers Blick drückte Zweifel an dieser Fähigkeit von Herrn Zeiler aus.

»Wie auch immer«, fuhr Irmgard unbeirrt fort. »Dara hat sich in Bulgarien am Schwarzen Meer ein Haus gekauft. Von dem Geld, das sie hier als Pflegerin verdient, hat sie es nicht erspart.«

»Und woher hat sie es dann?«, forschte Geigensauer, denn Irmgard schien auf jede Frage eine Antwort zu haben.

»Ich denke, sie hat es ihren Liebhabern abgeknöpft.«

»Woher wissen Sie das?«, forderte Geigensauer.

»Beweise gibt es keine. Es ist die einfachste Erklärung, wie sie zu ihrem Vermögen gekommen ist.«

»Irmgard hat Dara nicht ermordet«, meldete sich ihr Vater zu Wort, der die ganze Zeit über geschwiegen hatte. Timischl trat ein und sagte: »Der Mord geschah laut Dr. Humer zwischen elf Uhr und ein Uhr in der Nacht. Er ist sich sicher.«

»Ich sagte ja, ich war es nicht«, meinte Irmgard in einem Ton, der deutlich zum Ausdruck brachte, dass sie nicht verstand, warum man sie verdächtigte.

»Danke für Ihre Aussagen. Wir werden Ihr Alibi überprüfen. Verlassen Sie Zicken ohne unsere Erlaubnis nicht.«

»Ich würde gerne mein Auto in Stegersbach abholen.«

»Wir schicken einen Beamten, der Sie begleiten wird.«

»Danke.«

*

»Wir werden Irmgards Alibi penibel überprüfen. Es ist so perfekt«, meinte Geigensauer nachdenklich zu Timischl.

»Stimmt. Ich werde mir das genau ansehen. Sie ist wirklich sehr verdächtig.«

»Wir benötigen die Bankdaten von Dara und ihren angeblichen Liebhabern. Womöglich war sie eine Erpresserin.«

»Denkbar wäre es. Hoffentlich dauert dies nicht Tage.«

»Bei einem Doppelmord wird sich die Behörde doch beeilen.«

Die beiden Ermittler trafen beim Brunnen ein und sahen, wie die Leiche von Dara weggetragen wurde.

»Zwischen elf Uhr und ein Uhr in der Nacht ist Dara ertränkt worden«, mit diesen Worten empfing sie Dr. Humer. »Der Täter hat ihr zunächst die Hände auf den Rücken gebunden. Sie hat sich vehement dagegen zur Wehr gesetzt. An ihren Armen sind Blutergüsse und Abschürfungen zu sehen. Diese entstanden, weil sie versuchte, sich den Griffen des Mörders zu entziehen. Zusätzlich gibt es Abschürfungen am rechten Ellbogen. Die stammen aber nicht von heute in der Nacht. Sie sind ein paar Stunden vorher entstanden.«

»Sie war am Abend in ein Gerangel mit der ehemaligen Lebensgefährtin ihres Mannes verwickelt«, erklärte Timischl und Dr. Humer nickte zustimmend.

»Um den Hals wurde eine Schlinge gelegt«, fuhr er fort, »die am Gitter des Abflusses so befestigt war, dass man den Kopf nicht mehr aus dem Wasser ziehen konnte. Ertränkt wurde Dara freilich, bevor man ihr die Schlinge über den Kopf zog. Sie hätte sicher versucht, den Kopf zu heben. Das Seil hat jedoch am Hals kaum Spuren hinterlassen.«

»Man hat Dara zunächst ertränkt und dann den Kopf unter Wasser fixiert«, fasste Timischl zusammen.

»So ist es gewesen. Warum der Mörder sich diese Mühe gab, ist mir rätselhaft. Ich habe auch darüber nachgedacht, wie der Täter das Opfer überwältigte. Jemandem die Hände am Rücken zusammenzuhalten und diese mit einem Seil zu fesseln, ist schwierig bis unmöglich.«

»Wenn das Opfer am Bauch auf dem Boden liegt, man auf ihm sitzt oder kniet und seine Hände auf den Rücken gedreht hat, ist es nicht so schwer«, überlegte Timischl.

»Daras Gewand ist aber nur an den Knien erdig beschmutzt. Der Rest ist sauber. Sie ist daher nicht neben dem Brunnen im Schlamm gelegen.«

»Vermutlich passierte der Mord, bevor der Gewitterregen loslegte. Da war der Boden noch nicht feucht«, warf Timischl ein.

»Kein Staub oder Schmutz ist am Gewand zu erkennen. Sie lag auch nicht auf trockenem Boden«, beharrte Dr. Humer.

»Wäscht der stundenlange Regen die Kleidung nicht sauber?«

»Kaum – und außerdem hätte sie sich gegen die Fesselung gewehrt. Das muss Spuren am Gewand hinterlassen.«

»Sie wurde im Stehen gefesselt?«, fragte Geigensauer.

»Es sieht so aus. Ich vermute daher, dass der Täter sie mit einer Waffe bedroht hat.«

»Warum wehrte sie sich dann?«

»Keine Ahnung. Sobald ich die Untersuchung abgeschlossen habe, melde ich mich.«

Dr. Humer machte sich auf den Weg nach Graz. Geigensauer wandte sich dem leitenden Beamten der Spurensicherung zu.

»Wie schaut die Lage aus?«

»Dürftig und erfreulich zugleich«, antwortete dieser. »Dürftig, weil der heftige Gewitterregen der letzten Nacht alle Spuren auf dem Boden buchstäblich weggeschwemmt hat. Vor dem Brunnen sind nur die Eindrücke eines Rollstuhles zu sehen und die stammen von Herrn Zeiler, der mit Loana zusammen die Leiche entdeckt hatte. Im Brunnen lag das Handy des Opfers. Wir sind bemüht, über den Betreiber die letzten Verbindungsdaten zu bekommen. Das Seil ist ein Kletterseil. Vermutlich das gleiche Produkt, das beim ersten Mord verwendet wurde. Bekommt man in jedem Sportgeschäft. Die Spuren am Körper der Leiche werden nur schwer zu verwerten sein. Die Ermordete war stundenlang dem Starkregen ausgesetzt und dann wurde sie auch noch von Loana und Peter angefasst. Erfreulich, weil wir doch etwas entdeckt haben.«

Zufrieden zeigte er Geigensauer einen Ring, der in einem Nylonsack aufbewahrt war.

»Er lag direkt neben der Ermordeten auf dem Boden und trägt die folgende Inschrift ›Für Irmgard von Peter‹.«

»Verliert man einen Ring leicht vom Finger?«, fragte Geigensauer.

»Ich kann meinen gar nicht mehr abnehmen«, lachte Timischl.

»Wenn er nicht festsitzt, kann man ihn in der Hitze des Gefechtes schon abstreifen«, erklärte der Beamte.

Geigensauer und Timischl sahen einander an, und ohne ein Wort zu wechseln, kehrten sie zurück zum Haus von Irmgards Vater.

*

»Wann darf ich mein Auto zurückbringen?«, fragte Irmgard die eintretenden Ermittler.

»Vorerst gibt es eine Kleinigkeit zu klären«, erwiderte Geigensauer und hielt ihr den Nylonsack mit dem Ring hin.

»Er gehört mir«, erwiderte Irmgard. »Ich habe schon ganz vergessen, dass ich ihn verloren habe.«

»Darf ich?«, sagte ihr Vater, fuhr mit dem Rollstuhl zu Geigensauer hin und betrachtete den Ring.

»Den hat dir Peter geschenkt. Ich erinnere mich.«

»Alles lang her«, erwiderte Irmgard mit einer abfälligen Handbewegung. »Wo haben Sie ihn gefunden?«

»Direkt neben der Leiche«, sagte Timischl.

»Bei Dara?« Irmgard wirkte überrascht. »Sie glauben, dass ich Dara tötete und dabei den Ring verlor.«

»Wäre doch möglich – oder?«

»Ich könnte ihn auch beim Streit mit Dara abgestreift haben.«

»Wenn Sie ihn dort verloren haben, wie ist er dann zum Brunnen gelangt?«

»Jetzt erinnere ich mich, wann ich den Ring zuletzt hatte. Ich war am Abend noch eine Stunde bei Architekt Steiner aufräumen. Am Vormittag war ich nicht fertig geworden und am Nachmittag übersiedelte ich. Bevor ich mit dem Putzen anfange, lege ich immer den Ring und meine Uhr ab. Ich habe Sorge, sie bei der Arbeit mit den Putzmitteln zu beschädigen. Außerdem stört die Uhr beim Anziehen der Gummihandschuhe. Ja, ich bin sicher, dass ich den Ring bei Steiners noch hatte. Ich habe ihn und die Uhr wie immer im kleinen WC im Erdgeschoss auf den Waschtisch gelegt. Nachdem ich mit dem Putzen fertig war, fand ich nur die Uhr vor. Der Ring war weg. Ich werde ihn mit dem Kübel – ich hole mir dort immer das heiße Wasser – unabsichtlich hinuntergeschmissen haben. Vergeblich suchte ich den Ring. Ich meldete Nice den Verlust und beschloss, morgen erneut zu suchen. In der Aufregung der letzten Stunden hatte ich auf den Ring vergessen.«

»Und wie kommt der Ring zum Brunnen?«, fragte Timischl.

»Keine Ahnung. Jemand hat ihn gefunden und dort hingelegt.«

»Der große Unbekannte.«

»Nein, Nice, ihr Mann oder jemand anderer. Bei den Steiners verkehren viele Leute.«

»Warum sollten diese Menschen das tun?«

»Um mir den Mord in die Schuhe zu schieben. Ich denke, jemand beabsichtigt, mir das Verbrechen anzuhängen.«

»Das sind schwerwiegende Anschuldigungen.«

»Es gibt sonst keine brauchbare Erklärung, wie mein Ring neben die Ermordete gelangte.«

»Reden wir weiter, wenn wir Ihr Alibi überprüft haben«, schloss Geigensauer das Gespräch.

»Wann kommt jemand, der mich begleitet, mein Auto zu holen?«

»Gar nicht«, entschied Geigensauer. »Sie geben mir den Schlüssel und ein Beamter wird den Wagen holen. Sie bleiben vorerst bitte hier.«

»Sie glauben mir nicht«, erwiderte Irmgard und schüttelte verständnislos ihren Kopf.

»Ermittlungen sind keine Glaubensfrage.«

»Ich habe Steiners versprochen, heute das Wohnzimmer für das morgige Sommerfest herzurichten.«

»Okay, erledigen Sie das, aber ansonsten bleiben Sie bitte hier.«

»Kein Problem.«

Sie stand auf, ergriff ihre Handtasche und reichte Timischl ihren Wagenschlüssel.

*

Wieder beim Brunnen angelangt, war Geigensauer ein wenig ratlos. »Was nun?«

»Ich fahre und überprüfe das Alibi«, sagte Timischl. »Es interessiert mich, wo die Lücke ist.«

»Und sie hat auch Erich umgebracht?«, zweifelte Geigensauer.
»Hass konserviert sich über Jahre. Vielleicht hat sie zwei Fliegen auf einen Schlag erledigt, sich am ehemaligen Freund rächen und den untreuen Lebensgefährten belasten. Alles ist möglich.«

»Ich bleibe hier und werde die Steiners nochmals befragen.«

Nachdem Timischl abgefahren war, schlenderte Geigensauer in den Hof des Dreikanters der Drabits, um etwas Ruhe zu finden. Ein Gedanke schoss ihm durch den Kopf, er eilte zum Brunnen, erreichte zum Glück noch den Arzt vom Roten Kreuz und schickte einen Beamten mit einem Teil von Loanas Blutprobe nach Graz zur Gerichtsmedizin. Er kehrte in den Hof zurück und setzte sich im Schatten der Hausmauer auf eine Bank. Hier ordnete er seine Gedanken. Angenommen, Irmgard hatte Dara überwältigt, ertränkt und dabei den Ring verloren, dann wird in ihrer Kette von Alibis eine Lücke klaffen. Sie schien ihm gar nicht nervös, was ihr Alibi betraf. Angenommen, Irmgard überwältigte Dara, indem sie diese mit einer Waffe bedrohte, wo war diese jetzt? In ihrem Auto? Geigensauer schickte ein SMS an die Beamten, die den Wagen holten, damit sie ihn nach Waffen durchsuchten.

Die Entfernung des Brunnens zu den bewohnten Häusern war nicht groß. Wenn Dara um Hilfe geschrien hatte, warum hörte sie niemand? Tante Thea und Irmgards Vater waren schwerhörig. Peter schlief nach der anstrengenden Reise fest. Blieb Loana, die erzählt hatte, dass sie ungewöhnlich tief geschlafen hatte.

Erich wurde vermutlich mit KO-Tropfen betäubt, bevor der Mörder ihn erdrosselte. Vielleicht hatte Irmgard auch Loana auf diese Art aus dem Verkehr gezogen, um keine Zeugen zu haben. Das immer lauter werdende Donnergrollen des nahenden Unwetters hatte Daras Schreie übertönt. Laut Spurensicherung und Dr. Humer geschah der Mord, bevor das Gewitter losbrach. Wenn Irmgards Alibi nicht lückenlos war, sprach einiges dafür, dass sie Dara ertränkt hatte. Andererseits war nicht auszuschließen, dass jemand den Streit zwischen den beiden Frauen beobachtete oder davon erfuhr und die Gelegenheit nützte, Dara zu töten, weil der Verdacht auf Irmgard fallen würde. Anschließend war der Ring absichtlich beim Brunnen platziert worden.

Mögliche Täter waren dann sicher die ehemaligen Liebhaber von Dara, Architekt Steiner und Professor Jung oder deren Frauen, Nice und Dagmar, wenn man den Beobachtungen von Irmgards Vater Glauben schenkte. Geigensauer war gespannt darauf, was Timischl ermittelte.

Er beschloss unterdessen, dem Ehepaar Steiner einen Besuch abzustatten, stand auf und bemerkte die Spur eines Motorrades in der feuchten Erde des Hofes. Er folgte ihr und sie führte zwischen Haus und Schuppen hinaus auf die Wiesen und verlief zum Birkenwald hin.

Das von den Rädern auf die Halme emporgeschleuderte feuchte Erdreich war noch nicht getrocknet. Die Fahrt hatte sicher nach dem Gewitter stattgefunden. Sofort fiel ihm Nadja ein, die er hier mit einer Motocross-Maschine gesehen hatte. Was hatte sie hier in aller Früh zu suchen? Er untersuchte die Spur in die andere Richtung. Sie führte direkt zur Schuppentür, die nur mit einem Riegel gesichert war. Tür und Wände des Gebäudes waren aus Brettern gefertigt, zwischen denen Spalte in Zentimetergröße klafften. Daher hatten Sturm und Starkregen das Erdreich im Schuppen aufgeweicht.

Geigensauer war kein Indianer, doch es war nicht schwer zu erkennen, dass Reifenspuren von der Stelle, wo das Motorrad gestanden hatte, aus dem Gebäude führten, jedoch keine Spuren hinein. Nadja hatte den Schuppen erst nach dem Gewitter verlassen. Sie war die Nacht über hier gewesen.

Was hatte sie hier gesucht? Hatte sie den Mord gesehen? War sie daran beteiligt? Geigensauer nahm sich vor, Nadja in Rauchwart aufzusuchen, sobald er mit den Steiners gesprochen hatte.

*

Timischl lebte zwar seit seiner Geburt im Südburgenland, doch in Obere Bergen bei Litzelsdorf war er noch nie gewesen. Nach einer kurzen Nachfrage in einer Kaffee-Konditorei fuhr Timischl am Ortsende von Litzelsdorf die Hügelkette, die das Stremtal östlich begrenzte, steil bergauf. Nach einer kleinen Kreuzung führte die Straße wieder rasch bergab an einem Teich und einem Reitstall vorbei, um dann endgültig nach Obere Bergen hinaufzuführen.

Das Haus, in dem Rosa Kern wohnte, lag in einer scharfen Kurve von Wald umgeben, ohne Aussicht im tiefen Schatten. Timischl läutete mehrmals, bis eine Frau aus dem Haus trat und sich dem Gartentor näherte.

Er hatte sie offenbar geweckt. Man sah es ihr von Weitem an, dass sie bis lang in die Nacht gefeiert hatte. Die Frisur war vom Schlafen verlegt und sie hatte nur rasch einen Morgenmantel übergezogen.

»Was ist der Grund für Ihr Sturmläuten?«, empfing sie ihn gar nicht freundlich. »Brennt es?«

»Inspektor Timischl, SOKO-Südost«, stellte er sich vor und hielt ihr seinen Ausweis hin. »Ich spreche mit Rosa Kern?«

»So heiße ich. Die Polizei in aller Früh. Ist mein Mann oder mein Sohn wieder zu schnell gefahren?«

Der Morgenmantel hatte sich beim Ausschnitt geöffnet und Timischl fixierte den Blick höflich auf höher gelegene Körperregionen seiner Gesprächspartnerin.

»Nein, ich habe ein paar Fragen in Bezug auf Irmgard Zeiler«, erklärte er.

»Ist ihr etwas passiert?«, fragte sie erschrocken und hielt mit der rechten Hand den Mantel zusammen, sodass sich der Ausschnitt schloss.

»Gott sei Dank, nicht. Sie ist wohlauf. Es dreht sich um ein Alibi. In Zicken ist heute in der Nacht eine Frau getötet worden und Irmgard Zeiler zählt zu den Verdächtigen.«

»Sie hat jemanden ermordet? Ihr seid ja alle völlig verrückt geworden«, kam es unverblümt aus ihr heraus und sie tippte sich mit dem Finger an ihre Stirn.

»Mäßigen Sie Ihren Ton etwas«, versuchte Timischl zu beruhigen.

»Bei so einem Unsinn beherrsche ich mich nicht und glotzen Sie mich nicht so an. Irmgard ist sicher keine Mörderin. Ich kenne sie seit unserer Schulzeit.«

»Lassen wir die Diskussion und kommen wir zum Wesentlichen. Stimmt es, dass Sie mit Irmgard nach dem Ende der Theatervorstellung von Eisenberg nach Stegersbach zur Premierenfeier gefahren sind.«

»Das stimmt. Selbst wenn es nicht so gewesen wäre, hätte ich es gesagt. Ich werde verhindern, dass Sie Irmgard einen Mord anhängen.«

»Es ist besser für Sie, wenn ich das nicht gehört habe«, meinte Timischl streng.

»Was Sie hören oder nicht, ist mir egal.«

»Ihren Ausweis, bitte!«

»Meine Papiere wünscht er zu sehen.«

Mit einem großen Seufzer setzte sie sich in Bewegung, ging ins Haus und kam mit ihrem Reisepass wieder.

»Genügt das?«

»Selbstverständlich.«

Timischl schoss mit seinem Handy ein Bild vom Pass.

»Sind wir jetzt fertig, Herr Inspektor?«

»Ja. Ich ersuche Sie, in den nächsten Tagen in Güssing die Dienststelle der SOKO-Südost zu besuchen, um Ihre Aussage schriftlich festzuhalten.«

»Dieses Amtsdeutsch, das beherrscht er. Ich muss kommen — oder?«

Timischl nickte. Rosa Kern drehte sich um und marschierte ohne Gruß zurück zum Haus. Auf halbem Weg hörte er, wie sie zu sich selbst sagte: »Irmgard, eine Mörderin! So was Blödes.«

*

Geigensauer wanderte zu Fuß zur Villa von Architekt Steiner hinauf. Er bewegte sich gerne. Unterwegs erreichte ihn die Meldung, dass die Beamten in Irmgards Auto nichts Auffälliges gefunden hatten. Kurz nachdem er geläutet hatte, öffnete Irmgard die Tür.

»Oh, Herr Geigensauer. Ich richte momentan das Wohnzimmer für das morgige Fest her. Nice ist im Keller. Haben Sie mein Alibi schon kontrolliert?«

»Kollege Timischl ist in diesen Minuten mit der Überprüfung beschäftigt.«

»Ich denke, Sie finden den Weg hinunter allein.«

Ohne eine Antwort abzuwarten, schritt sie das Stiegenhaus, das mit den Fotos von nackten Männern geschmückt war, hinauf und Geigensauer stieg hinab. Timischl hatte nicht übertrieben. Der Raum war voller Skulpturen aus Seilen und Stricken. Die Plastik, die mit den bunten Kletterseilen hergestellt worden war, hob sich deutlich ab. Von Nice war keine Spur zu sehen.

»Frau Steiner, sind Sie hier?«, rief er. »Geigensauer von der SOKO-Südost. Es ist dringend nötig, dass ich mit Ihnen spreche.«

»Ja, ja. Kommen Sie nur nach unten. Ich bin im Raum mit den Bondage-Bildern«, hörte er ihre Stimme und eilte in diese Richtung. Hinter einer Wand aus Seilen gab es eine Tür in einen weiteren Raum. Sie stand offen und Geigensauer trat ein. Die Wände waren mit Fotografien tapeziert, die Männer und Frauen nackt und in verschiedensten Stellungen gefesselt zeigten.

»Kommen Sie nur!«

Erst jetzt sah Geigensauer, dass Nice, in einer Ecke gebückt nach etwas suchte.

»Sie sind älter als achtzehn Jahre. Ich hoffe, Sie erleiden keinen Schock«, redete sie weiter, ohne aufzublicken. »War ein Hobby von mir, diese Bilder. Seit ›Fifty Shades of Grey‹ hat das jede

Exklusivität verloren. Interessiert mich nicht mehr. Ich hoffe, es stört Sie nicht, dass ich nach meiner Kamera suche. Ich habe sie an irgendeiner Stelle liegengelassen. Vorgestern habe ich wichtige Bilder geschossen. Es lässt mir keine Ruhe, bis ich den Fotoapparat wieder gefunden habe.«

Sie richtete sich auf und drehte sich zu Geigensauer um. Er hätte sie fast nicht erkannt.

»Ungeschminkt bleibt nur diese fürchterliche Nase«, sagte sie seinen Blick bemerkend und lächelte ihn bitter an. »Ohne Styling bin ich abgrundtief abstoßend. Geben Sie es zu!«

Nice hatte Recht, sie lag mit allem richtig, was sie sagte. Die Haare zu einem Schwanz zusammengebunden, der senkrecht nach oben stand, in Jeans und einem weißen T-Shirt stach nur diese Nase ins Auge. Trotzdem nahm sich Geigensauer vor, dagegen zu sprechen. Bevor er jedoch den Mund öffnete, sagte sie: »Sagen Sie nichts. Lügen Sie nicht aus Höflichkeit! Kommen Sie mit! Ich werde bei den Skulpturen weitersuchen.«

Sie wechselte in den anderen Raum und Geigensauer folgte ihr.

»Hoffentlich finden Sie nicht nur Ihre Kamera, sondern auch den Ring von Irmgard«, sagte er.

»Was für einen Ring?«

»Hat Ihnen Irmgard nicht gesagt, dass sie gestern am Abend hier ihren Ring verloren hat?«

»Hat sie nicht. Sie wird ihn schon finden. Verflucht, wenn ich nur wüsste, wo ich die Nikon hingelegt habe. Ich werde noch einmal in meinem Atelier nachschauen.«

Schnellen Schrittes eilte sie die Treppe hinauf. Er stieg hinter ihr die Stufen empor und überlegte, wer wegen des Ringes gelogen hatte. Bei einem Fenster des Stiegenhauses blieb sie stehen und rief erfreut: »Hier liegt sie ja, direkt vor meiner Nase am Fensterbrett. Gott weiß, warum ich sie hier abgelegt habe.«

Sie zeigte Geigensauer eine große, digitale Spiegelreflexkamera in ihrer Hand.

»Jetzt bin ich beruhigt. Kommen Sie mit! Ich werde Ihre Fragen nun in Ruhe beantworten.«

Geigensauer folgte ihr ins Atelier.

»Bitte, was wünschen Sie von mir?«, lächelte sie ihn an.

»Sie wissen, wir suchen den Mörder von Dara«, fing Geigensauer an.

»Oder die Mörderin«, verbesserte Nice.

»Oder die Mörderin«, bestätigte er.

»Irmgard hätte ein Motiv, Eifersucht«, überlegte sie. »Dara hat ihr den Freund ausgespannt. Ich glaube trotzdem nicht, dass sie Dara ermordet hat.«

Nice schritt zu einem der riesigen Fenster des Raumes, die bis zum Boden reichten, und sah hinaus.

»Ich beschäftige nicht gerne Mörderinnen. Andererseits beunruhigt mich der Mord an Dara. Es kommen nicht so viele Personen als Täter in Frage, wenn man nicht an den großen Unbekannten glaubt.«

Sie wandte sich wieder an Geigensauer.

»Ich nehme an, dass Sie deswegen zu mir gekommen sind. «

»Sie könnten auf Dara eifersüchtig sein«, probierte er es direkt.

»Sie glauben diesen Tratsch?«, war die prompte Antwort.

»Ermitteln ist keine Glaubensfrage.«

»Ich weiß nicht, wer den Schwachsinn in die Welt gesetzt hat. Warum sollte mein Mann sich mit diesem bulgarischen Flittchen abgeben?«

»Sie waren voriges Jahr lange und weit weg, und Dara ist recht anziehend.«

»Sie hat eine hübschere Nase und die gewünschten Kurven, doch sie hat so wenig Geist wie eine Puppe, die man um billiges Geld erwirbt. Ich habe keinen Preis. So eine Nase wird nicht verkauft.«

»Sie überlegten nie, ob der Tratsch begründet ist?«

»Herr Geigensauer, wenn ich Zweifel hätte, wäre ich nicht

mehr hier. Das Geld hier verdiene ich mit meiner Kunst. Die paar Aufträge, die mein Mann im Jahr erhält, die machen es nicht fett.«

»Wer hat Dara umgebracht?«, fragte Geigensauer, »wenn Sie und Irmgard nicht in Frage kommen?«

»Ich weiß es nicht. Im Übrigen würde ich Sie gerne einmal fotografieren.«

»Das haben Sie auch zu meinem Kollegen Timischl gesagt.«

»Ein Kalender mit Bildern von Ermittlern schwebt mir vor. Das gäbe nicht nur künstlerisch exzellente Porträts.«

»Wo finde ich Ihren Mann?«

»Er arbeitet oben im Dachgeschoss. Einen Stock hinauf!«

»Danke.«

*

Im ausgebauten Dachgeschoss zwischen Schreibtischen mit riesigen Plänen und Modellen saß Steiner vor einem gewaltigen Computerbildschirm.

»Ach, Herr Geigensauer. Ich habe Sie schon erwartet«, war seine Begrüßung. Er erhob sich langsam vom Schreibtisch. »Diese Morde gehen mir nicht aus dem Kopf.«

Er steckte die Hände in die Hosentaschen.

»Mir auch nicht, glauben Sie mir!«

»Beim Tod von Erich Drabits redete ich mir ein, dass ein Fremder, mit dem er Streit hatte, das Verbrechen begangen habe.«

Der Architekt schritt im Zimmer auf und ab.

»Doch für den Mord an Dara kommen meiner Meinung nach in erster Linie die Bewohner von Zicken in Frage. Darüber hinaus sind Hubert oder Nadja nicht auszuschließen. Am verdächtigsten erscheinen mir dieser Professor Albert Jung und seine Frau. Über ein Jahr hat er hier mit falschem Namen gelebt. Ich glaube nicht, dass unter den Wiesen von Zicken eine römische Therme verborgen ist.«

»Keine Sorge, wir übersehen den Professor nicht.«

»Außerdem«, er nahm seine rechte Hand aus der Hosentasche und hielt sie mit ausgestrecktem Zeigefinger empor, »sehe ich keinen Zusammenhang zwischen den beiden Verbrechen. Warum tötet der Mörder von Erich ebenfalls Dara? Ich vermute, dass es zwei verschiedene Täter gibt.«

»Sie denken gründlich darüber nach, Herr Steiner.«

»Wie schon gesagt, die Sache lässt mir keine Ruhe.«

Er zuckte mit den Schultern.

»Für wie verdächtig halten Sie sich denn selbst?«, fragte Geigensauer.

»Verständlicherweise für gar nicht.«

Er sah Geigensauer verwundert an.

»Welchen Grund gäbe es für mich, Dara zu töten?«

»Sie hatten ein Verhältnis mit ihr?«

»Wer verbreitet so einen Unsinn?«, erwiderte er sichtlich verärgert.

»Hatten Sie ein Verhältnis mit ihr?«

»Nein, sicher nicht, Herr Geigensauer. Voriges Jahr, Nice war länger im Ausland, habe ich Dara ein paar Mal gebeten bei uns aufzuräumen. Unsere Putzfrau hatte gekündigt. Dara hat sich gerne etwas dazuverdient, aber das war alles. Die Leute sehen überall das, was sie sehen wollen.«

»Ihrer Frau, trauen Sie ihr zu, dass sie den Gerüchten über ein Verhältnis zwischen Ihnen und Dara mehr Glauben schenkt? Ist sie auf Dara eifersüchtig?«

»Nice hat mir gegenüber in dieser Angelegenheit nie ein Wort fallen lassen. Ich habe keine Ahnung, ob das bösartige Gerücht bis zu ihr gedrungen ist. Ich hoffe, es war nicht so. Nice ist keine Mörderin.«

»Das behaupten hier alle von sich und trotzdem wurden zwei Personen grausam getötet. Im Keller gibt es viele Skulpturen und Seile und Fotos, auf denen gefesselte Menschen abgebildet sind.«

»Das ist ihre Kunst. Nice ist eine weltweit geschätzte Fotografin und verdient viel besser als ich. Herr Geigensauer, vergessen Sie nicht auf Professor Jung! Der ist mir nicht geheuer.«

»Wir übersehen niemanden. Vorerst habe ich keine weiteren Fragen mehr.«

*

Geigensauer stieg die Treppen hinab und betrachtete die nackten Männer auf den Fotografien. Die Bilder waren äußerst professionell in Szene gesetzt. Die Künstlerin verstand ihr Handwerk.

Beim Weggehen kam ihm der Gedanke, Irmgard und Nice damit zu konfrontieren, dass ihre Erzählungen bezüglich des verlorenen Ringes einander widersprachen. Die Angelegenheit war bedeutsam. Es war das erste Mal in diesem Fall, dass sich die Aussagen zweier Personen völlig unterschieden. Das hatte sicher einen Grund. Doch welchen? Langsam marschierte Geigensauer hinunter nach Zicken.

*

Ein Güterweg verlief von Litzelsdorf über die Hügel nach Unterwart. Timischl war hier mit Sicherheit nie gefahren. Die schmale Straße führte durch dunkle, hohe Wälder, vorbei an großen Lichtungen mit hochstehenden Wiesen, fernab von Siedlungen und Häusern, um letztendlich überraschend über eine letzte Kuppe nach Unterwart ins Pinkatal zu führen. Über Rotenturm gelangte er nach Siget in der Wart. Von hier ging es in einer weiten S-Kurve bergauf nach Spitzzicken. Die Straße verlief durch die ganze Ortschaft bergan, vorbei an einer kleinen Kirche.

Fast am Ende des Dorfes sah Timischl ein Taxi stehen. Er war froh, den telefonisch ausgemachten Termin genau einzuhalten, denn er wollte den Taxiunternehmer Linus Tanzer nicht unnötig von der Arbeit abhalten. Im Gegensatz zum Besuch bei Rosa Kern wurde Timischl hier freundlich empfangen.

Linus Tanzer erwartete ihn vor seinem Haus und bat ihn auf einen Kaffee zu sich.

Der Küche war eine Art Bar vorgelagert, an der man eine Kleinigkeit essen oder trinken konnte. Dort nahmen die beiden Männer auf Barhockern Platz.

»Es handelt sich um eine Dame, die Sie gestern in der Nacht vom Kastell in Stegersbach nach Zicken chauffiert haben«, sagte Timischl und fügte seinem Kaffee ein wenig Milch und viel Zucker hinzu.

»Ich erinnere mich genau. Ich holte Irmgard ab. Eine ganze Gruppe von Personen stand im Eingangsbereich des Kastells. Es schüttete in Strömen. Sie hatten die Premiere eines Theaterstückes gefeiert. Sie hat mir davon erzählt. Die Aufführung war in Eisenberg.«

»Sie kennen die Dame?«

Timischl steckte das Foto von Irmgard wieder ein.

»Wir sind in St. Michael zusammen in die Hauptschule gegangen. Wir hatten uns auf der Fahrt einiges zu erzählen. Das letzte Klassentreffen liegt ein paar Jahre zurück.«

»Wann haben Sie Irmgard in Zicken abgesetzt?«

»Aufgrund des Wolkenbruches fuhr ich nicht schnell. Es wird gegen halb drei Uhr gewesen sein. Sie ermitteln wegen des Mordes in Zicken, nicht?«

Er sah Timischl voller Neugier an und fuhr, weil er keine Antwort erhielt, fort: »Ich habe es in den Nachrichten erfahren. Eine bulgarische Pflegerin ist das Opfer. Das ist der zweite Mord in diesem Weiler in wenigen Tagen. Unheimlich.«

Er schüttelte seinen Oberkörper vor Grauen.

»Ja, es wird Zeit, dass wir den Mörder finden. Irmgard zählt zu den Verdächtigen, weil sie mit dem Mordopfer am Vortag einen gewaltigen Streit hatte.«

»Weswegen?«

»Nicht so wichtig. Ist Ihnen in der Nacht in Zicken etwas aufgefallen? Der Mord wurde zwischen elf Uhr und ein Uhr begangen. Die Leiche lag beim Brunnen. Sie fuhren daran vorbei.«

»Oh Gott«, erschrak er. »Ein eigenartiges Gefühl, wenn man hört, dass man an einem Mordopfer vorbeigefahren ist. Nicht auszuschließen, dass der Mörder sich noch in der Nähe aufhielt. Es hat geschüttet, geblitzt, gedonnert. Ich habe nichts wahrgenommen. Mir ist gar nichts aufgefallen. Wollen Sie noch Kaffee?«

»Danke, nein. Wenn Sie in den nächsten Tagen einmal in Güssing sind, schauen Sie bitte beim Posten vorbei. Ihre Aussage wird dann schriftlich festgehalten.«

*

Geigensauer erreichte wieder Zicken und Tamara kam ihm ein Stück oberhalb des Waldhauses entgegen. Sie trug so extrem hohe Stöckelschuhe und einen so engen Rock, dass sie Probleme beim Bergaufgehen hatte. Ihr Gang sah seltsam, fast lächerlich aus.

»Hallo, Inspektor«, begrüßte sie ihn fröhlich. »Es ist so nice hier, so nice. Egon redet geschäftlich mit seinem Bruder Peter und einem Professor, einem Universitätsprofessor. ›Jung‹ heißt er, ein Archäologe. Die Römer haben hier einst gebadet. So nice.«

»Guten Tag«, unterbrach Geigensauer ihren Redeschwall.

»Es ist so romantisch. Diesen Dreikanter darf Egon nicht abreißen. Alles ist so antik«, hauchte sie entzückt.

»So romantisch, dass hier gleich zwei Menschen ermordet wurden«, stoppte Geigensauer ihre Schwärmerei.

»Das macht diesen Ort unheimlich und fürchterlich. Es ist fast wie in einem Horrorfilm. Ständig überläuft einem ein Schauer. Aufregend, echt bedrohlich.«

Sie schloss sich Geigensauer an und die beiden schritten am Waldhaus vorbei. Loana arbeitete im Gemüsegarten und Herr Zeiler saß im Rollstuhl in ihrer Nähe. Seine Kopfhaltung ließ vermuten, dass er eingenickt war. Rasch hatten sie das Häuschen von Tante Thea erreicht. Egon Larta, Professor Jung, seine Frau Dagmar und Peter Drabits saßen im Schatten um einen kleinen, runden Gartentisch.

»Ist dir langweilig?«, fragte Egon Tamara.

»Nein, gar nicht.«

»Wir brauchen sicher noch eine halbe Stunde.«

»Ich schau mir den Dreikanter an. Überall sehe ich dich, wie du als kleiner Bub hier gespielt hast. Ist dieses Birkenwäldchen weit?«

»Keine zehn Minuten.«

»Dann werde ich dorthin wandern.«

Tamara entfernte sich zum Dreikanter.

»Wie stehen die Ermittlungen, Herr Geigensauer?«, fragte Professor Jung.

»Danke, wir sind an der Arbeit. Wie wird diese kleine Konferenz ausgehen?«

»Durchaus positiv«, zeigte sich Egon Larta optimistisch. »Peter wird sein Geld bekommen, Jung seine Ausgrabungen und ich meine Therme. Wir schaffen das.«

»Hoffentlich«, klang Professor Jung weniger euphorisch.

»Wissenschaftliche Arbeiten auf beschränkte Zeit sind nicht wünschenswert«, erklärte er. »Ausgrabungen benötigen viele Monate Zeit.«

»In meinem seelischen Zustand ist man ein inkompetenter Verhandlungspartner«, meinte Peter antriebslos.

»Ich bitte, die Unterredung für ein paar Minuten zu unterbrechen. Ich benötige vom Ehepaar Jung ein paar weitere Informationen.«

»Von mir aus kein Problem. Ich trinke unterdessen in Ruhe meinen Kaffee.« Egon nahm einen Schluck aus seiner Tasse.

»Ich schaue kurz zu Tante Thea.« Peter erhob sich und verschwand im Haus.

»Gehen wir in den Hof des Dreikanters«, schlug Geigensauer vor. »Dort hört uns keiner.«

Er eilte voraus und das Ehepaar Jung folgte ihm nach.

»Bitte, kommen wir zur Sache«, gab sich Professor Jung ungeduldig. »Ich glaube nicht, dass wir Ihnen beim Aufklären der beiden Mordfälle helfen können.«

»Wahrscheinlich doch«, blieb Geigensauer freundlich. »Hatten Sie einmal ein Verhältnis mit Dara?«

»Bitte, was heißt denn das?«, entrüstete sich der Professor. »Überlegen Sie, was Sie sagen. Beleidigen Sie mich nicht!«

»Ich gehe einem Hinweis nach, nicht mehr und nicht weniger.«

»Hattest du etwas mit dieser Sexbombe?«, fuhr ihn seine Frau barsch an und ihre Augen blitzten zornerfüllt. »Du hast dem Flittchen immer wie ein geiler Bock nachgeschaut. Glaubst du, das ist mir nicht aufgefallen?«

»Tatsächlich hatte ich nichts mit ihr, Schatz. Beruhige dich! Kein Grund zur Aufregung.«

»Wie kommen die Leute dann auf eine solche Idee?«

»Keine Ahnung. Diese Person hat sich an mich herangemacht. Vermutlich hat das jemand beobachtet. Du warst in Ephesos.«

Er zuckte mit den Achseln.

»Was heißt, sie hat sich an dich herangemacht?«

»Sie kam und fragte, wie es mir geht. Sie brachte mir einen Kuchen und plauderte mit mir.«

»Du meinst wohl, ihr habt geflirtet. Du Schuft. Ich habe dir damals, wie diese Geschichte mit deiner Sekretärin lief, gesagt: Ein zweites Mal und ich gehe.«

»Beruhige dich, Dagmar. Lass mich ausreden. Eines Tages lud mich Dara zu einem Tee zu Herrn Zeiler ein. Er wäre so einsam und hätte gerne Besuch. Ich bin kein Unmensch und folgte der Einladung. Es gab Tee, wir plauderten, dann brachte sie den alten Herrn ins Bett. Im Evakostüm betrat sie wieder das Wohnzimmer, warf sich mir an den Hals und stöhnte etwas von unbändiger Leidenschaft. Ich riss mich los und lief davon.«

»Keine glaubhafte Geschichte. Sie umarmte dich splitternackt und du bist geflohen.«

»Es kam bedrohlicher«, fuhr er fort.

»Gefährlicher, du Ärmster«, höhnte sie.

»Ein paar Tage später schickte sie mir ein Foto von dieser Szene. Sie hatte im Raum eine Kamera aufgestellt. Sie forderte 5000 Euro von mir, ansonsten würde sie dir das Bild zeigen.«

»Das Foto hätte ich gern. Du lässt dich mit einem Bild erpressen, auf dem zu sehen ist, dass eine nackte Frau an dir hängt und du vollständig angezogen bist.«

»Ich wusste, du würdest mir nicht glauben.«

»Wo ist das Foto?«

»Das habe ich vernichtet.«

»Du bist auf diese Erpressung eingegangen. Schade, dass Dara tot ist. Zu gern würde ich sie darüber befragen, um dich dann mit der Wahrheit zu konfrontieren«, meinte Dagmar verächtlich.

»Sie stecken tiefer in diesem Mordfall, als Ihnen angenehm ist«, mischte sich Geigensauer wieder in das Gespräch ein. »Wie oft hat Dara Sie erpresst?«

»Fünfmal«, sagte Professor Jung zögernd.

»25000 Euro hast du dieser Frau in den Rachen geschoben?«

Dagmar schüttelte verständnislos ihren Kopf.

»Was hättest du an meiner Stelle unternommen? Sie versprach immer, alle Daten zu löschen, hielt aber ihr Versprechen nicht.«

»Wann war die letzte Erpressung?«, fragte Geigensauer forsch.

»Im April. Später nicht mehr. Gott sei Dank.«

»Das werden wir überprüfen. Sie könnten Dara umgebracht haben, um der Erpressung ein Ende zu bereiten.«

»Sie glauben doch nicht, dass ich ...«

Professor Jung war aufgeregt und seine Finger bewegten sich nervös hin und her, als würde er eine Klaviersonate spielen.

»Wo waren Sie heute Nacht?«, blieb Geigensauer hartnäckig.

»Wir haben im ehemaligen Haus von Peter Drabits geschlafen.«

»Haben Sie einen Zeugen?«

»Meine Frau.«

»Nein, ich werde nichts bezeugen. Ich habe fest geschlafen. Ich weiß nicht, ob du nicht aufgestanden, zum Brunnen gegangen bist und Dara ermordet hast.«

»Aber Schatz ...«

»Ich bin nicht dein Schatz und bezeuge nichts.«

Dagmar drehte sich um und ging weg.

»Sie könnten in der Nacht zum Brunnen gegangen sein und Dara ermordet haben«, rief ihr Geigensauer nach. Sie blieb stehen, wandte sich den beiden Männern zu und sah Geigensauer verständnislos an.

»Ich? Warum ich?«

»Waren Sie auf Dara eifersüchtig?«

»Ich habe von dieser widerwärtigen Geschichte erst heute erfahren.«

»Sie beide dürfen Zicken so lange nicht verlassen, bis der Mord aufgeklärt ist.«

Dagmar nickte und eilte weg. Ihr Mann folgte in einem Abstand, der sich nicht verkleinerte.

Die Liste derjenigen, die ein plausibles Motiv für den Mord hatten, blieb lang. Irmgard, Nice, Architekt Steiner, Professor Jung und seine Frau Dagmar. Trotzdem wurde Geigensauer das Gefühl nicht los, dass er der Lösung näherkam.

Er telefonierte mit dem Posten in Güssing und beantragte, die Kontobewegungen von Professor Jung und Architekt Steiner möglichst rasch zu erheben. Im Falle dieses Doppelmordes hoffte Geigensauer auf eine schnelle Bearbeitung. Da erblickte er Tamara, die bloßfüßig auf ihn zugelaufen kam.

»Bin ich froh, Sie zu sehen, Herr Geigensauer«, rief sie erleichtert. Sie war völlig verstört, schaute sich um und meinte:

»Gott sei Dank. Er ist weg. Ich dachte, er bringt mich um, dieser Kerl.«

»Wer wollte Sie töten?«, fragte Geigensauer.

»Dieser Verrückte.« Sie zitterte vor Aufregung am ganzen Körper.

»Erzählen Sie der Reihe nach, was passiert ist«, beruhigte sie Geigensauer.

»Ich bin zum Birkenwäldchen gegangen und habe mich auf der Lichtung auf die Bank gesetzt. Es war wie im Märchen so romantisch, doch dann, wie aus dem Nichts, klopfte mir jemand auf die Schulter. Ich bin vor Schreck fast zu Stein geworden. Dann stand er vor mir, dieser fürchterliche Mann. Hubert von Zicken nannte er sich. Sein scharfer Blick durchbohrte mich. Vor Angst habe ich gar nicht alles verstanden, was er sagte, doch ich glaube, er erklärte, dass das Böse dieses Ortes ihn dazu zwingt, mich auf der Bank zu ermorden. Ich schlüpfte aus meinen Schuhen, warf sie ihm ins Gesicht und lief davon, so schnell ich konnte. Er war zu verblüfft, um mich aufzuhalten. Einmal drehte ich mich um, da sah ich, dass er, meine Stöckelschuhe in der Hand, hinter mir herlief. Ich dachte, ich würde vor Angst sterben. Dorthin gehe ich nie wieder. Dieser Ort ist verflucht. Verhaften Sie diesen Mann. Er ist der Mörder.«

»Dieser Mann ist lediglich seltsam, ein wenig zurückgeblieben. Er hätte Ihnen bestimmt nichts angetan.«

»Wirklich?«, klang es nicht überzeugt aus ihrem Mund.

»Ohne Zweifel.«

»Oh Gott, da kommt er.«

Angsterfüllt sah sie auf Hubert von Zicken, der soeben den Hof betrat. Er näherte sich und sie versteckte sich hinter Geigensauer.

»Sie hat ihre Schuhe vergessen«, sagte Hubert von Zicken und reichte sie dem Ermittler.

»Sie hatte Angst vor Ihnen«, meinte Geigensauer streng.

»Vor mir?«

»Ja. Haben Sie vom Mord erzählt und vom Bösen, das dort in der Luft liegt?«

Hubert von Zicken nickte, versuchte an Geigensauer vorbei Tamara zu sehen und sagte: »Entschuldigung, ich beabsichtigte nicht, Ihnen Angst einzujagen, sicher nicht.«

»Okay«, meinte Tamara wenig überzeugt.

»Am besten, Sie ziehen ab«, befahl Geigensauer und Hubert von Zicken folgte diesem Befehl. Kaum war er aus dem Hof verschwunden, reichte Geigensauer Tamara die Schuhe und sie kehrten zu Tante Theas Haus zurück. Dort war die Verhandlung zwischen Peter, Egon und Professor Jung in ihre Fortsetzung gegangen. Geigensauer brach auf, denn er hatte vor, Nadja einen Besuch abzustatten.

*

Von Spitzzicken hatte es Timischl nicht weit nach Gieberling. Die Fahrt verlief über die Gipfel der Hügelkette, die das Tauchental nach Westen begrenzte. Schon bald öffnete sich der Blick hinunter nach Neumarkt. Auf der anderen Seite des Tales, auf den Südhängen des Günser Gebirges, erkannte man deutlich Mönchmeierhof und Oberpodgoria. In Fahrtrichtung ragte, nicht weit entfernt, die imposante Burg Schlaining empor. Dahinter bildete das Bernsteiner Hügelland den Horizont. Die Villa von Hans Anders bot einen herrlichen Ausblick auf diese sehenswerte Umgebung. Der Leiter der ›Theatergruppe Südburgenland‹ bat Inspektor Timischl, auf seiner Terrasse Platz zu nehmen.

»Peter und Irmgard haben in den Produktionen unserer Theatergruppe in den letzten Jahren immer Hauptrollen gespielt. Es verbindet mich mit den beiden eine jahrelange Freundschaft. Ich bestätige daher nicht nur das Alibi von Irmgard – sie saß die gesamte Vorstellung neben mir und sie hat von Anfang bis zum Schluss ohne Unterbrechung an der Premierenfeier teilgenommen – sondern ich versichere Ihnen, ich halte es für völlig ausgeschlossen, dass Irmgard einen Mord begeht.«

»Das verstehe ich durchaus«, zeigte Timischl Verständnis. »Möglicherweise könnten Sie mir trotzdem über Peter und Irmgard Näheres erzählen. Wir sind für alle Informationen dankbar.«

»Wenn die beiden es auch nicht zugaben, es hat sie hart getroffen, dass sie ihren Arbeitsplatz verloren.«

»Peter hat Irmgard vor drei Tagen verlassen und die bulgarische Pflegerin ihres Vaters geheiratet. Sein Haus hat er verkauft. Irmgard würde auf der Straße schlafen, wenn sie nicht bei ihrem Vater Unterschlupf gefunden hätte.«

»Das glaube ich nicht«, erwiderte Hans Anders völlig fassungslos. »So hat Peter nicht gehandelt.«

»Es ist jedoch leider so.«

»Dann hat er sich radikal verändert. Ich dachte immer, er gehe für Irmgard durch jedes Feuer.«

Die Enttäuschung über Peter war Hans Anders deutlich anzusehen.

»Sie denken, Irmgard tötete diese Pflegerin aus Eifersucht«, überlegte er.

»Möglich wäre es«, antwortete Timischl, »doch durch die Aussagen von Ihnen, von Rosa Kern und dem Taxifahrer hat sie ein sattelfestes Alibi.«

»Das freut mich für Irmgard.«

*

Es war nicht mehr heiß, doch warm. Der lebhafte Westwind brachte trockene Luft. Sicher hatten viele nach den Unwettern der Nacht nicht damit gerechnet, heute wieder zu schwimmen und sich zu sonnen. Die Parkplätze rund um den Badesee in Rauchwart waren deshalb fast leer. Nur eine Handvoll Gäste lag am Ufer.

Nadja schlief vor dem Wohnmobil auf einer Campingliege in der Sonne. Geigensauer schlich um den Wagen herum, um nach der Motocross-Maschine zu sehen. Sie lehnte im Schatten, völlig mit Schlamm bespritzt.

»Guten Tag«, grüßte Geigensauer laut. Nadja öffnete die Augen, blinzelte gegen die Sonne, richtete sich auf und jetzt erst erkannte sie, wer vor ihr stand.

»Ach, Sie sind es, Herr Geigensauer. Was gibt es Neues? Haben Sie den Mörder von Erich schon festgenommen?«

»Nein, leider nein. Außerdem wurde gestern in Zicken ein weiterer Mord begangen. Dara ist im Brunnen ertränkt worden.«

»Oh Gott, oh Gott. Sie war es«, entfuhr es Nadja.

Blankes Entsetzen spiegelte sich in ihrem Gesicht. Sie stand auf und schritt nervös hin und her. Geigensauer war felsenfest davon überzeugt, dass sie in der Nacht, in der Dara ermordet wurde, irgendetwas gesehen hat.

Nadja blieb stehen. »Das ist unheimlich. Wer wird der Nächste sein?«

»Niemand. Wir werden das Morden beenden und deshalb bin ich hier«, fuhr Geigensauer fort.

»Sie glauben, ich bin in Gefahr. Das meinen Sie nicht im Ernst?«, sagte Nadja, die sich wieder unter Kontrolle hatte. »Ich bin in diese schrecklichen Ereignisse nicht verwickelt.«

Offensichtlich hatte sie vor, ihre Erlebnisse für sich zu behalten.

»Wie lange haben Ihre Nachforschungen in Zicken gestern Nachmittag gedauert?«, erkundigte sich Geigensauer.

»Nicht lange, ich habe …«

»Sie waren den ganzen Nachmittag und die Nacht über dort«, unterbrach sie Geigensauer. »Lügen ist zwecklos und gefährlich.«

»Sie gefallen mir, Inspektor«, lachte sie gezwungen. »Zuerst dachte ich – verzeihen Sie – Sie könnten keinen Taschendiebstahl aufklären, doch jetzt sehe ich, dass man Sie nicht unterschätzen sollte.«

Sie packte ihre schwarze Haarpracht und formte sie zu einem großen Knoten am Hinterkopf. Dann bückte Sie sich, holte Feuerzeug und Zigaretten unter der Campingliege hervor und zündete sich eine an.

»Gefährlich? Warum gefährlich?«, schaute sie Geigensauer fragend an, atmete einen langen Zug aus der Zigarette ein und blies den Rauch in mehreren Schüben gegen den Himmel.

»Der Mord geschah und sie waren in unmittelbarer Nähe. Wenn der Mörder die gleichen Schlüsse zieht wie ich, dann sind Sie für ihn gefährlich. Haben Sie etwas gesehen, wissen sogar, wer der Täter ist?«

»Welche Schlüsse haben Sie denn gezogen?«, interessierte sich Nadja, ohne auf die beiden letzten Fragen einzugehen.

»Die Spuren Ihres Motorrades im Hof und auf der Wiese benötigen keinen Indianer, um zu erkennen, dass Sie erst nach dem Unwetter weggefahren sind.«

»Sie haben Recht. Ich war die Nacht über in Zicken«, gab sie zu und die Nervosität hatte sie wieder voll erfasst. Geigensauer musste erfahren, was Nadja wusste.

»Erzählen Sie bitte genau, was Sie erlebt haben«, bat er.

»Setzen wir das Gespräch im Wagen fort!« Besorgt sah sie sich um. Kaum waren sie eingestiegen, griff sie nach einer Wodkaflasche und füllte ein gewöhnliches Trinkglas bis zum Rand.

»Für Sie auch?«

»Nein, danke.«

»Keine Sorge, davon werde ich nicht betrunken«, versicherte sie und leerte das Glas zur Hälfte. »Na sdorówje.«

Sie lehnte sich gegen die Wand, die Zigarette in der rechten, das Glas in der linken Hand.

»Nachdem Sie weggefahren waren, habe ich mich im Dreikanter in Ruhe umgeblickt. Ich habe nicht viel entdeckt. Die Kletterwand im Schuppen ist das Ungewöhnlichste. Schließlich wurde Egon mit einem Kletterseil erdrosselt. Dann wanderte ich zum Birkenwald. Die Sonne verschwand hinter den aufziehenden Wolken. Es war düster und drückend schwül unter den Bäumen. Ich stand vor der Bank, auf der Egon – ich habe mich an seinen wirklichen Namen Erich noch nicht gewöhnt – ermordet worden war und ich hatte Furcht, dass der Mörder in der Nähe weilte.«

Nadja leerte das Glas und stellte es ab.

»Plötzlich stand ein Mann vor mir. Ich starb fast vor Angst und schrie laut. Er tat mir nichts. Ein harmloser, seltsamer Kerl, etwas zurückgeblieben. Hubert von Zicken nannte er sich. Die Adeligen sind durch Inzucht oft geistig beschränkt. Er redete wirres Zeug über das Böse, das an diesem Ort aus dem Boden fließen würde.«

Sie zündete sich eine zweite Zigarette an.

»Wir tranken Bruderschaft aus seinem Flachmann. Dann kehrte ich nach Zicken zurück. Im Hof setzte ich mich kurz nieder. Ich hörte ein schweres Motorrad ankommen und kurz darauf drang fürchterliches Geschrei an meine Ohren. Ich schaute nach, was da los war, und sah, wie Irmgard mit Dara kämpfte. Die beiden lagen übereinander auf dem Boden. Ich beschloss, dort zu bleiben und abzuwarten, was geschehen würde. Die Blicke der Umstehenden waren von diesem Kampf so gefesselt, dass keiner bemerkte, wie ich meine Maschine in den Hof schob und im Schuppen unterstellte. Dann setzte ich mich auf eine alte Kreissäge. Von dort aus beobachtete ich durch die Spalten zwischen den Brettern des Schuppens die Umgebung.«

Nadja legte die Zigarette auf einem Aschenbecher ab.

»Und?«, fragte Geigensauer ungeduldig.

»Architekt Steiner und Nice kamen in ihrem SUV gefahren, blieben stehen und beendeten den Streit. Die Versammlung löste sich auf. Peter und Dara verschwanden zusammen mit Tante Thea in deren Haus. Irmgard und Loana begaben sich hinauf zu Herrn Zeiler, der in seinem Rollstuhl vor dem Haus sitzen geblieben war. Kurz danach fuhr Irmgard zu den Steiners. Nach über einer Stunde kam sie zurück, um wenig später wieder abzufahren. Ich habe sie nicht mehr zurückkommen gesehen. Dann geschah lange Zeit nichts. Peter und Dara kamen vors Haus, um den Abend im Freien zu genießen. Die Donner der aufziehenden Unwetter wurden lauter, das Wetterleuchten kräftiger. Ich beschloss, sobald die beiden wieder im Haus waren, nach Rauchwart zu fahren, um nicht in das Gewitter zu kommen. Dann kamen die Godays an, verhandelten kurz mit Peter und fuhren zu seinem Haus, in dem bald kurze Zeit Licht brannte und dann erlosch. Peter verschwand in Tante Theas Haus und Dara blieb vor dem Haus sitzen. Jedes Wetterleuchten warf einen großen Schatten ihres Körpers an die weiße Hausmauer. Dann wurde es stockdunkel. Straßenlaternen gibt es ja keine. Ich erkannte nur dann etwas, wenn die Blitze die Finsternis erhellten. Mit einem Mal sah ich Dara nicht mehr. Vermutlich war auch sie schlafen gegangen. Das Unwetter war so nahe, dass ich mich nicht mehr wegzufahren traute. Mit der Taschenlampe meines Handys suchte ich einen bequemen Platz für mich. Hinter einem alten Traktor stand ein Anhänger. Auf ihm stapelten sich eine Menge Säcke, in denen man früher die Frucht transportiert hatte. Aus diesen richtete ich mir ein Lager. Kaum war ich damit fertig, brach der Sturm mit voller Stärke los. Ich dachte, es würde den Schuppen wegwehen. Ich hatte mich zugedeckt, da glaubte ich, im Brausen des Orkans einen Schrei zu hören. Ich spitzte die Ohren, vernahm aber nichts. Das Rauschen des Sturmes ließ ein wenig nach und ich hörte deutlich die verzweifelten Hilfeschreie einer Frau. Es drang mir durch Mark und Bein. Ich wagte nicht, meine Taschenlampe zu verwenden. Vorsichtig kletterte ich vom Anhänger und schlich zur Schuppenwand und spähte in die Finsternis hinaus. Nichts mehr war zu hören. Dann schlug in der Nähe ein Blitz ein und erhellte die Nacht zum Tag. Die Äste der Linde reichen ja fast zum Boden, doch der Sturm bewegte sie hin und her und ich bildete mir ein, dass beim Brunnen Menschen standen.«

»Wie viele Personen?«, fragte Geigensauer aufgeregt.

»Zwei, oder drei, eine sitzend. Es war ja nur Bruchteile einer Sekunde hell genug. Ich war mir wirklich nicht sicher. Vielleicht waren es auch nur Schatten.«

»Und dann?«

»Dann blitzte es einmal direkt beim Brunnen. Ich erkannte nichts, so stark blendete mich der Schein. Es vergingen mehrere Minuten, ohne dass es einschlug. Beim nächsten Blitz sah ich beim Brunnen niemanden mehr. Vielleicht hatte ich nur ein paar Schatten für Menschen gehalten? Da legte das Unwetter voll los. Der Hagel krachte gegen die Bretter. Die Körner waren ziemlich groß. Wäre ich zum Brunnen gelaufen, dann würde Dara noch leben. Ich bin so ein Feigling …«

Verzweifelt füllte Nadja ihr Glas wieder mit Wodka an und trank.

»Dara würde nicht leben und Sie ebenfalls nicht. Der oder die Mörder hätten Sie getötet«, beruhigte Geigensauer.

»Ich wollte die Polizei verständigen, doch der Akku meines Handys war leer. Da funktioniert nicht einmal der Notruf. Ich hatte solche Angst, dass ich die ganze Nacht nicht geschlafen habe. Als der Morgen anbrach, schaute ich wieder zum Brunnen. Die Zweige der Linde reichen weit nach unten. Ich erkannte nichts und näher hinzugehen traute ich mich nicht. Vielleicht wäre der Mörder in der Nähe gewesen.«

»Es war nur vorsichtig, dass Sie ferngeblieben sind. Angenommen der Mörder hätte Sie gesehen, er würde befürchten, dass Sie ihn in der Nacht erkannt hätten.«

»Ich habe mein Motorrad aus dem Schuppen geschoben, bin aufgesessen und habe Vollgas gegeben. Die durchdrehenden Räder haben mir den Schlamm bis ins Gesicht geschleudert. Hier auf der Campingliege bin ich dann aus Erschöpfung eingeschlafen. Wäre ich Dara nur zur Hilfe geeilt!«

»Ihre Selbstvorwürfe sind unberechtigt. Sie hätten Dara nicht gerettet, ganz bestimmt nicht«, versicherte Geigensauer, »doch der Mörder hat unter Umständen mitbekommen, dass ihn jemand beobachtet hat. Daher werden Sie Personenschutz bekommen. Ich bleibe so lange bei Ihnen, bis der Beamte eintrifft.«

*

Bald nach dem Mittagessen kamen Timischl und Drubovic zu Geigensauer. Es war ein warmer Tag und der lebhafte Westwind brachte frische Luft. Man saß in der schattigen Laube und berichtete von den Ermittlungen des Vormittags. Neben ihnen im Kinderwagen schlief friedlich der kleine Josef. Jane brachte Kaffee und hatte sich in der Kunst der südburgenländischen Salzstangerl versucht.

»Hervorragend«, lobte Timischl nach dem ersten Stück. »Die meiner Mutter waren nicht köstlicher.«

»Morgen komme ich wieder«, drohte Drubovic und nahm sich ein weiteres Salzstangerl.

»Nur zugreifen«, freute sich Jane. »Was haben die drei Superhirne ermittelt?«

»Kein Durchbruch in Sicht«, fasste Timischl zusammen. »Irmgard war es definitiv nicht. Ich halte es für unwahrscheinlich, dass eine der wegen des Alibis befragten Personen für sie lügt, selbst wenn man berücksichtigt, dass alle ihr nahe stehen.«

»Ich denke wie Anton. Jemand hat den Streit zwischen den Frauen gesehen und die Gelegenheit genützt, Dara zu ermorden und Irmgard den Mord in die Schuhe zu schieben, indem man ihren Ring am Tatort hinterließ«, überlegte Drubovic laut.

»Klingt plausibel«, stimmte Timischl zu. »Da Irmgard ihren Ring in der Villa der Steiners verloren hat, ist das Ehepaar Steiner wesentlich verdächtiger als Professor Jung und seine Frau.«

»Sobald die Kontobewegungen vorliegen, knöpfen wir uns die Herrschaften vor«, meinte Geigensauer.

»Wie sicher bist du dir, Anton, dass Nadja den Mörder nicht

erkannt hat und nicht plant, ihn zu erpressen«, fragte Drubovic und nahm sich bereits das dritte Salzstangerl vom Teller.

»Fast sicher. Sie hatte hauptsächlich Angst, dass man ihr eine unterlassene Hilfeleistung vorwirft. Nein, sie kennt den Mörder leider nicht.«

»Wenn Nadja drei Menschen erblickt hat, dann waren zwei Täter beteiligt, was erklären würde, wie man Dara im Stehen gefesselt hat«, dachte Timischl weiter. »Warum sie eine Person im Sitzen gesehen hat?«

»Das Ehepaar Steiner oder Jung?«, zweifelte Geigensauer. »Ehefrau und Ehemann entledigen sich gemeinsam der Geliebten des Mannes.«

»Sie könnten sich versöhnt und die Erpresserin vom Hals geschafft haben«, versuchte Jane eine Lösung zu finden.

»Vergessen wir nicht den Mord an Erich Drabits«, erwiderte Geigensauer. »Er wurde ziemlich sicher getötet, weil er dem Verkauf des Dreikanters im Wege stand.«

»Möglicherweise haben die beiden Morde miteinander gar nichts gemeinsam, außer der Verwendung eines Seiles«, schlug Timischl vor.

»Das glaube ich ganz und gar nicht«, sprach sich Drubovic vehement dagegen aus.

Timischls Handy zeigte den Erhalt einer Mitteilung an, die er sofort öffnete.

»Von der Gerichtsmedizin in Graz. Dara wurde ertränkt. Ihr Mund war mit einem Klebeband verschlossen. Man hat die Klebereste auf der Haut entdeckt.«

»Damit erklärt sich, warum Nadja kein Rufen mehr vernommen hat. Der Mörder hat Dara zum Schweigen gebracht«, folgerte Drubovic.

»Warum wurde der Tod von Dara so in Szene gesetzt?«, fragte sich Jane. »Wieso hat man sie nicht nur ertränkt? Wozu dieses Theater mit dem Seil?«

»Ich habe darauf keinen Reim«, erwiderte Geigensauer. »Es

steckt sicher eine Absicht dahinter. Da gebe ich dir Recht.«

»Was sagt euer neuer Chef dazu, der ...«, fragte Drubovic.

»Minkowitsch«, half Timischl weiter.

»Was sagt er dazu, dass ihr den Mörder noch nicht gefasst habt«, war Drubovic von Neugierde erfüllt. »Droht er schon, euch zu entlassen? Weiß er vor euch, wer der Täter ist?«

»Wider alle Krimiklischees lässt er uns in Ruhe arbeiten und mischt sich nicht ein«, lobte Timischl.

»Außerdem ist er mit keiner verdächtigen Person befreundet und erträgt es stoisch, wenn uns die Presse durch den Kakao zieht«, ergänzte Geigensauer.

»Ihr Glücklichen, hätte ich nur unter einem solchen Chef gearbeitet«, seufzte Drubovic.

Geigensauers Handy brummte.

»Sie haben die Telefonkontakte von Dara ermittelt«, teilte er mit. »Um zehn Uhr erhielt sie folgende Kurznachricht: ›Komm um elf Uhr zum Brunnen! Das sind aber die letzten Zehntausend.‹ Die Nachricht stammt vom gleichen Wertkartenhandy, mit dem Erich in den Birkenwald gelockt wurde.«

»Dann wurden die Morde vom gleichen Täter begangen«, stellte Timischl fest. »Professor Jung hat doch von fünftausend Euro gesprochen. Dann war es der Architekt oder seine Frau.«

»Oder beide gemeinsam«, ergänzte Drubovic. »Langsam kommt Licht in die Angelegenheit.«

»Eigenartig ist der Wortlaut dieses SMS. Es klingt nach einer Antwort. Sie hat von ihrem Handy aber gar keine Nachrichten verschickt. Eventuell hat sie mit dem Täter gesprochen ...«, überlegte Geigensauer.

»Wir brauchen einen Hausdurchsuchungsbefehl für die Villa der Steiners und dann ab zum Showdown«, klang Timischl siegessicher.

»Vergessen wir nicht auf Professor Jung! Wir sollten uns nicht nur auf die Steiners konzentrieren. Warten wir auf die Kontoauszüge«, bremste Geigensauer die Euphorie.

Josef war aufgewacht und Jane brachte den kleinen Mann auf ihrem Arm zum Tisch. Bestens gelaunt und interessiert schaute er in die Runde. Den schweren Kopf aufrecht zu halten, hatte er noch Probleme. Drubovic lächelte ihn an und Josef lachte herzhaft zurück. Offensichtlich waren die beiden einander sympathisch. Wieder brummte Geigensauers Handy.

»Bulgarien ist schneller als Österreich. Die Kontobewegungen von Dara sind eingetroffen. Ich gehe zum Computer und drucke sie aus.«

Wenig später kehrte er zurück.

»Im vergangenen Jahr hat sie fünfmal zehntausend Euro und fünfmal fünftausend Euro bar auf ihr Konto eingezahlt. Die letzten fünftausend hat sie im April erhalten. Professor Jung scheint die Wahrheit zu sagen.«

»Mit der Geldwäsche nehmen sie es in Bulgarien nicht genau«, kommentierte Drubovic.

»Okay, wir holen uns einen Hausdurchsuchungsbefehl und dann mit der gesamten Mannschaft auf nach Zicken. Irgendwo im Haus werden wir das Handy schon finden«, brachte es Timischl auf den Punkt.

*

Es war mitten am Nachmittag. Die Burg Güssing ragte in einen hellblauen, fast wolkenlosen Himmel empor. Ein paar kleine, weiße Wölkchen zogen rasch von West nach Ost über das Firmament.

Alle Fenster der Zentrale der SOKO-Südost in Güssing waren weit geöffnet, um die stickige Luft der letzten Tage zu vertreiben. Timischl und Geigensauer saßen an ihren Schreibtischen einander gegenüber und warteten auf den Hausdurchsuchungsbefehl für die Villa der Familie Steiner.

»Dieser Papierkram ist ein Wahnsinn.«

Timischl hielt ein paar Blätter empor.

»Vorbereitung für die schriftlichen Aussagen über das Alibi von Irmgard Zeiler.« Er verdrehte die Augen.

»Ich habe momentan keine Ruhe zum Arbeiten«, erwiderte Geigensauer, stand auf und schritt zum Fenster.

»Egal, was heute passiert, Nice hat mein Mitleid.«

»Auch, wenn sie eine Mörderin ist? Seit wann entwickelst du Gefühle für die Verdächtigen.«

»Nicht so, wie du denkst, aber ich finde sie faszinierend. Es würde mich wundern, wenn sie eine Mörderin ist.«

»Alltäglich ist sie nicht. Sie hatte vor, mich zu fotografieren. Diesen Wunsch hatte bisher noch niemand. Eigentlich müsste sie schon deswegen verdächtig sein.«

Die letzten Worte sprach Timischl mit ein wenig Selbstironie.

»Sie wünschte sich, auch mich zu fotografieren. Sie hat ins Auge gefasst, einen Jahreskalender mit Bildern von Ermittlern zu erstellen.«

»Alle nackt?«

»Davon war bei mir keine Rede.«

»Dein Körper ist dafür nicht geeignet«, lachte Timischl boshaft.

»Gott sei Dank.«

Geigensauer setzte sich wieder zum Schreibtisch, um die neu eingegangenen E-Mails zu kontrollieren.

»Die Bankunterlagen von Prof. Jung sind eingetroffen. Er hat fünfmal fünftausend Euro abgehoben, das letzte Mal im April.«

»Dara war raffiniert«, meinte Timischl, zerriss ein Formular und warf es in den Papierkorb. »Zeiter statt Zeiler habe ich getippt. Der PC bringt mich in den Wahnsinn. Hätte Dara von Anfang an einen hohen Betrag gefordert, wären ihre Opfer zur Polizei gegangen. Fünftausend Euro sind für einen Professor eine Kleinigkeit. Zu zahlen ist für ihn die einfachste Lösung. Nach einem Monat wiederholt sie dann die Erpressung. Wieder ist es am bequemsten das Geld hinzublättern. Letztendlich beabsichtigt sie nur, ein Häuschen am Schwarzen Meer zu kaufen.

Sie benötigt keinen Sportwagen, keine Jacht und keine Villa. Eigentlich ist sie in ihrer Art maßvoll.«

»Mildernde Umstände, weil eine Erpresserin bescheiden war«, meinte Geigensauer. »Sie war gerissen. Verlange nicht mehr, als der Erpresste leicht verschmerzt. Ich frage mich etwas anderes, nämlich, ob Peter von Daras Erpressungen wusste. Ist er Mittäter, Mitwisser oder auch ein Opfer? Sie heiratet ihn, um an den Dreikanter und seine Pension heranzukommen. Er verkauft sein Haus, zieht zu ihr nach Bulgarien und dort leben sie zufrieden von der Rente.«

»Liebt Dara Peter?«, warf Timischl lachend ein.

»Er ist vermutlich in sie vernarrt. Männer sind in diesem Alter anfällig für Abenteuer mit jungen Frauen.«

»Meinst du damit etwa mich oder Drubovic?«, fragte Timischl spöttisch.

»Na bitte, manchmal beeilen sie sich doch«, war Geigensauer erfreut. »Die Unterlagen über das Konto von Architekt Steiner sind eingetroffen. Fünfmal zehntausend Euro hat er abgehoben. Das letzte Mal im April. Diese Woche hat er nichts behoben. Er hatte gar nicht vor, Dara das Geld zu geben. Er lockte sie nur in die tödliche Falle.«

»›Architektenehepaar begeht Doppelmord‹ wird die Schlagzeile lauten«, überlegte Timischl.

»Wenn Nice daran beteiligt war«, ergänzte Geigensauer.

Die Tür öffnete sich und ein Beamter trat ein.

»Hier ist der Hausdurchsuchungsbefehl.«

Er legte das Papier auf den Schreibtisch der Ermittler.

»Macht euch fertig! Wir fahren in wenigen Minuten«, meinte Timischl zu dem Beamten und stand auf.

*

Drei Einsatzwägen und die Autos von Timischl und Geigensauer fuhren hintereinander durch Zicken hinauf zur Villa von Architekt Steiner. Das entging keinem der Bewohner. Peter trat, gefolgt von Tante Thea, vor das Haus.

Herr Zeiler saß im Rollstuhl im Garten. Loana kam herausgelaufen und Irmgard schaute aus dem offenen Fenster ihres Zimmers.

Der Konvoi traf bei der Villa ein. Nice schritt in Begleitung ihrer beiden Hunde zu ihrem roten Sportwagen. Sie trug ein eng anliegendes, helles Kostüm, hohe, weiße Stöckelschuhe und einen breitkrempigen, mit zwei dunklen, langen Federn geschmückten Strohhut, der hinten offen war, sodass ihre gelockte, schwarze Haarpracht auf ihren Rücken fiel.

Die Lippen, knallrot bemalt, standen in krassem Gegensatz zu den pechschwarzen Augenbrauen und Wimpern. Über die Schulter trug sie ihre Kamera in einer schwarzen Ledertasche. Die beiden braunen, großen Hunde bellten und sprangen wie wild umher. Die Autos hielten und die Beamten stiegen aus. Nice vermochte kaum, die Rüden an den Leinen zurückzuhalten.

Auf ihr lautes »Sitz« legten sie sich jedoch zu ihren Füßen nieder. Nice, in ihrem weißen Kostüm, mit ihren schwarzen Haaren, der rote Sportwagen und die beiden Tiere ergaben ein eindrucksvolles Bild. Sie blieb stehen und wartete, bis Geigensauer und Timischl zu ihr gekommen waren. Die Hunde wurden nervöser, doch blieben sie liegen, obwohl die Leinen schlaff an ihren Hälsen hingen.

»Die Mafia ist in Sizilien zu Hause«, meinte sie zur Begrüßung. »Wenn sie wegen meiner Person gekommen sind, ich bin weder kräftig, noch sportlich, noch kampferprobt, noch bewaffnet. Einer von Ihnen hätte genügt. Was für eine Verschwendung! Ich denke, ich werde meinen Termin absagen. Einige Adelige nehmen an einer Treibjagd in der Nähe von Güssing teil. Ich wurde engagiert, ein paar Fotos für den privaten Gebrauch der hohen Gäste zu schießen.«

Geigensauer nickte mit dem Kopf. Nice band die Leinen der

Hunde am Rückspiegel des Sportwagens fest, nahm ihr Handy aus der Kostümtasche und verschickte eine Nachricht.

»Schade, es wären sicher einmalige Bilder geworden.«

Da Geigensauer zögerte, übernahm Timischl die Befragung.

»Ihr Mann steht unter dem Verdacht, die bulgarische Pflegerin Dara ermordet zu haben. Wir müssen mit ihm sprechen und die Villa inspizieren. Hier ist der Hausdurchsuchungsbefehl.«

Timischl hielt ihr das Papier hin. Nice wirkte sichtlich betroffen.

»Bitte, kommen Sie mit!«, sagte sie nach einer kurzen Pause. Die Gruppe näherte sich dem Haustor, da trat Architekt Steiner heraus. Der Motorenlärm der ankommenden Autos und das Gebell der Hunde hatten ihn alarmiert.

»Was ist denn hier los?«, rief er aufgeregt.

»Sie haben einen Hausdurchsuchungsbefehl. Sie vermuten, du hättest Dara ermordet«, sagte Nice verstört.

»Alles Unsinn, den wir gleich aufklären werden. Kommen Sie bitte herein!«, forderte er die Beamten auf.

An der Stimme war seine Aufregung deutlich zu erkennen und Schweißperlen standen auf seiner Stirn. Geigensauer und Timischl folgten dem Ehepaar hinauf in das Arbeitszimmer des Architekten. Unterdessen durchsuchten die Beamten das Haus. Nice öffnete die beiden großen Dachfenster, setzte sich dazwischen in den kühlenden Luftzug und sah wie unbeteiligt auf das Geschehen.

»Ich habe Dara nicht ermordet. Das habe ich Ihnen zuvor schon mitgeteilt«, sagte Steiner kurzatmig, lehnte sich an einen der großen Schreibtische und stützte sich mit beiden Händen auf der Tischplatte ab.

»Dara hat fünfmal zehntausend Euro auf ihr Sparbuch eingezahlt, immer kurz nachdem Sie von Ihrem Konto ebenso viel abgehoben haben. Sie hatten ein Verhältnis mit ihr und Dara hat Sie damit erpresst«, legte Geigensauer dar und schaute Steiner fest in die Augen.

»Alles Zufall, reiner Zufall. Dara ist keine Erpresserin«, sagte er und zwang sich dabei ein Lächeln ab.

»Woher hat Dara dann diese Geldbeträge erhalten?«, fragte Timischl.

»Keine Ahnung«, meinte er ärgerlich und zuckte mit den Schultern. »Von mir nicht.«

»Wofür haben Sie diese Beträge verwendet? Zehntausend in bar ist kein Pappenstiel.«

»Da müsste ich in meinen Abrechnungen nachsehen. Das lässt sich nicht in fünf Minuten sagen.«

»Fünfmal zehntausend Euro haben keine Spuren in ihrem Gedächtnis hinterlassen?«, zweifelte Geigensauer.

»Wenn du ein Verhältnis mit ihr hattest, dann gib es zu. Alles andere ist lächerlich und unwürdig«, sagte Nice, ohne ihren Mann anzublicken.

»Verdammt noch einmal! Ich hatte ein Verhältnis mit Dara, wenn Du es unbedingt hören willst. Du warst ein halbes Jahr in Afrika, ich bin ja kein Priester. Und was jetzt?«, meinte er zu Nice, doch sie gab keine Antwort.

»Dara hat Sie erpresst?«, setzte Geigensauer fort.

»Sie hat uns in ihrem Schlafzimmer heimlich gefilmt. Sie wünschte sich, dass ich mich von Nice scheiden lasse und sie heirate. Das habe ich abgelehnt. Dann hat die Schlange mich mit diesen Filmen erpresst.«

»Da Sie gestern den Streit zwischen Dara und Irmgard gesehen haben und Dara Sie wieder erpresst hat, haben Sie die Gelegenheit am Schopf gepackt und Dara zum Tatort gelockt. Wir haben Ihre Nachricht auf Daras Handy gefunden. ›Gut, komm um elf Uhr zum Brunnen! Das sind aber die letzten Zehntausend‹, haben Sie geschrieben. Dort haben Sie Dara umgebracht, denn Sie waren sich sicher, dass der Verdacht auf Irmgard fallen würde. Sie war am Abend hier aufräumen und hat wie immer ihren Ring im WC abgelegt. Um von sich abzulenken, haben Sie Irmgard zusätzlich dadurch belastet, dass Sie ihren Ring am Tatort liegen ließen. Nur fuhr sie leider überraschend ins Theater und hat nun ein lückenloses Alibi.«

»Moment, Moment!«, rief Steiner außer sich. »Das sind zwei verschiedene Paar Schuhe. Ja, ich hatte ein Verhältnis mit Dara, doch ich habe sie nicht umgebracht. Sie hat mich nicht mehr erpresst. Meine letzte Zahlung war im April. Ich habe ihr keine Nachricht geschickt. Nein, nein, das hängen Sie mir nicht an. Das ist lächerlich. Nice, sag ihnen bitte, dass ich kein Mörder bin.«

Nice schwieg.

»Wo waren Sie letzte Nacht zwischen elf Uhr und ein Uhr?«, ließ Timischl nicht locker.

»Ich habe geschlafen, ich war müde.«

»Gibt es dafür Zeugen?«

»Leider, nein. Wie gesagt, wir haben getrennte Schlafzimmer.« Ein Beamter trat ein und reichte Geigensauer ein Handy in einem Plastiksack und erklärte: »Ein Wertkartenhandy. Es war im 1. Stock im Arbeitszimmer hinter ein paar Büchern versteckt. Beide Nachrichten, die an Erich Drabits und die an Dara wurden von diesem Handy gesendet.«

Für einige Sekunden war es totenstill im Raum, dann rief Steiner entsetzt: »Du hast Dara umgebracht?«

Erschrocken schaute er auf Nice. Diese stand auf und sagte kalt: »Wie kannst du nur so etwas von mir denken? Erich habe ich natürlich auch umgebracht. Genauso könnte ich sagen, du hast das Handy in meinem Zimmer versteckt, um mich zu belasten. Vergiss es! Herr Geigensauer, hören Sie auf mich! Mein Mann ist kein Mörder und ich bin keine Mörderin. Wir sind nur ein Ehepaar mit gravierenden Beziehungsproblemen. Das sind wir offensichtlich.«

»Solche und ähnliche Beteuerungen hören wir oft«, erwiderte Timischl, »doch die Fakten sprechen eine andere Sprache. Die Tatsachen belasten Sie beide schwer. Sie haben das Problem Dara zu zweit aus der Welt geschafft.«

Nice schüttelte nur den Kopf und wiederholte: »Wir haben mit den beiden Morden nichts zu tun.«

»Ich habe dieses Handy noch nie gesehen«, beteuerte Steiner. »Das hat jemand in unser Haus geschmuggelt. Anders kann ich mir das nicht erklären.«

»Wer außer Ihnen war gestern und heute in Ihrem Haus?«, fragte Geigensauer.

»Irmgard und Sie, sonst niemand«, überlegte Nice, »Keine Ahnung, wie dieses Handy unter meine Bücher kam. Sie haben es vermutlich nicht dort versteckt und Irmgard war es bestimmt nicht, wo sie doch ein tadelloses Alibi für die Mordnacht besitzt.«

»Sie werden sehen, dass unsere Fingerabdrücke weder am Seil noch am Handy zu finden sind«, klang Steiner wieder zuversichtlicher, »weil wir die Sachen niemals in der Hand hatten.«

»Oder keine Fingerabdrücke hinterlassen haben«, konterte Timischl.

Zwei Beamte betraten den Raum.

Einer von ihnen hielt ein Kletterseil in der Hand und erklärte: »Das Seil war in der Abstellkammer im Keller neben dem Raum mit den Bondagefotos. An einem Ende wurde ein Stück abgeschnitten. Diese Art von Seil wurde verwendet, um Erich zu erdrosseln und Dara zu fesseln.«

»Du schiebst mir diese Morde in die Schuhe?«, erboste sich Nice und schritt bis auf wenige Zentimeter an ihren Mann heran. »Jetzt bin ich fast überzeugt, dass du es gewesen bist.«

»Du bist um nichts besser als ich. Warum denkst du so über mich?«, empörte er sich.

»Ich dachte, ich kenne dich, aber das Gegenteil ist der Fall. Ich habe jedes Vertrauen in dich verloren.«

Sie stieß ihn von sich weg. »Wer mich betrügt, der ist vermutlich zu mehr fähig.«

»Doch nicht zu einem Doppelmord.« Steiner schüttelte verzweifelt seinen Kopf.

»Da wäre noch etwas«, mischte sich der zweite Beamte ein und zu Nice sagte er: »Wir haben auf Ihrem Computer ein Foto vom Tatort und vom Mordopfer gefunden. Heute am späten Vormittag wurde das Bild hochgeladen. Geben Sie mir bitte Ihre Kamera kurz einmal?«

Beklemmende Stille erfüllte den Raum. Nice reichte ihm ihre Nikon, die sie noch immer bei sich trug. Der Beamte nahm sie zur Hand und nach kurzer Zeit teilte er mit. »Das Bild wurde damit aufgenommen. Es ist auf der Speicherkarte.«

Er reichte die Kamera an Geigensauer. Tatsächlich war auf dem Bild die gefesselte und ertränkte Dara beim Brunnen zu sehen. Das Foto war in finsterer Nacht mit Blitz aufgenommen worden. Timischl war in Anbetracht des Bildes ähnlich entsetzt wie Geigensauer. Nice war erbleicht, setzte sich nieder, sah zu Boden und schwieg.

»Sag, dass du sie nicht getötet hast!«, bat Steiner Nice flehentlich, doch sie gab keine Antwort.

»Ich beschaffe den besten Anwalt für dich. Das bin ich dir schuldig, Nice. Warum hast du nicht vorher mit mir gesprochen? Ich hatte immer schon den Verdacht, dass du einmal die Kontrolle verlieren könntest. Deine Bondage-Bilder, die Seilskulpturen, diese Fotos von nackten Männern. Kunst liegt immer so nahe am Wahnsinn«, kam es wie ein Wasserfall aus Steiners Mund.

»Bitte, halte deinen Mund. Du bist unerträglich, unfassbar einfältig«, sagte sie dann mit versteinerten Gesichtszügen. »Darf ich das Foto sehen?«

Geigensauer reichte ihr die Kamera. Sie warf einen kurzen Blick auf das Display, dann stand sie auf.

»Was geschieht jetzt, Herr Geigensauer?«, fragte sie.

»Wir fahren alle zur Zentrale der SOKO-Südost in Güssing und werden unsere Gespräche dort fortführen«, erwiderte Geigensauer.

»Werden wir verhaftet? Es dreht sich nur um die Betreuung der Hunde.«, fragte Nice.

»Das kann ich noch nicht sagen. Wir sorgen auf jeden Fall für die Tiere.«

»Ich muss mit?«, fragte Steiner, den Erstaunten spielend.

»Sie sind um nichts weniger verdächtig als Ihre Frau«, erwiderte Timischl.

*

»Nein, danke. Herr Geigensauer. Ich benötige keinen Anwalt. Ich bin unschuldig«, sagte Nice gelassen. Sie saß im Vernehmungsraum in der Zentrale der SOKO-Südost in Güssing gegenüber von ihm.

»Fassen wir zusammen«, sagte er. »Nachdem Sie gestern den Streit zwischen Dara und Irmgard gesehen hatten, sind Sie und Ihr Mann nach Hause gefahren und nicht mehr ausgegangen.«

Nice nickte und erzählte: »Irmgard kam, um fertig zu putzen und für das Sommerfest vorzubereiten. Ich habe im Atelier an einer neuen Skulptur gearbeitet. Gegen zehn Uhr habe ich kurz zu meinem Mann geschaut. Er hat an einem Modell für sein Bauprojekt gebastelt. Danach bin ich schlafen gegangen und erst gegen die Früh erwacht.«

»Sie kennen Seil und Handy nicht?«

»Weder das Seil noch dieses Smartphone habe ich je vorher gesehen.«

»Sie haben das Foto am Tatort nicht geschossen?«, fragte Geigensauer.

»Nein! Sieht man das nicht? Es ist so furchtbar dilettantisch aufgenommen.«

»Unter diesem Aspekt habe ich es nicht betrachtet, wirklich nicht«, erwiderte Geigensauer.

»Holen Sie das nach. In der Stunde, die ich im Arrest auf unser Gespräch gewartet habe, ist mir einiges durch den Kopf gegangen. Sie erinnern sich sicher, dass ich am Vormittag bei Ihrem Besuch meine Kamera gesucht habe.«

»Natürlich.«

»Nun, ich weiß, dass ich sie am Abend aus dem Auto mit ins Haus nahm. Wo ich sie abgelegt habe, daran erinnere ich mich nicht mehr. Wiedergefunden habe ich sie im Stiegenhaus, wie Sie wissen.«

Geigensauer nickte.

»Da ich das Bild nicht geschossen habe«, sie sah ihm einige Augenblicke lang in die Augen, »und ich bin mir da sicher, hat jemand meine Nikon genommen, das Foto geknipst und die Kamera wieder zurückgelegt. Außer einem unbekannten Einbrecher kommen nur zwei Personen in Frage, mein Mann oder Irmgard.«

»Das sehe ich unter der Annahme, dass Sie das Bild nicht geschossen haben, genauso«, stimmte Geigensauer zu.

»Ich habe mich zwar in meinem Mann getäuscht. Er hatte doch ein Verhältnis mit Dara. Es hat keinen Sinn daran zu zweifeln. Trotzdem schließe ich aus, dass er ihr Mörder ist. Also hat Irmgard – an einen unbemerkten Einbrecher glaube ich nicht, auf unsere Hunde ist Verlass – meine Kamera genommen. Der Rest bleibt mir ein Rätsel, das Sie bitte lösen, Herr Geigensauer. Ich wiederhole nur, dass ich weder Erich noch Irmgard getötet habe. Mehr sage ich heute nicht mehr. Muss ich hierbleiben?«

»Der Staatsanwalt ist dieser Meinung«, antwortete Geigensauer.

»Und Sie?«

»Meine persönliche Meinung bleibt geheim«, erwiderte er.

»Schade, sehr schade.«

»Okay, dann beenden wir das Gespräch.«

*

Nadja war froh, dass der Beamte, der für ihren persönlichen Schutz verantwortlich war, abgezogen wurde. Der Mann hatte nur kurz angedeutet, dass der Fall vor der Auflösung steht, und war dann gegangen. Sie war gespannt, mehr zu erfahren, doch der Beamte blieb schweigsam. Am späten Nachmittag kühlte es ab und es war angenehm, in der Abendsonne auf der Campingliege auszuspannen. Sobald die Leiche von Erich freigegeben war, plante sie, ihn in der Nähe von Zicken bestatten zu lassen. Ein Transport des Toten nach Sibirien kam für sie nicht in Frage. Danach würde sie auf kürzestem Wege heimkehren. Die Fahrt mit dem riesigen Wagen war für sie eine Herausforderung. Ihr Handy läutete. Die Nummer war ihr unbekannt.

»Nadja Likova.«

»Hallo, Peter Drabits.«

Nadja war überrascht. Was wünschte Peter von ihr?

»Bist du noch dran?«, hörte sie ihn sagen.

»Natürlich, ja.«

»Mein Beileid wegen Erichs Tod. Du hast ihn — glaube ich — sehr geliebt und er dich auch. Tut mir ehrlich leid für dich.«

»Danke, mein Beileid zum Tod von Dara. Sicher hast du sie sehr gemocht, sonst hättest du Irmgard nicht verlassen.«

»So ist es. Das mit Irmgard ist eine lange, schwierige Geschichte, die ich nicht gerne erzähle, doch ich denke, die Mörder bekommen ihre Strafe. Ich habe gesehen, wie die Polizei Steiner und Nice nach Güssing mitgenommen haben.«

»Steiner und Nice?«, reagierte Nadja nachdenklich.

»Ich habe mein Haus an den Architekten verkauft. Was auch immer geschieht, ich werde nicht in Zicken bleiben. Ich kehre zurück nach Bulgarien, wo ich mit Dara glücklich war. Den Dreikanter werde ich an Egon verkaufen. Ich habe heute Nachmittag ein letztes Mal mein ehemaliges Haus besucht. Ich lasse fast alles zurück. In einer Kiste bin ich auf alte Fotos gestoßen. Da sind Kinderfotos von Erich und einige Bilder aus seiner Jugend dabei. Wenn du Interesse daran hast, müsstest du heute kurz vorbeikommen, weil ich vielleicht schon morgen nach Bulgarien zurückkehre.«

»Ich komme gerne gleich auf einen Sprung vorbei.«

»Jetzt ist es ungünstig. So um zehn Uhr bei meinem Haus?«

»Ein bisschen spät. Wie sieht es früher aus?«

»Da bin ich mit Tante Thea beschäftigt.«

»Ich komme um zehn Uhr kurz vorbei.«

Steiner und Nice hatten Erich getötet, weil er dem Kauf des Dreikanters im Weg gestanden war. Nadja war überrascht und ihr Hass auf den Mörder hatte mit einem Mal ein konkretes Ziel erhalten. Der kleine Weiler war ein verfluchter Ort. Was war schon Besonderes an diesen Wiesen, den paar Feldern und dem Birkenwäldchen?

*

»Nein, ich habe Dara nicht getötet und ich habe nichts mit dem Tod von Erich Drabits zu tun«, stellte Architekt Steiner genervt fest. »Ich hatte ein Verhältnis mit Dara, das ich schon vor über einem Jahr beendet habe. Sie hat mich mehrmals damit erpresst, es meiner Frau zu sagen. Seit April dieses Jahres ist die Sache aber ausgestanden. Es stimmt, dass ich mich sehr darüber geärgert habe, dass Erich Drabits eines Tages hier aufgetaucht ist und nicht bereit war, seinen Anteil am Dreikanter zu verkaufen. Anzunehmen, dass ich ihn deshalb ermordet habe, das finde ich lächerlich.«

»Ich nicht«, erwiderte Timischl, der ihm im Vernehmungszimmer der SOKO-Südost in Güssing gegenübersaß. »Menschen sind bereits wegen 10 Euro ermordet worden.«

»Nicht von mir. Sind wir fertig?«

»Hatten Sie Kontakt mit Dara, seit sie wieder in Zicken eingetroffen ist.«

»Lediglich die paar Minuten, während ich den Streit zwischen ihr und Irmgard beendete.«

»Sie haben nicht mit ihr telefoniert?«

»Nein, habe ich nicht. Sehen Sie nicht, dass ich nicht der Täter bin. Sie vergeuden nur die Zeit. Sind wir fertig?«, fragte er ärgerlich und erhob sich von seinem Sessel.

»Nein. Warten wir nicht, bis Ihr Anwalt eintrifft?«

»Er wird Nice unterstützen. Ich benötige ihn nicht. Fahren Sie fort! Damit ich wieder nach Hause komme.«

Steiner nahm wieder Platz.

»Ob der Staatsanwalt das erlaubt, werden wir erst sehen«, zweifelte Timischl. »Haben Sie das Handy und das Seil niemals zuvor gesehen?«

»Nein, bestimmt nicht.«

Steiner deutete mit Bewegungen der rechten Hand an, dass sich Timischl beeilen möge.

»Wie erklären Sie sich, dass beides in Ihrem Haus gefunden wurde?«

»Ich habe weder das Handy noch das Seil ins Haus gebracht, also muss es jemand anderer gewesen sein.«

»Wer?«

»Das wissen Sie doch selbst. Warum tun Sie so, als ob Sie immer noch mich verdächtigen, obwohl auch Sie überzeugt sind, dass Nice das Verbrechen begangen hat. Das Foto in ihrer Kamera spricht Bände. Ich weiß nicht, was in ihr vorgegangen ist.«

»Die Vernehmung ist vorerst beendet. Bis der Staatsanwalt entschieden hat, bleiben Sie auf jeden Fall in Verwahrung.«

*

Geigensauer saß allein in seinem Arbeitszimmer in der SOKO-Südost Zentrale in Güssing. Er blickte auf die Uhr an der Wand. 22 Uhr 30. Er hatte die letzten Stunden intensiv über die beiden Morde nachgedacht. Durch die raschen Veränderungen in diesem Fall und das ständige Ermitteln war er bisher gar nicht dazugekommen, länger die Fakten abzuwägen. Es gab eine kleine Ungereimtheit, die ihm erst jetzt aufgefallen war. Es war nur eine Kleinigkeit, aber sie war Ausgangspunkt für überraschende Schlussfolgerungen.

»Und?«, fragte er den eintretenden Timischl, bevor sich dieser gesetzt hatte.

»Steiner leugnet alles. Ich denke, er ist erleichtert, dass der Verdacht auf seine Frau fällt.«

Timischl ließ sich erschöpft in den Sessel fallen.

»Wie schaut es mit Fingerabdrücken auf dem Handy und dem Seil aus?«, fragte Geigensauer weiter.

»Die Kollegen haben nichts gefunden. Es ist alles sorgfältig abgewischt worden, bzw. sind Handschuhe in Verwendung gewesen. Auf der Kamera sind nur Fingerabdrücke von Nice. Was die Analyse von etwaigen Genspuren betrifft, benötigen wir Geduld.«

»Was denkst du, wer es gewesen ist?«, fragte Geigensauer.

»Ich vermute, dass sie sowohl Erich als auch Dara gemeinsam umgebracht haben. Die beiden sind ein unheimliches Paar. Das ganze Haus ist bedrohlich mit all diesen Skulpturen und Fotos. Ein Albtraum ihr Anwesen. Einer von ihnen wird schon gestehen, da bin ich mir sicher. Der Staatsanwalt hat einen Haftbefehl ausgestellt. Die beiden bleiben in Verwahrung. Was hat dein Gespräch mit Nice gebracht?«

»Sie denkt, dass Irmgard hinter dem Verbrechen steckt.«

»Irmgard?«, war Timischl verwundert. »Warum sie?«

»Nice sagt, da sie selbst es nicht war und sie sicher ist, dass ihr Mann es nicht gewesen ist, käme nur Irmgard in Frage.«

»Und du? Was denkst du?«, wollte Timischl wissen.

»Ich glaube, dass Nice keine Mörderin ist.«

»Du hast ihr zu tief in die Augen geschaut, mein Freund«, war Timischl entsetzt.

»Für diese Unterstellung holst du mir jetzt einen Kaffee«, ärgerte sich Geigensauer.

Timischl nickte, erhob sich, ging auf den Gang hinaus und kehrte mit zwei Bechern zurück.

Dankend nahm Geigensauer den Kaffee entgegen.

»Ich habe in der letzten Stunde über vieles ausführlich nachge-

dacht«, sagte er und dann erzählte er Timischl von seinen Überlegungen.

»Du hast mich jetzt völlig verunsichert«, meinte dieser, nachdem er zugehört hatte. »Ich war mir sicher, dass wir den Fall fast
abgeschlossen haben. Ich habe sogar den Personenschutz von
Nadja aufgehoben.«

»Was hast du?«, fuhr ihn Geigensauer entsetzt an. »Das ist
nicht dein Ernst.«

»Doch, die Männer brauchen doch dort nicht umsonst herum-
stehen.«

Geigensauer sprang auf und eilte aus dem Zimmer.

»Wo fährst du denn hin?«, rief ihm Timischl auf dem Gang
nach.

»Nach Rauchwart. Ich denke, Nadja ist in Gefahr.«

»Du nimmst deine Überlegungen aber sehr ernst.«

Timischl hörte nur noch ein »Ja«. Er lief hinterher und trat
vor die Zentrale. Geigensauer raste bereits mit seinem Wagen
davon. Timischl zögerte nur kurz und fuhr ihm dann hinterher.

*

Es dämmerte. Nadja fuhr auf der Motocross-Maschine von
Brunnergraben nach Zicken. In Zicken bog sie links ab und fuhr
zu dem Haus hinauf, in dem Irmgard und Peter gewohnt hatten. Das Gebäude war unbeleuchtet. Sie versuchte einzutreten,
doch es war zugesperrt. Offensichtlich verspätete sich Peter. Sie
setzte sich auf die Stiege vor dem Eingang und wartete. Wenig
später fuhr ein Auto zum Haus von Herrn Zeiler hinauf. Vermutlich war Irmgard heimgekommen. Nachdem zehn Minuten
verstrichen waren, beschloss Nadja, zu Tante Theas Haus hinü-
berzufahren. Sie trat zur Motocross-Maschine und sah sie eine
dunkle Gestalt von der Hauptstraße heraufkommen. Sie blieb
stehen und starrte gespannt in die beginnende Dunkelheit hinein. Schließlich erkannte sie den näherkommenden Peter.

»Guten Abend«, begrüßte er sie freundlich. »Entschuldige meine Verspätung, doch ich habe etwas länger gebraucht, Tante Thea zu helfen.«

»Macht nichts, ich habe ein wenig den herrlichen Sommerabend genossen.«

Er schloss die Tür auf und sie folgte ihm.

»Nimm im Wohnzimmer Platz. Ich komme gleich, ich hole nur die Fotos.«

Sie setzte sich auf die Couch, deren Stoff schon abgerieben und fleckig war. Alles war billigst eingerichtet und mindestens zwanzig Jahr alt.

Das Ambiente erinnerte Nadja sofort an das östliche Russland und gar nicht an den reichen Westen.

»So, hier ist die Kiste mit den Fotos«, sagte Peter und stellte sie vor Nadja auf den kleinen Tisch. »Such dir aus, was dir gefällt. Willst du etwas trinken? Mineralwasser ist noch hier.«

»Danke, alles bestens.«

Die Farben der Fotos aus den Siebzigerjahren waren etwas verblichen. Nadja hatte keine Probleme, die Brüder in ihren jungen Jahren auseinanderzuhalten. Die Trauer über den Tod von Erich, die Nadja erfolgreich versucht hatte zu verdrängen, rührte sie wieder. Einige Tränen liefen ihr über das Gesicht.

»Du hast ihn sehr geliebt?«, fragte Peter.

Nadja nickte.

»Es ist eigenartig«, meinte Peter. »Es lässt mir keine Ruhe, dass wir im Streit über den Verkauf des Dreikanters auseinandergegangen sind. Es ist nicht mehr zu ändern. Es belastet mich.«

»Erich hat es nicht so tragisch genommen«, sagte Nadja. »Schließlich hatte er doch viele Jahre keinen Gedanken an sein Geburtshaus verschwendet.«

Sie legte zwei Bilder von Erich zur Seite.

»Du kannst auch alle nehmen«, bot Peter an.

»Danke, ich suche mir ein paar aus. Hast du Dara sehr geliebt?«

»Ich habe sie geheiratet. Das sagt doch alles.«

Die Stimme versagte ihm und seine Augen wurden feucht.

»Zuerst dachte ich, Irmgard habe Dara aus Eifersucht ermordet. Das war für mich doppelt belastend. Ich fühlte mich mitschuldig an ihrem Tod. Die Polizei hat jedoch Architekt Steiner und seine Frau nach Güssing mitgenommen. Ich denke, man hat sie verhaftet. Nice traue ich alles zu.«

»Eigenartig ist Nice«, erwiderte Nadja, »und seltsam ist ihre Vorliebe für Seile und gefesselte nackte Körper schon immer gewesen.«

Einen Augenblick lang dachte sie, den Motorenlärm eines ankommenden Autos zu hören.

»Sie hat dir ihre Bilder gezeigt?«, fragte Peter.

»Einmal hat sie Erich und mich hinauf in die Villa eingeladen und wir besichtigten ihre Skulpturen und Bilder. Der Eindruck war bedrohlich.«

»Das kann man wohl sagen«, stimmte Peter zu.

»Doch allein hat sie den Mord nicht begangen«, sagte Nadja.

»Warum glaubst du das?«, fragte Peter.

»Ich … ich …«, zögerte Nadja mit ihrer Antwort. Zu spät fiel ihr auf, dass sie sich vorgenommen hatte, über die Erlebnisse der letzten Nacht mit niemandem zu sprechen.

»Es ist so ein Gefühl von mir, dass sie nicht allein gehandelt hat.«

»Nur eine Ahnung? Du warst gestern in der Nacht in der Nähe des Tatortes? Nicht wahr?«

Nadja sah ihn erschrocken an. Sie erinnerte sich an die Worte von Geigensauer. War Peter in dieses Verbrechen verwickelt?

»Nein, warum?«, antwortete sie erregt. Peter war doch nicht der Mörder von Dara, versuchte sie, klar zu denken.

»Gib es zu! Ich habe die frischen Spuren der Motocross-Maschine gesehen. Wenn die Verhaftung nicht gewesen wäre, hätte ich Geigensauer zu dir geschickt, damit er dich befragt, was du da getrieben und gesehen hast.«

Sie zögerte mit einer Antwort.

»Keine Angst, ich habe nicht einen Augenblick lang daran gedacht, dass du eine Mörderin bist. Ich hatte nur die Hoffnung, du könntest zur Aufklärung betragen.«

»Ja, ich war in der Nacht im Schuppen, doch ich habe nichts Relevantes gesehen«, entschloss sich Nadja, nun doch alles zuzugeben und möglichst rasch zu verschwinden. Die Angelegenheit wurde ihr zunehmend unheimlich.

»Hast du schon der Polizei davon erzählt?«, war Peter interessiert.

»Nein«, log sie und stand auf. »Ich denke, ich nehme diese Fotos mit. Danke.«

»Was hast du gesehen?«, fragte Peter. »Erzähl, spann mich nicht auf die Folter!«

Nadja blieb stehen und sagte: »Drei Gestalten, zwei stehende und eine sitzende. Nicht mehr und nicht weniger. Dann alles Gute. Nochmals danke. Ich mache mich auf den Heimweg«, beeilte sie sich mit der Verabschiedung. Sie hatte Angst, er würde sie nicht vorbeilassen, doch sie eilte ohne Probleme an ihm vorbei. Sie erreichte die Wohnzimmertür. Da öffnete sich diese und Irmgard stand vor ihr. Nadja erstarrte fast vor Schreck.

»Was ist denn los?«, fragte Peter verärgert.

»Bemerkst du nicht, dass sie dank deiner genialen Gesprächsführung alles überrissen hat.«

»Mein Gott, du hast alles verdorben. Sie hat gar nichts gewusst. Ich hätte sie laufen lassen.«

Nadja versuchte, den Augenblick zu nützen und zu flüchten, doch Irmgard hielt sie mit eisernem Griff am Oberarm fest. »Sorry, aber du bleibst hier.«

Verzweifelt versuchte Nadja, sich zu befreien. Sie schrie so laut sie konnte um Hilfe.

»Komm schon her und hilf mir!«, befahl Irmgard.

Da packte Peter die andere Hand von Nadja und drehte sie auf den Rücken. Sie wurde von Irmgard und ihm zu Boden gedrückt und an Händen und Füßen gefesselt.

»Hilfe! Hilfe!«, schrie Nadja. »Ich weiß gar nichts, nichts weiß ich.«

»Nicht viel, aber zu viel«, erwiderte Irmgard und verklebte ihr den Mund mit einem Klebeband.

»So jetzt ist einmal Ruhe.«

Peter wischte sich den Schweiß von der Stirn.

»Und, was jetzt? Das hätten wir uns sparen können. Ich sage dir, sie hat nichts gewusst«, warf er Irmgard schwer atmend vor.

»Hast du nicht bemerkt, wie viel Angst sie hatte? Sie weiß alles. Sie und das Motorrad müssen auf immer verschwinden.«

»Und wohin? Diesmal haben wir keine Zeit, alles tagelang zu planen. Das wird schiefgehen«, erwiderte er besorgt.

»Ich denke, unser Plan ist okay. Sie kommt in die alte Jauchegrube beim Dreikanter. Verwahrt in einem Plastiksack wird sie dort vorerst niemand finden und das Motorrad verstecken wir unter dem großen Holzhaufen im Schuppen. Wenn sich der ganze Wirbel gelegt hat, werden wir weitersehen. Unser Glück, dass sie nicht mit der Polizei gesprochen hat.«

Verzweifelt versuchte Nadja, sich in ihrer Todesangst von den Fesseln zu befreien, doch alle Bemühungen waren vergeblich. Irmgard holte ein Fläschchen aus ihrer Hosentasche, tränkte ein Taschentuch mit der Flüssigkeit und verschloss Nadjas Nase damit. Nadja erinnerte sich noch an eine lang zurückliegende Mandeloperation, bevor sie ihr Bewusstsein verlor.

*

Geigensauer eilte im Laufschritt durch den Campingplatz beim Badesee Rauchwart, doch seine Hoffnungen wurden enttäuscht. Das russische Wohnmobil war abgeschlossen und die Motocross-Maschine stand nicht auf ihrem Platz. Nadja war unterwegs. An der Tür klebte ein Kuvert, dem Geigensauer einen Brief entnahm, auf dem folgende Zeilen geschrieben waren.

»Sehr geehrter Herr Geigensauer. Ich denke, es ist für mich

das Beste nach Russland heimzukehren. Ich ertrage es nicht, hier auf Erichs Begräbnis zu warten. Die Heimfahrt mit dem Wohnmobil ist mir zu beschwerlich. Ich bin mit dem Motorrad gefahren. Danke für Ihre Bemühungen und alles Gute. Nadja«

Er überlegte, was das bedeutete, da erhielt er eine Nachricht aus Graz.

Lieber Anton! Wir arbeiten bis in die Nacht. In der Blutprobe von Loana wiesen wir eindeutig KO-Tropfen nach. Dr. Humer.

Geigensauer verständigte Timischl, lief zu seinem Auto zurück und fuhr Richtung Zicken. Es galt, keine Zeit zu verlieren.

*

Der Ford Fiesta stand im Hof des Dreikanters, seine Scheinwerfer erleuchteten den halben Hof und das Licht fiel weit in den Schuppen hinein. Dort schlichtete Peter über die Motocross-Maschine, die er an den großen Holzhaufen gelehnt hatte, einen Berg von Scheitern. Währenddessen steckte Irmgard die bewusstlose Nadja in einen Plastiksack. Der Betondeckel, der die Senkgrube verschloss, war zur Seite geschoben.

»Hände hoch! Aufstehen und hinüber zur Hausmauer!«, hörte Irmgard eine Stimme aus der Dunkelheit. Sie stand auf.

»Hände hoch!«, wiederholte die dunkle Gestalt, die Irmgard jetzt neben ihrem Auto erkannte.

Eine zweite trat zur Schuppentüre und rief: »Hände hoch und langsam heraustreten!«

Irmgard erkannte Geigensauers Stimme. Sie und Peter schritten mit erhobenen Händen zur Hausmauer hinüber. Man hörte ankommende Autos, die mit quietschenden Bremsen stehen blieben. Kurz darauf eilten mehrere Polizisten in den Hof und nahmen Irmgard und Peter fest. Geigensauer hatte Nadja aus dem Sack befreit, nahm ihr die Fesseln und das Klebeband ab und stellte mit großer Erleichterung fest, dass sie atmete und er ihren Puls fühlte. Wenig später behandelte sie der eintreffende Notarzt.

»Das war knapp«, stellte Timischl erleichtert fest.

»So ist es«, bestätigte Geigensauer, begleitet von einem tiefen Atemzug der Erleichterung.

Irmgard und Peter wurden nach Güssing überstellt. Noch immer betäubt, wurde Nadja mit der Rettung ins Krankenhaus gebracht. Geigensauer bat einen Notarzt, zum Haus von Herrn Zeiler mitzukommen.

»Ich wette, dass Loana wieder wie ein Sack schläft. Jetzt suchen wir die KO-Tropfen«, sagte Geigensauer auf dem Weg zum Waldhäuschen.

Dort angekommen fanden sie das Häuschen tatsächlich unversperrt vor. Loana war, wie vermutet, betäubt und nicht ansprechbar. Der Notarzt kümmerte sich um sie. Die beiden Ermittler suchten nicht lange. Im Kasten hinter den Handtüchern wurde Timischl fündig. »Da haben wir die Tropfen«, rief er triumphierend.

»Perfekt«, lobte Geigensauer.

Plötzlich hörten sie Herrn Zeiler rufen: »Loana, was ist denn los? Loana?«

Geigensauer betrat sein Zimmer und schaltete das Licht ein.

»Sie sind hier?«, fragte Irmgards Vater überrascht. »Was ist denn los?«

Es fiel Geigensauer nicht leicht, doch er hatte die Aufgabe, dem alten Mann die Wahrheit zu sagen.

»Wir verhafteten eben Ihre Tochter und Peter Drabits. Sie haben Erich und Dara ermordet und waren gerade dabei, Nadja zu töten.«

Der Schreck über diese Nachricht ließ den alten Mann erbleichen. Geigensauer fürchtete schon um seine Gesundheit.

»Oh Gott, oh Gott, das darf nicht sein. Das darf nicht sein«, rief er verzweifelt. »Ich wusste, es würde scheitern.«

»Sie waren über die Morde informiert?«, war Geigensauer völlig erstaunt.

»Natürlich wusste ich davon. Jetzt ist alles aus, alles vorbei. Wäre ich nur gescheiter gewesen, ich alter Narr. «

Er weinte und zitterte am ganzen Körper. Geigensauer fürchtete einen Nervenzusammenbruch und holte den Notarzt, der Herrn Zeiler etwas Beruhigendes verabreichte.

*

Gegen ein Uhr in der Nacht betrat Geigensauer das Güssinger Spital.

Nadja war schon längere Zeit wieder bei Bewusstsein und hatte sich rasch erholt. So eilte er weiter in die Zentrale der SOKO-Südost. Nice und ihr Mann waren bereits aus der Haft entlassen worden.

Wenig später saßen Irmgard und Peter den beiden Ermittlern im Vernehmungszimmer gegenüber.

»Wir sagen nichts«, teilte sie mit. »Niemand hat das Recht, uns zu zwingen auszusagen. «

»Sie haben Erich in den Wald gelockt, mit KO-Tropfen betäubt und erdrosselt«, sagte Geigensauer zu Irmgard. Sie gab keine Antwort.

»Sie haben gewusst, dass es Erich war. Sie haben ihren ehemaligen Geliebten natürlich sofort erkannt. Mit seiner Ermordung rächten sie sich an ihm und haben einen Erben beseitigt«, fuhr er fort. Sie schwieg weiter.

»Der Verdacht wurde auf Peter gelenkt. Sein Verschwinden war perfekt inszeniert und auch sein Alibi. Sein Motorrad hatte zur richtigen Zeit eine Panne«, setzte Geigensauer fort.

»Sie wiederum blieben unverdächtig, hatte Peter sie doch wegen Dara verlassen. Eine perfekte Theatervorstellung. Sie könnten am Burgtheater spielen, war der Leiter ihrer Theatergruppe überzeugt. Die arme Dara aber wurde nur geheiratet, um sie später zu ermorden und ihr Haus am Schwarzen Meer zu erben.«

Geigensauer wartete auf eine Reaktion und fuhr fort: »Beim zweiten Mord wurde der Verdacht auf Sie gelenkt. Eine perfekte Szene, Ihr Streit mit Peter und Dara. Auch hier gab es ein lückenloses Alibi für die Hauptverdächtige. Sie waren die ganze Nacht im Theater und bei der Premierenfeier. Wer würde Peter verdächtigen, der Dara eben erst geheiratet hatte. Er hat sie aber ertränkt und Sie haben Loana betäubt, damit sie auf keinen Fall etwas von der Ermordung Daras mitbekommt. Die stocktaube Tante Thea war ungefährlich. Zunächst dachte ich natürlich auch, dass Sie Dara aus Eifersucht töteten. Ich vermutete, Sie hätten Loana deshalb die KO-Tropfen gegeben und daher ließ ich Loanas Blut untersuchen. Ihr lückenloses Alibi wurde bestätigt und ich vergaß auf meinen Verdacht, dass sie Loana betäubt hatten, völlig. Bis ich heute Abend die Bestätigung aus Graz erhielt, dass KO-Tropfen in Loanas Blut nachgewiesen worden waren. Da war ich mir sicher, dass Sie an beiden Morden beteiligt sind.«

Wieder wartete Geigensauer eine längere Zeit.

»Das hat keinen Sinn«, sagte Peter plötzlich. »Ich will nicht mehr. Ich bringe es hinter mich. Es war alles so, wie Sie es geschildert haben.«

Irmgard schwieg noch immer. Wieder wartete Geigensauer.

»Sie haben keine Ahnung, wie das ist, wenn man ein Leben lang gearbeitet hat, für einen Hungerlohn, und dann wird man entlassen«, sagte sie dann, den Blick zu Boden gesenkt. »Man ist über fünfzig Jahre alt, bekommt keinen neuen Arbeitsplatz mehr, wird in Frühpension geschickt und hat sich mit Mindestrente oder Notstandshilfe zufriedenzugeben. Irgendwelche Aufsichtsräte beziehen für Nichtstun tausende Euro. Nein, wir saßen in unserem Haus und haben überlegt. Wie wird es weitergehen? Auch wir haben von einer Kreuzfahrt geträumt. Auch wir waren noch niemals in New York? Verstehen Sie?«

»Die Pflege von Irmgards Vater war zu finanzieren. Auch Tante Thea würde in Kürze Betreuung rund um die Uhr benötigen. Wir wussten nicht, wie wir das alles bezahlen«, fuhr Peter fort. »Wir lehnten es ab, sie in irgendein Heim oder eine Seniorenpension zu stecken. Durch Dara und Loana haben wir erfahren, wie billig das Leben in Bulgarien ist. Selbst eine Notstandshilfe oder eine Mindestpension sind dort viel Geld. Wir hofften darauf, dass man meine Brüder für tot erklären werde. Dann hätte ich Haus und Dreikanter verkauft, entweder an Jung oder an Steiner, und wir hätten uns in Bulgarien ein Häuschen gekauft und wären alle dorthin gezogen.«

»Doch dann bekam mein Vater mit, wie Dara durch Erpressung von Professor Jung und Architekt Steiner in wenigen Monaten zu Geld und Haus kam«, erzählte sie weiter.

»Und da kam uns drei, Irmgard, Fritz und mir die Idee, diese geldgierige Person zu beerben. Sie war sofort verliebt in mich, weil sie mitbekam, welchen Gewinn ich beim Verkauf des elterlichen Gehöftes erzielen würde«, erklärte er.

»Wir planten, dass Peter Dara heiratet«, fuhr Irmgard fort, »und den Dreikanter verkauft. Mehrere Monate danach sollte er sie in Bulgarien ermorden. Einige Zeit später wäre ich mit meinem Vater und Tante Thea nachgekommen, doch dann tauchte Erich auf und verminderte den Erbteil gleich um ein Drittel. Ich hasste ihn dafür, dass er mich sitzen gelassen hatte, und dann sprach er sich sogar noch gegen den Verkauf aus. Da kam uns der geniale Plan, wie wir Erich und Dara in wenigen Tagen loswerden könnten. Leider hat er nicht gespürt, wie ich ihn erdrosselt habe. Das Seil verwendete ich, um Nice und Dagmar zu belasten. Ich habe es in einem Sportgeschäft in Hartberg gekauft.«

»Wie kamen Sie auf die Idee, Nice und Steiner den Mord an Dara in die Schuhe zu schieben?«, fragte Timischl.

»Wir wussten von den Erpressungen«, setzte Irmgard fort und sie klang fast selbstgefällig, »also haben wir Dara die Nachricht geschrieben. Da ich bei Steiners putzte, war es kein Problem das Wertkartenhandy dort zu verstecken.«

»Den Rest des Seiles haben Sie im Keller der Villa verborgen«, ergänzte Geigensauer und Irmgard nickte.

»Das mit dem Fotoapparat ist mir spontan eingefallen. Ich sah die Nikon im Stiegenhaus liegen. Es war mir ein Genuss, diese eingebildete, aufgetakelte Person zu vernichten. Am nächsten Tag in der Früh habe ich sie zurückgelegt und das Bild der Ermordeten auf ihren PC hochgeladen.«

Geigensauer erinnerte sich an den Bericht von Nadja. Sie hatte von einem Blitz beim Brunnen gesprochen. Es war das Blitzlicht des Fotoapparates gewesen.

»Wie haben Sie Dara am Brunnen gefesselt?«, fragte Timischl Peter.

»Da Dara Steiner nicht mehr erpresst hatte, kam ihr die Nachricht verdächtig vor. Sie zeigte sie mir, ohne von den Erpressungen etwas zu erzählen. Wir beschlossen, gemeinsam zum Brunnen zu gehen. Dort saß schon Irmgards Vater.«

»Wie ist er dort hingekommen?«

»Sobald Loana schlief, hatte ihn Irmgard wieder in den Rollstuhl gesetzt und zum Brunnen gebracht. Er hat Dara die Hände gehalten und ich begann sie zu fesseln. Sie war zunächst so verblüfft, dass sie nicht einmal geschrien hat. Dann aber wehrte sie sich wie ein Tiger und legte los wie eine Sirene. Ich habe ihr den Mund verklebt und dann habe ich diese widerliche Person ertränkt. Das mit dem Seil haben wir inszeniert, damit der Verdacht auf Nice fällt. Zuletzt schoss ich mit der Kamera von Nice ein Foto und brachte dann Irmgards Vater samt Fotoapparat nach Hause, bevor ich mich schlafen legte.«

Die sitzende Person, die Nadja gesehen hatte, war Fritz gewesen, die beiden stehenden Peter und Dara, kombinierte Geigensauer.

»Den Brief am Wohnmobil von Nadja haben Sie befestigt?«, fragte Timischl Irmgard.

»Sicherheitshalber. Ich vermutete schon, dass Nadja uns verdächtigen würde, und glaubte daher, dass wir sie beseitigen müssten.«

*

»Manchmal sind es nur Kleinigkeiten«, sagte Timischl. Die beiden Ermittler waren allein im Vernehmungszimmer zurückgeblieben. »Dass dir diese Sache mit Jung und Goday aufgefallen ist, alle Achtung.«

»Zunächst nicht«, erwiderte Geigensauer. »Erst als mein Verdacht wieder auf Irmgard fiel, erinnerte ich mich, dass sie mir gegenüber von Prof. Jung sprach. Das Ehepaar Goday hatte aber nur Peter erzählt, dass sie ihren Namen verändert hatten. Woher wusste es dann Irmgard, die die ganze Nacht weg war und bis in den Vormittag hinein schlief. Sie hatte eben am Abend noch mit Peter gesprochen, den sie angeblich so hasste. Außerdem gab es mir zu viele Hinweise, die Nice und Steiner belasteten: Handy, Seil, Kamera, Foto.«

»Zusätzlich wusstest du, Nice ist keine Mörderin«, lachte Timischl und Geigensauer drohte ihm mit dem Finger.

»Morgen werden wir prüfen lassen, ob Irmgards Vater haftfähig ist«, war Timischl wenig begeistert. »Kommt nicht oft vor, dass ein über Achtzigjähriger der Beihilfe zum Mord beschuldigt wird.«

30. Juni

Es war am frühen Nachmittag und in der Laube hinter dem Haus sprachen Geigensauer, Jane, Timischl, Drubovic und Nadja Likova über die Ereignisse der letzten Tage. Der kleine Josef saß bestens gelaunt auf dem Schoß von Jane und lachte seine Mutter an.

»Hoffentlich versteht Josef nichts von diesem Gespräch«, scherzte Jane. »Jugendfrei ab einem halben Jahr ist das Thema nicht.«

»Morgen nehmen Sie die große Fahrt nach Sibirien in Angriff?«, fragte Timischl Nadja.

»Ja, in der Früh fahre ich los.«

»Mit diesem riesigen Fahrzeug?«, wunderte sich Drubovic.

»Das schaffe ich, kein Problem. Langsam aber sicher. In vierzehn Tagen bin ich wieder in Sibirien. Ihr müsst mich einmal besuchen kommen, im Sommer, wenn es warm ist.«

»Heute steht schon in den ›Südburgenländischen Nachrichten‹, dass die Ausgrabungen in Zicken im Herbst ihren Anfang nehmen. Prof. Jung hat es eilig, seine römischen Ruinen ans Licht zu bringen«, erzählte Timischl.

»Wird eine touristische Attraktion für das Südburgenland werden«, meinte Nadja.

»Was wird mit der argentinischen Therme von Egon Larta?«, fragte Geigensauer.

»Ich habe gehört, er warte die Ausgrabungen ab und werde diese dann in seine Anlage integrieren«, meinte Drubovic. »Er möchte alle Grundstücke und Gebäude in Zicken kaufen.«

»Was geschieht mit Tante Thea?«, wollte Jane wissen.

»Sie wird vorerst einmal von Loana betreut werden«, antwortete Timischl, »denn Peter, Irmgard und ihrem Vater drohen langjährige Haftstrafen.«

Ein roter Sportwagen kam in hohem Tempo angefahren, hielt in der Einfahrt und Nice stieg aus. Sie trug ein eng anliegendes, weißes Leinenkleid. Die Lippen leuchteten violett und in gleicher Farbe war die riesige Sonnenbrille. Die blond gefärbten Haare waren zu einem langen Zopf gebunden. Bloßfüßig, ihre Nikon in der Hand, schritt sie heran, als wäre der Gartenweg ein Laufsteg.

»Einen geruhsamen Nachmittag allerseits«, sagte sie. »Ich verlasse das Burgenland und meinen Mann. Unsere Villa werden wir an Egon Larta verkaufen. Vorerst ziehe ich nach Graz. Ich komme, um mich zu verabschieden und mich zu bedanken. Ich sitze nicht gerne im Gefängnis wegen eines Mordes, den ich nicht begangen habe. Wenn es recht ist, schieße ich als Dank von Josef und seinen Eltern ein paar Bilder.«

»Ich dachte schon, Sie kommen, um von mir Fotos zu knipsen«, lachte Timischl.

»Sie nur nackt«, sagte Nice todernst und bat Geigensauer, Jane und den kleinen Josef hinunter in den Garten, wo sie eine Reihe von Fotos schoss, von denen viele später im Haus von Geigensauer einen Ehrenplatz fanden.

Die Krimis von T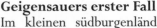

ISBN: 978-3-9502560-6-2

Geigensauers erster Fall

Im kleinen südburgenländischen Ort Güttenbach werden zwei Ausländer ermordet. Ein junger Beamter des Innenministeriums, Anton Geigensauer, wird auf den Fall angesetzt. Er soll sich in Güttenbach ansiedeln und als Angestellter der Wetterstation getarnt ermitteln. Als er sich in dem Ort heimisch zu fühlen beginnt, geschieht ein weiterer Mord.

ISBN: 978-3-902784-07-0

Geigensauers zweiter Fall

Im burgenländischen Güssing tagt der Internationale Kongress für Solarenergie. Linda Bäumler wittert die Gelegenheit, geheime Firmenunterlagen ihres Mannes für viel Geld zu verkaufen, um mit ihrem Geliebten ein sorgenloses Leben zu genießen. Doch die Übergabe am Güttenbach läuft nicht nach Plan.

ISBN: 978-3-902784-62-9

Geigensauers dritter Fall

Als Peter Drezits in der Nacht nach Hause fährt, blockieren plötzlich zwei verunglückte Autos seinen Weg. Erst bei näherer Betrachtung bemerkt er die Einschusslöcher in den beiden leblosen Körpern: Eine Kellnerin aus der Umgebung und der ägyptische Investor Nermin Said. Wer feuerte drei Kugeln auf ihn ab? Handelt es sich um einen Terroranschlag?

mas Himmelbauer

Als Prof. Dirkbacher am Ende des Elternsprechtages nochmals ins Gymnasium zurückkehrt, entdeckt er in der Garderobe die Leiche seiner Kollegin Prof. Ringelstein. Jemand hatte ihr in den Kopf geschossen. Noch bevor er die Polizei verständigen kann, hört er Schritte im Stiegenhaus: Der Mörder ist noch im Gebäude! Als die Beamten ihre Ermittlungen starten, finden sie bald heraus, dass sich zum Zeitpunkt der Tat nicht nur der Mörder und Prof. Dirkbacher im Schulgebäude aufhielten.

ISBN: 978-3-902784-00-1

Im Grenzgebiet zwischen Österreich und Italien sucht eine Wandergruppe in der Weißwandhütte Schutz vor einer herannahenden Schlechtwetterfront. Während draußen heftige Unwetter toben, machen sie in der Küche einen grausigen Fund: Der Hüttenwirt liegt ermordet am Boden. Von der Umwelt abgeschnitten müssen sie die Nacht auf der Hütte verbringen. Doch sie sind nicht so allein, wie sie glauben.

ISBN: 978-3-902784-25-4

www.federfrei.at